TAUBEN UND RABEN

Do chum gloire De, agus onora na hÉirean -
zum Ruhme Gottes und für Irlands Ehre!

(Columcille zugeschrieben)

TESSA HOFMANN

TAUBEN UND RABEN

Ein historischer Roman aus dem alten Irland

Bibliografische Information der Deutschen Nationalbibliothek:
Die Deutsche Nationalbibliothek verzeichnet diese Publikation
in der Deutschen Nationalbibliografie; detaillierte bibliografische
Daten sind im Internet über http://dnb.dnb.de abrufbar.

© 2019 Tessa Hofmann
Grafik: javarman/ Zoart Studio/ Shutterstock.com
Satz, Umschlaggestaltung, Herstellung und Verlag:
BoD – Books on Demand, Norderstedt

ISBN: 978-3-7494-4245-4

Inhalt

ZWEITER TEIL: ALBA

NACHREDEN

Anrufung

Zwölf Stühle, ein Tisch, und darauf eine Karte von der Nordhälfte Irlands nebst den Äußeren Hebriden. Vier Kerzen entsprechend den Himmelsrichtungen. Mitternacht. Die Autorin entzündet die Kerzen, setzt sich an die Stirnseite des Tisches und beginnt mit der Anrufung:

Autorin: Ihr Geister dieser Geschichte, verleiht mir …

Stühlerücken. Auftritt der Musen Clio und Kalliope.

Clio: Wie könnten wir, die ewig zerstrittenen Schwestern, dir helfen?

Kalliope: Ja, Streit ist unvermeidlich. Denn meine Wahrheit steht höher als deine, wie sich auch hier bald zeigen wird. Worum geht es eigentlich?

Autorin: Ein historischer Roman zu einem schon mehrfach behandelten Thema. Irland und Schottland, sechstes Jahrhundert. Mit Abstechern in die folgenden eintausend Jahre.

Clio: Beim Zeus! Kein leichtes Unterfangen. Hat sich nicht schon jemand darüber ausgelassen?

Adomnán und *Manus* einstimmig: Wir!

Kalliope: Wer sind diese Männer?

Adomnán, tritt vor: Adomnán von Iona und Raphoe, Gelehrter, entfernter Verwandter des Protagonisten der von mir in Latein verfassten Vita und sein Nachfolger in der Abtswürde auf Iona.

Kalliope: Kann jemand mal auf der Karte zeigen, wo jenes Eiland liegt? Danke. Ach ja, ganz am Westrand von Schottland. Und so winzig! Doch man hat schon begrenztere Handlungsorte gesehen. Und auf diesen soll sich das Werk wohl nicht beschränken? Gut denn. Wer ist der andere Vorgänger-Autor?

Manus: Manus O'Donnell, Häuptling der O'Donnell von Tyrconnell, heute als Donegal bekannt. Erste Hälfte 16. Jahrhundert und ein noch entfernterer Verwandter des heiligen Columba von Iona.

Colum: Darf ich als Betroffener auch mal etwas äußern? Diese beiden Herren haben mir, unter dem Vorwand der Blutsverwandtschaft und Landsmannschaft, im Eigeninteresse allerhand angedichtet. Der verehrte Adomnán machte mich in seiner Vita zu einem bedeutenden, doch sterbenslangweiligen Heiligen. Ja, und Manus übertrieb es tausend Jahre später noch stärker: Bei ihm stehe ich beinahe gleichrangig neben Christus, ein nordirischer Heiland, ein Superdruide, noch dazu aus seinem Stamm. Das klingt nach Blasphemie. Dabei hat mich Rom nie kanonisiert! (Haut verärgert mit der Faust auf den Tisch).

Clio: Wenn wir aus der Geschichte und Literatur alles streichen, was nicht den Segen Roms erhielt, stünden wir arm da. Das Werk von Manus ist nicht uninteressant, zeigt es doch erste Ansätze zu einem historischen Roman.

Colum: Oder zu einer ethnographischen Anthologie? Manus hat die Folklore unserer geliebten Heimat gehörig geplündert.

Manus: Dir und Gott zum Ruhme, wie ich so oft in meinem Werk betont habe, geliebter Colum! Die Menschen besitzen nun einmal das unstillbare Bedürfnis nach Anbetung und fragen nicht nach geschichtlicher Stimmigkeit. Je schlimmer die Lage, umso fantastischer die Geschichten. Bist nicht du selbst auf dem Königstreffen von Druim Cett mit dem Schiedsspruch vor König Aed getreten: 'Und da die ganze Welt nichts als ein Märlein ist, erwirb dir lieber das beständige Märchen als das von flücht'ger Dauer?' Adomnán und ich haben dich zu einer populären Kunstfigur gemacht, von der selbst 1400 Jahre nach deinem Tod noch immer die Rede ist.

Kalliope gibt zu bedenken: Gerade unter dem Gesichtspunkt

der Literaturfähigkeit rührt Colum aber an einen wunden Punkt: Zuviel Heiligkeit wirkt heutzutage peinlich.

Colum: Ich habe voraussehend, wie ich veranlagt bin, dieses Problem erkannt und darum etliche Zeitzeugen mitgebracht, die bisher stets verschwiegen oder nur am Rande erwähnt wurden. Diskrete Leute eben, aber jetzt sollen sie endlich korrigierend in diese Erzählung eingreifen und mich vom Ballast übermäßiger Heiligkeit befreien. Ich möchte der Reihenfolge nach vorstellen: Ethne, meine Mutter (sie erhebt sich und verbeugt sich stumm), meinen geistlichen Ziehvater Cruithnechán, meine verehrten Lehrer Finnian und Gemmán, sodann meinen treuen Diener Diarmait, den Adomnán und Manus nie richtig zu Wort kommen ließen, und schließlich die Druidin Badb …

Clio: Sind die gelehrten Erzieher nicht reichlich überrepräsentiert? Aber das entspricht wohl Colums Zeit?

Finnian: Colum hat, entgegen seiner sonstigen schroffen Direktheit, zu erwähnen vergessen, dass ich nicht nur sein Erzieher, sondern auch sein Widersacher war.

Colum: Keineswegs der einzige, wie ich mir schmeicheln darf, aber hier als Antagonist von einzigartiger Bedeutung. Im Übrigen warst du auch nicht der einzige, Finnian, der zu meiner Ausbildung beigetragen hat …

Clio: Die Einzelheiten klären wir später. Aber ist da nicht noch jemand?

Colum: Ich vergaß, euch Axal vorzustellen, meinen Schutzengel. Von ihm hat ja bereits Manus berichtet. Trotzdem finde ich Axal aus verständlichen Gründen immer wieder unverzichtbar.

Kalliope: Zumindest literarisch. In unserem Gewerbe nennt man das einen deus ex machina. Und wie ich höre, sind Engel wieder in Mode gekommen. Erstaunlich, aber wahr! Ich könnte zahlreiche Beispiele nennen …

Badb: Ein andermal. Jetzt drängt die Zeit, bald schlägt es eins. Ich kenne mich aus mit der Magie. Wir sollten endlich der Autorin unsere Gastgeschenke überreichen. Hier, von mir eine Rabenfeder, aufgelesen am heiligen Berg Ararat. Schreibt besser als jeder Gänsekiel, von den Federn des übrigen Geflügels ganz zu schweigen (blickt sehr anzüglich auf Axal) und ist ein gutes Gegenmittel gegen übertriebene Heiligkeit.

Clio und *Kalliope*, ausnahmsweise einvernehmlich: Von uns empfange den Musenkuss! Er ist zwar flüchtig, aber herzlich gemeint.

Ethne: Und von mir einen selbstgesponnenen roten Faden. Den wirst du dringend brauchen, um deinen zerfransten Stoff zu schürzen.

Adomnán und *Manus*: Unsere Bücher kennst du ja. Trotzdem wären wir dankbar, wenn du uns abschließend nochmals das Wort erteilst.

Colum: Und ich erteile dir meinen Segen. Doch nur unter der Bedingung, dass ich trotz des umfangreichen Personals die Hauptperson bleibe. Außerdem will ich diesmal ein Mann aus Fleisch und Blut sein.

Badb, mit liebevollem Augenzwinkern: Aber Colum, das bist du doch für alle hier Versammelten stets gewesen!

ERSTER TEIL: IN ÉRIU

Erstes Kapitel: Ethne

» ... es wird ein Schwert durch deine Seele dringen ...«
(Lukas 2, 34)

Am Ende kehren wir zu den Anfängen zurück. Jungen Zugvögeln gleichen dann unsere Gedanken und Wünsche, die im Frühjahr des Lebens voller Kraft und Ungeduld in weite Ferne vorstoßen. Im Herbst kehren sie ermattet als blasse Erinnerung zurück. In den langen Frostnächten dieses Winters aber, in denen selbst der Wind erfriert, werden sie zu Gespenstern, denen ich nicht länger ausweichen will. Ich meide darum die abendliche Zusammenkunft der Einwohner von Ráth Cnó. Sie gilt dem Geschichtenerzähler, der vorgestern eintraf. Nun, nachdem er einen ganzen Tag geruht und sich in der Schwitzhütte gereinigt hat, arbeitet er Speise und Unterkunft durch haarsträubende Geschichten ab. Mit etwas Geschick kann er sein Garn noch bis Maria Lichtmess spinnen. Dann sind die Härten des Winters überwunden, und er wird fortziehen.

Vermutlich kenne ich ohnehin alle seine Märlein auswendig. Nachlassende Neugier und Verdruss an Wiederholungen sind gewisse Anzeichen des Alters. In der gleichförmigen Stille meiner Einsamkeit will ich selbst eine Geschichte erzählen, eine alte Geschichte. Sie handelt von Ethne, die den Beinamen Taebfhoda trägt: Ethne mit der langen Flanke. Und ich erzähle diese Geschichte nur dir, meinem Erstgeborenen, der mir in so frühem Alter genommen wurde, dass ich nie Gelegenheit fand, dir meine

Geschichte vollständig zu erzählen. Inzwischen hindert mich die Gicht, die meine Finger zu Klauen gekrümmt hat, sogar am Schreiben. Ich hoffe, dass es zutrifft, was man dir nachsagt: dass du auch über weite Entfernungen in den Herzen und Gedanken von Menschen zu lesen vermagst. Lies also, mein Sohn:

Meine Eltern haben mir nie verraten, warum sie mich Ethne nannten. Unsere Sippe, die Uí Bairrche, gehört zwar zu denen, die als erste den neuen Glauben annahmen, wie ihn Ibar in unserer Gegend predigte. Vielleicht aber wollten sich meine Eltern trotz des Taufsakraments, das uns für immer an Christus bindet, bei den alten Göttern rückversichern. Denn Ethne ist mächtig in ihrer Welt, ist sie doch Tochter und Mutter eines Gottes sowie Gattin legendärer Könige. Derartige Auszeichnungen schienen mir trotz der Namensgleichheit nicht in die Wiege gelegt.

Zwar stand mein Vater Dimma ebenfalls im Rang eines Sippenoberhaupts und rühmte sich Cathair Mórs, des großen Herrschers von Laigin, als fernem Ahn, aber die königliche Abstammung erwies sich angesichts der daraus abgeleiteten Pflichten eher als Fluch. Kleinkönige wie meinen Vater gab es im ganzen Land in schnell wachsender Zahl. Der Besitz unserer Familie unterschied sich kaum von dem eines freien Bauern mit mittlerem Gehöft. In ihren Gebeten flehten darum meine Eltern die heilige Dreifaltigkeit inbrünstig um Schutz vor den Launen der Natur an. Denn jede Missernte, jede Viehseuche waren eine Bedrohung für uns, zumal man von meinem Vater bei derartigen Heimsuchungen erwartete, dass er alle Schwachen und Armen, Kranken und Alten der ganzen Sippe bis zur nächsten Ernte unterstützte und dass er Reisende und Gäste aus königlichen Häusern bei sich aufnahm. Denn dies sind die Pflichten von Familien vornehmer Abstammung. Mein Vater erfüllte sie, aber unsere eigenen Vorräte schmolzen dahin. In manchen Jahren waren die Frauen meiner Familie gezwungen, sich selbst statt der Ochsen ins Joch zu spannen, um die Erde für die Aussaat aufzubrechen. Die stets im Hintergrund wie ein hungriger Wolf lauernde Not brachte es mit sich, dass auch ich früh wie ein Sohn schuftete und vielfältigere Tätigkeiten erlernte, als es für Töchter meines Standes üblich war. Man hätte mich Ethne mit den starken Händen nennen sollen.

Damals allerdings konnte ich zum Glück noch keine Vergleiche ziehen. Die Arbeit fesselte uns an den Hof und das Land meines Vaters, nur der Kirchgang bot Abwechslung, zumal der Pfarrer uns Kinder nach der Messe im Lesen der Bibel unterwies: Ein Zugeständnis an unsere vornehme Herkunft, die uns im Alltag wenig nutzte. Die Arbeit und der Mangel drückten meinen Kopf fest herunter. Ich sah nur auf das Gras und in die Gegenwart, ich blickte nie in die Ferne und träumte kaum von der Zukunft. Ohnedies verläuft ein Frauenleben in festen Bahnen, wie du, der du doch so gründlich in den Rechtstraditionen unterwiesen wurdest, wohl weißt: Nicht wir Frauen, sondern unsere Väter, Brüder, Söhne fällen die Entscheidungen für und über uns, getreu dem Gesetz: »Für eine Frau ist ihr Vater verantwortlich, solange sie Mädchen ist, ihr Ehemann, wenn sie verheiratet ist, ihre Söhne, wenn sie zur Witwe wird. Besitzt sie keinen anderen Vormund, entscheidet ihre Sippe über sie. Und falls sie Nonne ist, liegt ihr Schicksal in der Hand der Kirche.«

Als ich etwa zwölf Jahre alt geworden war, lehrte mich die Mutter meiner Mutter das Weben. Zur allgemeinen Freude erwies ich mich bei dieser Arbeit als so geschickt, dass mir mein Onkel zwei Jahre später meinen eigenen Webstuhl schnitzte: Jener, der mich ein ganzes Leben begleitet hat und jetzt wohl für immer müßig, wenn auch griffbereit in meiner Nähe steht, die kleine Kammer neben meiner Witwenhütte fast ausfüllend. Weil ich meinen Leuten am Webstuhl viel nützlicher war als im Stall oder auf dem Acker, wurde ich fortan von den groben Arbeiten befreit. Damit ging eine Befreiung der Gedanken einher, die sich bei der eintönigen Arbeit am Webstuhl oft verselbständigen und schnell wie das Schiffchen der Weberin dahinjagen konnten. Ich war bereits 17 Jahre alt und fragte mich, mit wem mich mein Vater verheiraten würde oder ob ich etwa für immer im Haus meiner Eltern bleiben durfte. Mein Spiegelbild, sofern ich es im Wasser des Brunnens oder in dem fast blinden, von vielen Frauengenerationen zerkratzten Bronze-Handspiegel erkennen konnte, zeigte mir ein junges, ovales Gesicht mit kräftigen Zügen, dunkelblauen Augen und dichtem weizenblondem Haar. Kevins Augen bestätigten mir, dass ich schön sei. Doch die Zuneigung, die ich in seinen Blicken ebenfalls las, schien aussichtslos: Kevin war bloß der Sohn eines Halbfreien, dessen verarmter Vater sich vor Jahren meinem Vater verdingt hatte. Nur in heimlicher Liebschaft hätten wir uns verbinden können, wozu uns, die wir beide jung und scheu waren, der Mut und die Verzweiflung fehlte.

Im Herbst jenes Jahres, als niemand mehr mit Reisenden rechnete, trafen an einem regnerischen Nachmittag unerwartete Gäste ein. An ihrer Kleidung und Mundart erkannten wir ihren hohen Rang in der Gesellschaft und dass sie aus dem äußersten Nordwesten stammten. Sétna und sein Bruder Fedilmith, beide Söhne des Fergus und Anführer der kleinen Gruppe, gehörten zur einflussreichen Sippe des Conall Gulban, und ihre Heimat war nach diesem Vorfahren benannt: Tír Conaill. Die Leute dort waren berühmt für ihre Gastfreundschaft und berüchtigt für ihre Rauflust. Sie hielten das für Tapferkeit und bildeten sich viel darauf ein. Wie alle Sippen, die zum Stamm des legendären Niall gehören. Vor allem aber waren sie unsere Feinde. Jedes Kind bei uns weiß, dass vor gut hundert Jahren unsere Heimat Laigin die »Mittelprovinz« Érius an Nialls Nachfahren abtreten musste, mitsamt dem heiligen Hügel von Tara. Seither sah man die Uí Néill in unserer Gegend begreiflicherweise ungern.

Meinen Vater beschäftigten beim Anblick der hochrangigen Gäste eher praktische als politische Erwägungen: Wie viel würde uns die Gastfreundschaft diesmal kosten? Die Fremden von der Tür zu weisen, war undenkbar. Ebenso undenkbar war es, sie nicht ihrem Rang gebührend zu beköstigen und zu unterhalten. Welche Mission auch immer unsere Besucher zu dieser rauen Jahreszeit, inmitten von Stürmen und Regen, quer durch Ériu geführt haben mochte blieb uns Frauen verborgen. Von dem, was an jenem ersten Abend zwischen Dimma und den Männern aus Tír Conaill besprochen wurde, drang, entgegen sonstigen Gewohnheiten, kein einziges Wort zu uns vor. Allerdings bemerkten wir die Entspannung, die eintrat, als ihr Wortführer Sétna erklärte, sie führten eigene Vorräte mit sich und wollten diese auch verwenden, trotz des Protestes, den Dimma des Anstandes willen erhob.

Ich entsinne mich noch heute jenes ersten Abends ihres Aufenthalts, als sei es gestern gewesen: Ein eilig improvisiertes Festmahl, trotz unserer nur mühsam versteckten Armut, für das zwei Schweine geschlachtet und mehrere Eimer Bier bereit gestellt wurden. Fedilmith, der von allen am wenigsten trank und redete, ließ seine Augen über mich wandern, so dass ich den Blick niederschlagen musste. Ich spürte mein Gesicht vor Scham und Verlegenheit brennen, ein bisher unbekanntes Gefühl. Fedilmiths starrende Begierde und mein linkisches Erschrecken darüber verwirrten mich gleichermaßen.

Als nach fünf Tagen der Himmel aufklarte, erklärte Sétna, dass es nun höchste Zeit sei, die Heimreise nach Tír Conaill anzutreten, wo sie noch vor dem Fest von Samhain einzutreffen hofften. »Und was soll ich euch zum Abschied schenken?« fragte Dimma. Es war eine konventionelle Frage. »Wir begehren nichts von euch, was ihr uns nicht schon gegeben hättet«, erwiderte Sétna großherzig, wie mein Vater es sich wohl insgeheim erhofft hatte, um nach einer kleinen Kunstpause hinzuzusetzen: »Außer einem unbezahlbaren Schatz aus diesem Haus«.

Dimmas Erschrecken war so offenkundig, dass selbst die Angehörigen seines Haushaltes kaum das Lachen unterdrücken konnten. Sétna aber fuhr unbeirrt fort: »Der Schatz ist deine Tochter Ethne. Ich freie sie für meinen Bruder und das Haus des Cenél Conaill.« – »Darüber müssen wir ernsthaft reden«, erklärte mein Vater, nun wieder erleichtert, und die Männer zogen sich ein weiteres Mal zurück. Was sie dabei über die Mitgift und Morgengabe vereinbarten, habe ich nie erfahren. Ich erfuhr bald genug dies: Mein Vater bestand auf einer christlichen Trauung noch vor Fedilmiths Abreise. Dies war sein Versuch, dem allzu raschen Handel einen Schein von Würde zu verleihen und ein geliebtes Kind nicht wie ein überflüssiges Stück Vieh in die Fremde fortzugeben.

So zogen alle Beteiligten noch am selben Tag zu unserem Pfarrer, der wie viele unserer Geistlichen aus Britannien stammte. Ich weiß nicht, was ihm mein Vater dafür bieten musste, damit er entgegen seiner anfänglichen Weigerung eine Christin mit einem Heiden traute. »In diesem wilden Land lernt man, Zugeständnisse zu machen«, stöhnte der Pfarrer. »In diesem fetten Laigin hast du gelernt, dich an deiner Herde zu mästen«, herrschte ihn Sétna an, und der Bräutigam Fedilmith drohte: »Tu besser schnell, worum wir dich gebeten haben, oder du lernst wahre Wildheit kennen.« Zu mir gewandt, fügte er sanfter hinzu: »Das wahre Fest feiern wir bei uns daheim.«

Der hastigen Zeremonie folgte eine kurze Nacht echter Trauer, denn meine Freundinnen und Verwandten beklagten mein Schicksal, von dem nur gewiss schien, dass ich weit entfernt von ihnen leben musste. Gegen Morgen lösten meine Freundinnen der Sitte gemäß meine Haare, kämmten sie und flochten mir singend einen festen Zopf: »Morgen Nacht wird ein Mann dir den

Mädchenzopf lösen ...« Jetzt brach auch ich in Tränen aus. Ich kannte diesen Mann ja gar nicht. Ich trat aus meinem Vaterhaus, zum letzten Mal im Leben, wie ich glaubte. Dimma hatte ein Packpferd für meine Kleider und vor allem für meinen zerlegten Webstuhl bereitgestellt und ein gutmütiges Reitpferd, das aber Fedilmith zurückwies: »Ich nehme Ethne mit zu mir aufs Pferd. So gewöhnt sie sich schneller an mich.« Ehe jemand Einwände erheben konnte, hatte er mich aufs Pferd gehoben, die Zügel mit der Rechten haltend, während er mich mit der Linken an sich presste wie eine Kriegsbeute.

»Wie gründlich kennst du Ériu, Ethne Taebfhoda?« fragte Fedilmith nach einer guten Weile und legte seine bärtige Wange an meine. Ich konnte ihm nicht ausweichen. Noch durch seinen Kilt und mein dickes Wollkleid spürte ich die Wärme seines Körpers und die Kraft seiner Oberschenkel.

»Ich kenne nicht einmal das gesamte Land meines Stammes«, gestand ich und errötete erneut, ein blödes Mädchen eben. Soviel wusste ich: Im Süden begrenzt das Meer das Küstenland der Uí Bairrche. Deshalb nennt man bei uns Bodenwellen Hügel und bezeichnet Hügel als Berge. Fedilmith durchbrach sein übliches Schweigen, nannte mir die Namen der großen Flüsse, deren Läufen wir stromaufwärts folgten, die Namen von Ebenen, Seen sowie Bergen und lenkte mich mit Geschichten über die Entstehung dieser Namen von den Strapazen unserer Reise ab. Es gefiel mir, wie er ernsthaft mit mir sprach, aber es gefiel mir auch, wenn er schwieg, um seinen eigenen Gedanken nachzuhängen. Nichts Peinliches oder Lastendes lag in diesem Schweigen. So ritten wir bei jeglichem Wetter und bis zu Einbruch der Dämmerung, rasteten bei Bauern oder notfalls in Heuschobern. Wir durchquerten Landschaften, wie ich sie nie zuvor gesehen hatte: Moore und Sümpfe, Gegenden mit runden oder ovalen Hügeln und zahllosen Seen. »Uí Néill«, stieß mein Gatte erleichtert aus, als wir hügeliges

Grasland erreicht hatten. »Tír Conaill«, sagte Sétna schließlich feierlich und wies auf eine Kette blaugrüner Berge, die allen außer mir wohlvertraut war. »Tír Luighdeach«, rief Fedilmith freudig, als wir die Mündung des Swilly-Flusses erreichten. »Von hier bis zum Crolly-Fluß herrschen Sétna und ich als Häuptlinge.«

Das Land, das mein neues Zuhause werden sollte, war so anders als alles, was ich mir vertraut war. Es schien nur aus wenigen Farben zu bestehen: Aus dem Grau seiner Findlinge, dem Grün seiner Wälder, dem Grünbraun der Heide sowie dem Blau in See und Himmel. Doch jede einzelne dieser Farben trat in endloser Vielfalt auf, und dazu gesellte sich im Spätsommer der Purpur der blühenden Heide und im Herbst das Rostbraun des welkenden Adlerfarns. »Das schönste Land der Welt«, dachte ich damals und glaube es bis heute. Ich sagte es aber weder Fedilmith noch sonst jemand aus seiner Sippe. Die Eitelkeit des Cenél Conaill war groß genug. Mein ganzes Leben lang, Colum, verbot es mir mein Stolz, diesen Leuten etwas Anerkennendes zu sagen.

Mein zweites Ehejahr war fast vergangen, als ein Bote aus Laigin eintraf. »Schlechte Nachricht für Ethne Taebfhoda«, rief er, noch zu Pferd: »Deine Mutter ruft nach dir. Sie will nicht sterben, bevor sie dich noch einmal gesehen hat.« Sie kann nicht sterben ohne die Gewissheit, dass es mir gut geht, dachte ich bei mir. »Sie will dich mit eigenen Augen sehen«, fügte der Bote inständig hinzu, gegen Fedilmiths düsteren Blick. Ich war im fünften Monat mit dir schwanger. »Geh nicht«, sagte dein Vater, »aber wenn du gehen musst, nimm wenigstens Bédan mit.« Kundig in der Heilkunst ebenso wie in der Magie galt Bédan als die weise Frau des Cenél Conaill. Sie hatte schon Fedilmith zur Welt gebracht. Sie war seine Vertraute.

In meinem Elternhaus blieb ich aber länger als beabsichtigt. Meine Mutter starb langsam und qualvoll, und wenn ich in den dunklen

Stunden dieses Winters über mein nahes Ende nachdenke, ahne ich, dass auch in meiner Brust der Krebs wütet. In einer ihrer letzten Stunden legte meine Mutter plötzlich ihre Hand auf meinen gewölbten Leib: »Du trägst ein erstaunliches Kind. Dein Sohn wird sich durch Wissbegier und Weisheit auszeichnen, ein Mann der Gelehrsamkeit und der vielen Fähigkeiten. Ein Herrscher aus königlicher Familie, der ein Königreich gewinnt, falls er seine Heimat flieht.« Damals schob ich ihre Worte auf die Verwirrung, die uns vor dem Tode befällt. Ich glaubte ihr nicht. Unsere Familie hatte sich bis dahin nie durch die Gabe der Wahrsagung ausgezeichnet.

Auch nach der Beerdigung meiner Mutter verzögerte sich unsere Rückkehr, zu Bédans großem Verdruss. Sie drängte auf eine schnelle Rückkehr. Als es endlich soweit war, musste ich bereits in einer Sänfte getragen werden, was die Reise zusätzlich verzögerte. Nur zweierlei machte mir Mut: die Begleitung meines Bruders Ernán und der Frost, der die vom Herbstregen aufgeweichten Landwege festigte. Im Übrigen erinnere mich an quälende Träume, ausgelöst durch die Prophezeiung meiner sterbenden Mutter, und an deine nahende Geburt. Man sagt, dass Träume, die sich über mehrere Nächte fortsetzen, eine besondere Bedeutung besitzen. Mich befielen solche wiederholten Wahrträume. Mir träumte von einem Jüngling in strahlendem Gewand, der mir einen prachtvollen Umhang reichte, in den alle Farben der Welt eingewebt waren und der den Wohlgeruch einer jeden Blume, einer jeden Frucht trug. Doch noch bevor ich diese einzigartige, prächtige Gabe näher betrachten und bewundern durfte, nahm sie mir der Jüngling mit den Worten fort: »Dir wurde der Anblick des Großartigen gewährt. Doch dieser Umhang ist von so ruhmvoller Ehre, dass du ihn nicht länger für dich allein behalten darfst.« Im Traum der folgenden Nacht erhob sich der Jüngling nach diesen Worten mit dem Umhang in die Luft, und obwohl er sich von mir entfernte, nahm der Umhang ständig an Größe zu, bis er die Ebenen, die Wälder und selbst die Berge bedeckte. Zugleich vernahm ich eine laute Stimme, die zu mir sprach: »Sei frohen Mutes, denn du wirst dem Mann, mit dem dich die Ehe verbindet, einen Sohn gebären, der zu den Propheten des Herrn gezählt werden wird. Er ist auserwählt, zum Führer unzähliger Seelen auf dem Weg zur himmlischen Stadt zu werden, und sein Ruhm wird ganz Ériu und Alba erfüllen.«

Jahre später haben mir fromme Männer diese Träume dahin ausgelegt, dass der Himmel mir deine außergewöhnliche Bestimmung verkündet habe. Sie sagten das zu meinem Trost. Doch auch nach vielen Jahrzehnten erinnere ich mich deutlich des scharfen Schmerzes der baldigen und dauerhaften Trennung, die mir damals angekündigt wurden. Kinder sind wie Splitter im Herzen. Sie schmerzen, solange sie bei uns sind, doch werden sie entfernt, verschlimmert sich der Schmerz.

Als wir uns endlich dem Ziel unserer mühsamen Reise näherten, traten weitere Hindernisse auf. Seit Mittag roch die Luft scharf nach Schnee. Dann legte sich der schneidende Ostwind und die matte Wintersonne verbarg sich hinter grauen Wolken. Es begann zu schneien, erst in vereinzelten zaghaften Flocken, dann stärker. Bald schon verloren sich die vertrauten Umrisse von Bergen und Hügeln im dichten Schneegestöber, und selbst diejenigen unter uns, die sich in der Gegend bestens auskannten, mussten fürchten, vom Weg abzukommen. Zu diesem ungünstigsten aller Zeitpunkte setzten meine Wehen ein. Obwohl Ráth Cnó, Fedilmiths Gehöft, nicht mehr weit entfernt sein konnte, flehte ich meine Begleiter an, die Reise zu unterbrechen und unsere Zelte aufzuschlagen: »Die Welt versinkt im Schnee und Schmerz.« Meine Sinne trübten sich danach.

Ich erinnere mich nur, dass mich Bédan in mein Zelt führte, dass sie mich sanft auf Felle und Kissen drückte, meine Kleider hob und meinen schweren Leib betastete. »Es wird noch dauern«, sagte sie wissend. »Ich will dir inzwischen etwas geben, das die Schmerzen lindert.« Ihr starkes Gebräu raubte mir den Rest meiner Wahrnehmung. Erst am kommenden Morgen tauchte ich aus der Besinnungslosigkeit wieder auf.

»Sieh deinen Sohn«, sagte Bédan feierlich und legte dich auf meinen Leib. Sie tätschelte mir anerkennend die Hand. »Du hast uns ein bemerkenswertes Kind geboren. Es ist nicht nur gesund und stark, sondern auch schön. Nie sah ich ein Neugeborenes so wohlgestaltet.« Das stimmte. Statt des verschrumpelten Greisengesichts, mit dem die meisten Kinder geboren werden, besaßest du ein glattes Gesicht unter einem bereits voll entwickelten Haarschopf.

»Und sieh diesen Morgen«, ahmte Ernán die Amme nach. Erst als er meine Stimme vernommen hatte, wagte mein Bruder, zu uns ins Zelt zu treten. »Sieh nur«, rief er, nun mit natürlicher Stimme, und schlug die Plane am Zelteingang zurück. Ich blickte in eine gänzlich verwandelte Landschaft: Blendender Schnee und eine strahlende Sonne an einem wolkenlos blauen Himmel verliehen Hügeln und Heide ein festliches Aussehen. Weiß und Blau, die Farben Marias. So überirdisch strahlend, festlich, rein.

»Ein ungewöhnliches Omen«, ließ sich Bédan erneut vernehmen, »die Vereinigung der Gegensätze zur Stunde der Geburt. Das himmlische Feuer und die winterliche Eiseskälte. Hitzige Leidenschaft und kühle Strenge. Ein Mann von großen und gegensätzlichen Gaben wurde an diesem Morgen geboren.«

»Weißt du, was die Zauberin getan hat?« fragte Ernán halblaut, so dass Bédan es hören musste. »Sie hat es so eingerichtet, dass du deinen Sohn auf dem *Stein der Sorgen* geboren hast. Ein heidnischer Zauberfels ist es, auf dem dein Zelt steht!«

»Verzeih, dass ich dich nicht vorher um Erlaubnis fragte«, erwiderte Bédan spöttisch auf diese Anschuldigung, ohne Ernán eines Blickes zu würdigen, »doch du warst außer dir vor Schmerz. Ein Kind aus königlicher Familie konnte an keinem würdigeren Ort zur Welt kommen. Wir im Norden halten noch die uralten Gesetze. Dieser Stein wird seit undenklichen Zeiten verehrt, auch wenn niemand mehr genau weiß, warum. Deckt er das Grab eines Fürsten aus grauer Vorzeit? Wir spüren an dieser Stätte die Kraft und Gegenwart unserer Götter und Vorfahren. Wir schwören bei den heiligen Steinen, wir vertrauen ihrer Heilkraft und ihren Zauber. Auf den heiligen Steinen krönen wir unsere Häuptlinge. Ihr mögt es in Laigin inzwischen anders halten. Doch ich sage dir eines voraus: Da dein Sohn hier geboren wurde, wird er die heiligen Steine stets ehren, mag er auch sonst vieles ändern in Tír Conaill. Und er wird auf diesem seinem Geburtsstein heilen und beten, bevor er seine Heimat für immer verlässt. Der Stein aber wird danach den Namen Leac na Cumhadh tragen: Stein des Heimwehs und der Sehnsucht.«

»Übe Nachsicht mit uns, Bédan. Ich kann dir versichern, dass auch in Laigin noch Bäume und Quellen verehrt werden. Unser Apostel Ibar verdankt doch seinen Namen ebenfalls der heiligen Eibe. Mein Sohn wird nicht nur die heiligen Steine unangetastet lassen, er wird auch die *bilada*, die heiligen Bäume des alten Glaubens, schonen und ehren.«

Ich hatte den Frieden wiederhergestellt, noch bevor Fedilmith, von einem meiner Begleiter herbeigeholt, bei uns eintraf. Nachdem er sich an dir sattgesehen und deine üppigen rotbraunen Haar bewundert hatte, entschied er: »Mein Sohn wird Crimthann heißen. Denn listenreich und schlau wie ein Fuchs muss er sein, um in dieser Welt von Wölfen zu bestehen. Bei den Uí Néill ist Crimthann ein Name und ein Wunsch zugleich«, erklärte er, an mich gewandt. Ich verschluckte eine spöttische Erwiderung.

Im Rückblick allerdings kommt es auch mir so vor, dass dir der Name des Fuchses gerechter wird als der Taufname, den der gute Cruithnechán für dich wählte: Colum in unserer Sprache, Columba auf Latein. Die Taube. Die einzige mir nachvollziehbare Bedeutung dieses Namens liegt im Taubenopfer, das, wie die Bibel lehrt, Eltern im Heiligen Land brachten, wenn sie ihren Erstgeborenen dem Tempel weihten. Im Unterschied zu anderen Opfertieren tötet man diese Turteltauben nicht, sondern entlässt sie in die Freiheit, hoffend, dass die Taube den Herzenswunsch des Opfernden direkt in den Himmel trägt. In Wahrheit durchirrt die Taube ziellos die Lüfte, verwirrt und unglücklich über die Trennung von ihrem heimischen Schlag. Auch du erscheinst mir als ein solches Taubenopfer.

Cruithnechán hat natürlich nichts von deinem späteren Schicksal ahnen können. Er dachte einzig an die Taube als Sinnbild des Heiligen Geistes. Ich will nicht bezweifeln, dass dich bisweilen der Heilige Geist erfüllt. Sanftmütig bist du dadurch nicht geworden. In deiner Jugend bist du keinem Streit ausgewichen. Der Friede der Taube mag dein erklärtes Ziel gewesen sein, doch deine Mittel sind die des Fuchses geblieben. Im Übrigen misstraue ich den sanftmütigen Tauben. Ich habe mit eigenen Augen gesehen, wie diese Vögel Artgenossen zu Tode hacken oder aus ihrer Mitte stoßen, weil ihr Aussehen oder Verhalten vom Mittelmaß abweicht.

Als du sechs Jahre alt geworden warst, habe ich dich bereits verloren: erst an die Welt, dann an Gott. Es war an der Zeit, der Sitte gemäß Zieheltern für dich zu suchen, denn Kinder von vornehmer Abstammung bleiben nur in den ersten Lebensjahren bei ihren Müttern.

»Ich will Crimthann meinem Gefolgsmann Ferghill geben«, sagte Fedilmith. Es war ein Zugeständnis an meine zärtliche Anhänglichkeit an dich. Dankbar sah ich meinen Mann an. »Da bleibt

Colum in unserer Nähe, und du kannst ihn immer besuchen, wenn du auch deinen Gott besuchst.«

Damit meinte er meinen sonntäglichen Kirchgang in Tulach Dubhglaise, wo der Pikte Cruithnechán mac Ceallachain als einziger christlicher Priester im weiten Umkreis die Messe las.

»Ich möchte, dass Crimthann ein Gelehrter wird«, beharrte ich. »Er soll zu den Leuten mit besonderen Kenntnissen gehören. Er soll mehr sein als ein Krieger. Er soll sich mit den Gesetzen ebenso auskennen wie in der Dichtkunst.«

»Du willst vieles, Ethne, aber daraus wird nichts.« Fedilmith verlor jetzt die Geduld. »Du willst höchste Bildung für Crimthann, die ihn mindestens drei mal sieben Jahre seines Lebens kosten wird. Meine Wünsche sind bescheidener: Ich will, dass die königliche Sippe unseres Stammes einen Mann bekommt, der, falls es erforderlich ist, die Führung übernehmen kann. Bei Ferghill lernt er, was die Sitte verlangt: den richtigen Waffengebrauch. Die Jagd. Er lernt, wie ein Edelmann zu kämpfen und sich die Zeit zu vertreiben.«

»Du meinst, dass er Brettspiele lernt und wie man reitet, haut und sticht«, zischte ich verärgert. In Wortgefechten hatte ich nie zurückgesteckt. Es erfüllten sich aber unser beider Wünsche, so unvereinbar sie auch damals erschienen. Du dienst deinem Stamm ebenso treu wie unserem Gott. Doch dieser Teil deines Lebens ist dir bekannter als mir. Zu deinen Eltern kamst du nur noch, wenn du auf der Flucht warst und Hilfe brauchtest. Seit deiner Abreise ins Exil blieben mir Berichte aus zweiter und dritter Hand. Mit Stolz hörte ich von deinen Erfolgen, mit Kummer und Schmerz von deinen Niederlagen. Du hast verloren, wo du zu siegen glaubtest, und deine Niederlagen hast du in Siege verwandelt. Jetzt, in fortgeschrittenem Alter, hast du dir dein eigenes Reich auf der

Insel der Eibe errichtet. Mächtige Herrscher suchen deinen Segen, deinen Rat und deine Mittlerdienste. Wir beide aber, Mutter und Sohn, werden uns nie wieder begegnen.

Meine einsame Nachtwache ist vorüber, das Feuer heruntergebrannt. Griffbereit liegt das große Tuch, das ich im Sommer aus ungefärbter brauner Wolle gewebt habe, zuoberst in der Eichentruhe. Es ist die letzte Arbeit meiner Hände, und es trägt die Farbe der Erde, die unsere Ernährerin ist und unsere letzte Ruhestätte. Dies Leichentuch wird mich umhüllen, wenn sie mich bald zu Grabe tragen.

Zweites Kapitel: Colum

Es hat die ganze Nacht gestürmt. Dem wilden Toben lauschend, habe ich noch weniger geschlafen als sonst. Und obwohl ich Diarmaits leichten Schlummer gestört habe, als ich mich kurz vor der Dämmerung erhob und unsere Hütte verließ, stellt sich mein Gefährte schlafend wie stets, wenn ich vor der Zeit aufstehe. In Wahrheit verzeichnet er noch im Schlaf jede meiner Bewegungen. Seine liebevolle Anhänglichkeit wird ihn bald zwingen, mir zu folgen. Er kennt die Orte meiner nächtlichen Gebete und Meditation: Findet er mich nicht im Bethaus, wird er mich auf dem großen Hügel suchen. Findet er mich dort nicht, wird er mir zum Strand folgen, um geduldig auszuharren, bis ich meine Exerzitien beendet habe.

Diesmal wird er mich, wie schon in den zwei vorherigen Nächten, am Strand finden, denn seit Maria Lichtmess ist mein Herz schwer und eng, und ich suche Erleichterung unter dem weiten nächtlichen Himmels. Ich will die Gischt der aufgewühlten See riechen und der wirbelnden Brandung lauschen und weiß doch im Voraus, dass mir davon nicht leichter zumute werden kann. Erinnert doch jeder Blick über die See an mein Exil, an meine qualvolle Bußübung. Zu Unrecht sagen sie mir nach, dass ich geschworen hätte, den Blick von Ériu abzuwenden. Ich blicke oft über die See und zu oft zurück.

Kein menschlicher Bote hat mir die Nachricht vom Tod meiner Mutter verkündet, sondern ein Reiher, der trotz der Stürme bis zu unserer Insel vorgedrungen ist. Diarmait hatte das von den Anstrengungen seiner Reise entkräftete Tier morgens am Strand entdeckt und mir davon berichtet, mit einem erstaunten und zugleich scheuen Blick: »Wieder einmal trifft deine Voraussage ein: Du hattest uns einen Besucher aus deiner Heimat angekündigt.«

»Und gebeten, dass man ihn im Gästehaus aufnimmt und gut versorgt«, fügte ich hinzu. »Ist das geschehen?«

»Doch von uns nimmt er kein Futter«, wandte Diarmait ein. »Vielleicht von dir als einem Verwandten …« Dass der Reiher das Schutztier meiner Sippe ist, wissen nur wenige. Diarmait aber ist der einzige, der ungestraft darauf anzuspielen wagt. Alle übrigen haben es mit meinem Zorn gebüßt. Während ich dem Graugefiederten Fisch zusteckte, fielen mir Wardans Worte ein. In seiner Heimat hält man Kraniche für Botenvögel. Sie gelten als Inbegriff der Sehnsucht des Exilierten, so wie es in dem alten Lied heißt: Kranich, der du im Himmel schwebst, welche Kunde bringst du von daheim?

»Der Reiher steht mir näher«, hatte ich damals Wardan erwidert. »Was weißt du über ihn?«

Wie stets, wenn er angestrengt nachdachte, fasste sich Wardan an die Nasenspitze: »Wegen seines grauen Gefieders hält man ihn für ein Sinnbild der Buße oder des in Gethsemane trauernden Christus. Als Sinnbild Christi gilt er auch deshalb, weil er Schlangen vertilgt, die Verkörperung des Bösen.«

»Bei uns liebt man Reiher nicht«. Das Thema interessierte mich stets. »In unseren Mythen symbolisieren sie den Tod, und man glaubt, dass sie die Lebensfülle vernichten. Vielleicht besteht diese schlechte Meinung nur deshalb, weil Reiher aus menschlicher Sicht Fischräuber sind.«

Du bist wie ich ein Büßer, flüsterte ich liebevoll dem grauen Vogel zu und strich ihm über die zerzausten Federn. Du bist der Geist meiner Vorfahren. Du bist ein Todesbote. Sei willkommen, Reiher, trotz deiner traurigen Kunde. Drei Tage darauf verließ uns der Gast, und ich las die Messe für eine ferne Tote, an deren Grab ich nie stehen werde.

Ich sehe meine schöne Mutter vor mir, wie ich sie in Ráth Cnó als kleines Kind bewundert habe: Ethne mit den Augen von der Farbe der Kornblume und dem Haar von der Farbe des reifen Weizens. Ich sehe meine Kindheit, die Zeit der Wunder, wenn alle Eindrücke frisch und darum nachhaltig und wunderbar sind. Nichts im späteren Leben kommt ihnen gleich. Es ist die Zeit des stärksten Zaubers, wenn wir eins sind mit den Tieren, den Pflanzen und den Elementen. Der blassblaue Himmel und die Sommer meiner Kindheit dehnten sich endlos. Am Halm knistert das schwere Getreide, ein goldener Ozean im Sommerwind. Geheimnisvoll umschließen Wälder das liebliche Tal mit seinen drei Seen: Loch Gartan, Akibbon und Nacallung, den kleinsten. Am Hang über dem Akibbon liegt Ráth Cnó, die Wallburg der Haselnüsse.

Am liebsten wäre ich Tag und Nacht im Freien geblieben, unser wallumringtes Gehöft erschien mir als Gefängnis. Mein Vater förderte meinen Freiheitsdrang nach Kräften. Er nahm mich früh auf sein Pferd, wenn er sein Herrschaftsgebiet durchstreifte: »Ein Häuptling darf nicht am Herd hocken, kleiner Fuchs. Er muss alles sehen und hören und fast alles verstehen«, pflegte er zu sagen. Und belehrte mich über die Eigenschaften des Herrschers: »Sein Urteil und Handeln sind gerecht. Er muss freigiebig und gastfreundlich sein. Geiz ist wie Dürre, ein Merkmal des Niedergangs. Der Körper des vollkommenen Herrschers ist makellos. Zum Beweis dessen wird er bei seiner Wahl von den Edelsten des Stammes entkleidet, bevor er sich in heiliger Ehe mit dem

Land verbindet, das er beherrschen wird. Ist ein Herrscher mit Makeln behaftet oder ungerecht, verdorrt die Frucht am Halm, Tiere und Menschen verlieren ihre Fruchtbarkeit. Nun mach nicht solche erschreckten Augen, Kind«, lachte Fedilmith. »Die Götter, bei denen dein Stamm schwört, verlangen, dass wir nackt vor sie treten, damit unser wahres Wesen offenbar werde.«

An der Hand meines Vaters verlernte ich die Angst, die wohl ein jedes Kind in der Dunkelheit befällt. Zu allen Nachtzeiten, bei Vollmond ebenso wie bei Neumond, nahm mich mein Vater mit hinaus in den Wald, auf die Heide und zum Strand, und er lehrte mich die mir unvertrauten Geräusche zu unterscheiden: »Das ist ein Igel, der im welken Laub raschelt. Jenes Geräusch ist der Todesschrei einer Zieselmaus, die einer Eule zum Opfer fiel.« Wir lauschten den nächtlichen Gesängen der Robben. An der Seite meines Vaters lernte ich den Stand der Sonne und der Gezeiten zu bestimmen. Bevor ich die Buchstaben unterscheiden konnte, vermochte ich den nächtlichen Sternenhimmel zu lesen und den Umschwung des Wetters zu erkennen.

In den langen Nächten zwischen Samhain und Imbolc saß der gesamte Haushalt um ein großes prasselndes Feuer geschart. Wenn keine Barden, Geschichtenerzähler oder Spielleute in Ráth Cnó überwinterten, fanden sich genügend begabte Erzähler unter den Einheimischen, um uns in dieser Zeit erzwungener Untätigkeit zu unterhalten. Wie es die Höflichkeit verlangte, sangen die durchreisenden Barden erst einmal das Loblied ihrer Gastgeber und priesen überschwänglich unsere vornehme Abstammung, wobei sie unserem Stammbaum fast alle Großen der Geschichte und Sagen Érius andichteten: Den angeblichen Urahn Conn Hundertkampf, der seinen Beinamen den zahllosen Schlachten verdankte, in denen er gesiegt hatte. Nach ihm heißt die Nordhälfte Érius noch immer Leath Cuinn, Conns Seite.

Conns Enkel Cormac, das Idealbild des gerechten, salomonisch weisen Königs, soll zehn Generationen vor mir geboren worden sein. Mag dies auch dichterischer Übertreibung geschuldet sein, so waren wir alle fest überzeugt von unserer Abstammung von Niall mit den neun Geiseln, der als Oberherrscher über Leath Cuinn so mächtig wurde, dass neun Stammesfürsten ihm Geiseln stellen mussten. Dabei erschien ein solcher Aufstieg zunächst ganz unwahrscheinlich: Seine Mutter, die schwarzgelockte Cairen, war eine sächsische Prinzessin, die Nialls Vater Eochaid, den man auch den Herrn der Sklaven nannte, von einem Beutezeug nach Britannien mitgebracht und geschwängert hatte. Eochaids Gattin Mongfind ließ Cairen bis zu ihrer Niederkunft schwer schuften, in der Hoffnung, die fremde Sklavin werde ihre Leibesfrucht verlieren, denn nach unseren Gesetzen besitzen alle Söhne eines Herrschers die Möglichkeit, zu seinem Nachfolger erwählt zu werden, selbst wenn sie nicht im Ehebett gezeugt wurden. Aus Angst vor weiteren Nachstellungen setzte Cairen ihr Neugeborenes am Ort der Niederkunft aus, der Wiese vor der königlichen Residenz von Tara.

Den Knaben zog stattdessen des Königs Dichter Torna auf. Vielleicht verdankte ihm das Findelkind die Einsicht, dass nichts so ist wie es scheint und dass sich hinter der Hässlichkeit Schönheit und Macht verbergen können. Auf jeden Fall wird Torna dem Knaben Ehrfurcht vor den Göttern und den Bewohnern der Anderwelt beigebracht haben und auch die Weisheit, sich gut mit ihnen zu stellen. Bei einem Jagdausflug mit seinen vier Halbbrüdern, alles Söhne Mongfinds, kehren diese erfolglos von einer Quelle zurück, an der sie nacheinander versuchten, Wasser zu schöpfen. Nur Niall begriff, dass die abstoßend hässliche Alte, die den Zutritt zum Wasser von einem Kuss abhängig machte, noch ein anderes Gesicht trägt. Und wirklich wandelte sich das eklige Weib in seiner leidenschaftlichen Umarmung in eine strahlende Schönheit, die Niall lächelnd mit den Worten empfing: »König von Tara, ich bin die Oberhoheit des Landes.« Als Herrscher nach Tara zurückkehrend, untersagte Niall seiner Mutter, weiterhin Wasser zu schleppen und ließ sie in königlichen Purpur kleiden.

Es scheint den Gerechtigkeitssinn meiner Vorfahren nicht gestört zu haben, dass Niall, der Sohn einer britischen Sklavin, als Herrscher nun ebenso wie schon sein Vater über Britannien herfiel. Unter den vielen Briten, die Niall nach Ériu in die Sklaverei verschleppte, befand sich jener Knabe Patricius, der nach seiner erfolgreichen Flucht freiwillig nach Ériu zurückkehrte und den Hochkönig zu Tara im Namen Christi herausforderte. Doch von dieser Niederlage des Oberherrschers erzählte man begreiflicherweise in den Sippen der Uí Néill nichts. Wir wussten dagegen auswendig, dass mein kriegerischer Ur-Urgroßvater Niall aus zwei Ehen je vier Söhne hatte. Drei Brüder aus der zweiten Ehe, Éogan, Conall und Énda, zogen nordwärts in das Stammesgebiet der Ulter und trieben sie nach Osten, über den Fluss Bann. Éogans Nachfahren ließen sich auf der nach dem Stammvater benannten Halbinsel Inis Eogain nieder, mein Urgroßvater Conall Gulban in dem Land nordwestlich davon. Éndas Nachkommen wurden unsere östlichen Nachbarn. Von Conall Cremthainne, dem vierten Bruder, stammt der südliche Zweig der Uí Néill ab, der über die Mittelprovinz herrscht. Die königlichen Sippen beider Zweige unseres Stammes wählen je einen Herrscher für den Norden und den Süden, doch die Oberherrschaft über alle Abkömmlinge Nialls bildet einen ewigen Zankapfel zwischen den nördlichen und südlichen Uí Néill.

Höhepunkt der winterlichen Unterhaltung war die Rezitation des *Táin*, des Rinderheerzugs nach Cuailgne, in dem die alten Kämpfe zwischen der Provinz Connacht, aus der meine Vorfahren stammten, und der Nordprovinz widerhallten, die von der Connachter Königin Medb wegen der Weigerung angegriffen wurde, den mythischen Stier Donn herauszurücken. Dieses Epos erforderte die hohe Erzählkunst und das Gedächtnis eines Barden, denn wir wollten vom Erzähler nicht bloß die Geschichte eines vernichtenden Kampfes zwischen Menschen, Göttern und Stieren hören, sondern auch sämtliche Vor- und Nebengeschichten, die begründeten, warum die Helden für oder gegen Medb Partei ergriffen. Solche verwickelten Handlungsstränge konnte nur ein ausgebildeter Dichter wirklich gut verknüpfen.

Von allen Recken begeisterte uns am meisten der Jüngling Setanta, der zum Hund des Schmiedes Culann wurde, nachdem er in Notwehr dessen berüchtigten Hund getötet hatte. Denn Setanta verspricht Culann, ihm solange als Wachhund zu dienen, bis ein Welpe von der Rasse des getöteten Biestes aufgezogen ist und ihn ablösen kann. Schließlich wurde Cú Chulainn, der »Hund Culanns«, zum Wachhund des Königreichs Uladh und leistete auf dem Feld von Murthemne der Streitmacht Medbs allein Widerstand, bis seine Landsleute die Kindbettschwäche überwunden haben, die sie als Folge eines alten Fluches in Augenblicken größter Gefahr für jeweils neun Tage kampfunfähig macht.

Ein so ausgezeichneter Held wie Cú Chulainn besaß überirdische Eigenschaften. Seine Abstammung vom Sonnengott Lug erkannte man in seinem Flammenhaar, das am Ansatz braun, in der Mitte brandrot und an der Spitze goldgelb war. Cú Chulainns erstaunlichste Eigenschaft aber war die ihn häufig überkommende Wutverzerrung im Kampf. Dann schien es, als werde ihm jedes einzelne Haar in den Kopf getrieben. An jeder Haarspitze schien ein Funke zu lodern. Ein Auge kniff er zu, bis es klein wie ein Nadelkopf war. Das andere riss er auf, bis es groß wie eine Schüssel war. Er fletschte seine Zähne vom Kiefer bis zum Ohr und öffnete den Rachen derart, dass man seinen Schlund sehen konnte. Über seinem Kopf erhob sich der Mond des Kriegers.

Um die bedrohlich heiße Wut des noch kindlichen Helden abzukühlen befahl König Conor: »Nackte Frauen müssen herbei!« Angeführt von Königin Mugain traten die fünfzig schönsten Frauen der königlichen Residenz hervor und entblößten ihre Brüste. »Dies sind die Krieger, auf die du heute treffen wirst!« riefen sie dem Knaben herausfordernd zu, den solcher Anblick soweit beschämte und besänftigte, dass ihn starke Männer aus dem Streitwagen heben konnten. Sie mussten ihn aber nacheinander in drei Bottiche mit kalten Wasser stecken, denn den ersten sprengte Cú Chulainns Hitze, im zweiten kochte das Wasser, im dritten erreichte es noch den Siedepunkt.

Doch unausweichlich nahte der Untergang dieses Helden. Denn nach Cú Chulainns Gemetzeln in ihren Reihen lechzten die Connachter nach Vergeltung, allen voran die halbdämonischen Kinder des Giftmischers Calatin sowie Lugaid Cú Roi, dem Cú Chulainn arglistig den Vater getötet hatte. Aber nicht nur menschliche Rächer hatte Cú Chulainn am Ende seines kurzen Lebens gegen sich, sondern vor allem die Todes- und Kriegsgöttin Morrígan, deren Liebeswerben der Held törichterweise zurückgewiesen hat. Das Verhängnis begann, wie so oft bei Helden und Herrschern, mit seiner unentrinnbaren Verstrickung in den Widerspruch zwischen ihren moralischen Grundsätzen und den ihnen auferlegten Tabus. Dabei weiß jedes Kind, dass derjenige sein Leben verwirkt hat, der die Tabus bricht. Cú Chulainns Tabu bestand in dem Verbot, das Fleisch desjenigen Tieres zu essen, dessen Namen er trägt. Als der Ulsterheld trotz furchtbarer Vorzeichen und trotz der dringenden Warnungen seiner Angehörigen in einer grausigen Nacht aufbrach, um sich seinen Gegnern zu stellen, begegnete er zunächst drei alten Weibern, die ihn einluden, vom Fleisch aus ihrem brodelnden Kessel zu kosten. Cú Chulainn lehnte ihre Einladung mit der ehrlichen Begründung ab, dass es ihm verboten ist, Fleisch von ungewisser Herkunft zu essen. Da forderten die Hexen sein Ehrgefühl mit der Unterstellung heraus, er sei zu hochmütig, um ihr schlichtes, nur aus Hundefleisch bestehendes Mahl zu teilen. Als überheblich oder geizig verspottet zu werden erschien Cú Chulainn aber noch schlimmer als die Verletzung des Speisetabus.

Ganz ähnlich gelang es den Connachtern, ihrem ärgsten Feind schließlich mit List den Kampfspeer zu entwinden. Hier genügte die bloße Androhung von Spottgedichten, damit der Ulsterheld seinen Widersachern die eigene Waffe überließ. Drei Krieger, alle voll tiefem Hass auf Culanns Hund, schleuderten nacheinander den Speer auf ihn. Der erste Wurf traf Cú Chulainns getreuen Wagenlenker, der zweite eines seiner beiden Pferde, der dritte den Helden selbst. Der Mond des Kriegers, der stets über seinem Haupt geleuchtet hat, erlosch allmählich. Nun war die Stunde der Morrígan und ihrer nicht minder unheimlichen Schwestern Badb und Macha gekommen, die sich als Raben auf Cú Chulainns Schulter niederließen, so dass sich die Connachter endlich an den Sterbenden heranwagten. Lugaid Cú Roí ordnete dem Toten fast liebevoll die langen Locken, bevor er ihm den Kopf abschlug. Doch Cú Chulainns Ziehbruder, der sich stets rühmte, nie ohne den Kopf eines Mannes aus Connacht unter seinem Knie einzuschlafen, nahm Rache und überreichte Cú Chulainns Witwe Emer eine Espengerte, an die die Köpfe Lugaids und anderer Widersacher Cú Chulainns geknüpft waren.

Ich lauschte jeden Winterabend den blutrünstigen Sagen und Erzählungen, bis mir die Augen zufielen und ich in den Armen meines Onkels Ernán einschlief, der mich später behutsam zu einer Bettstatt trug. Schlaftrunken grub ich mein Gesicht in das Lammfell seiner Weste, und wachte doch bald wieder aus kurzen, unruhigen Träumen auf. Schlaflos horchte ich auf die nächtlichen Geräusche in meinem Elternhaus: auf das Atmen, Seufzen und Schnarchen der Schläfer, das Knacken der Bohlen unter dem Dach, vor allem aber, in Sturmnächten, auf die vielfältigen Geräusche des Windes. Ich stellte mir den Wind als beseeltes Wesen vor, ein atmendes Tier, das schnüffelnd und zischend ums Haus streicht und nach einem Eintritt sucht, das in den Wipfeln der Föhren tobt, die unser Gehöft umstanden. Ich stellte mir vor, wie der Sturm in den Felsschluchten des wilden Nachbartals röhrt. Ich passte meinen Atem den Atemstößen dieses Lebewesens an. Ich atmete mit dem Sturm, erst stoßweise und unregelmäßig, dann immer gleichmäßiger und sanfter. Ich verschmolz mit dem Sturm. Der Sturm legte sich. Er hatte sich meinem Atem angepasst.

Ich probierte diese Fertigkeit in mehreren Nächten. Stets kam der Augenblick, wo ich die Geschwindigkeit, die Heftigkeit des Sturms meinem eigenen Atem anpassen konnte, so dass er sich allmählich beruhigte.

»Bédan«, rief ich am nächsten Morgen atemlos, »ich kann machen, dass es aufhört.«

»Was aufhört?« fragte die weise Frau unserer Sippe.

»Der Sturm. Erst atme ich wie der Sturm, und dann atmet der Sturm wie ich. Ich bin der Überwinder des Windes.«

Bédan betrachtete mich ernst. »Ja«, sie schließlich, »du hast fraglos die Gabe. Und da ich die Umstände deiner Geburt kenne, glaube ich es umso mehr. Es ist Zeit, dass du lernst, deine Fähigkeiten gezielt einzusetzen.«

»Es ist Zeit, dass du in die Gegenwart zurückkehrst, Abt von Í«, sprach Diarmait und legte mir lächelnd die Hand auf die Schulter. »Auch wenn du ein wunderbares Geschenk empfangen hast: Deine Mönche brauchen dich.«

»Ja«, seufzte ich. »Erinnerungen an die Kindheit sind ein wunderbares Geschenk. Doch führen sie uns weit vom Weg ab.«

Drittes Kapitel: Die Lehrer

...und alle, die ihm zuhörten, verwunderten sich
ob seines Verstandes und seiner Antworten.

(Lukas 2, 47)

Cruithnechán mac Ceallachán

»Du musst Cruithnechán sein!« Die Kinderstimme, bereits be-
fehlsgewohnt, klang klar und fest. »Du trägst ein goldenes Kreuz
am Hals und dein Gewand ist schwarz. Du bist der Priester, zu
dessen Gott meine Mutter betet!« Die aufmerksamen dunkelgrü-
nen Augen des Knaben verbargen nur mühsam den Stolz auf den
eigenen Scharfsinn. Seufzend setzte ich mich auf, verlegen über
meinen hilflosen Zustand. Ein Geistlicher, der vor Hungersschwä-
che zusammenbricht, wird keinen Heiden von der Überlegenheit
des Christentums überzeugen.

»Und du bist Ethnes Erstgeborener Crimthann«, sagte ich zu
dem Knaben, um meine Würde als Erwachsener und Priester zu
behaupten. »Wo stecken deine Spielgefährten und Ziehbrüder?«

Doch Crimthanns Erstaunen über meine Schlussfolgerung
währte nur Augenblicke. »Sie sind schreiend fortgelaufen«, erwiderte er mit einem Achselzucken. »Sie hatten Angst, weil sie
dich für tot hielten. Aber ich habe gleich verstanden, dass du bloß
ohnmächtig bist. Geht es dir jetzt besser? Du kannst mein Pferd
reiten. Soll ich dir Wasser holen?«

Zu viele Fragen auf einmal. Zu viel Hochherzigkeit. Mich
schwindelte noch immer, doch langsam zog ich mich an dem

nächststehenden Baum empor: »Ich danke dir. Aber ich will jetzt nur zu meiner Klause. Du kannst mich begleiten. Tulach Dubhglaise ist nicht weit von hier.«

Ich spürte Crimthanns Neugier und wollte ihn für sein geduldiges Warten belohnen. Sein Pony am Zügel führend, folgte er mir. Mir gefiel, dass er auf das Reiten verzichtete, da ich zu Fuß ging.

»Ich habe dich und deine Gefährten schon oft in diesem Eichenwald spielen gehört«, sagte ich, um das Schweigen zu brechen.

»Der Wald gehört meiner Mutter. Mein Vater hat ihn ihr geschenkt«, erwiderte Crimthann. »Damit du deine Sehnsucht nach den heiligen Bäumen deiner Heimat vergisst, hat er damals gesagt.«

Ich seufzte. »So verehrt auch deine Mutter noch die heiligen Bäume, obwohl sie Christin ist? Ach, wir Christen stecken doch alle noch mit einem Bein im alten Glauben. Meine Klause steht neben einem Erdhügel, auf dem einst die Häuptlinge dieser Gegend gekrönt wurden. Dein Onkel Sétna war so großzügig, mich an diesem heiligen Ort zu dulden, als ich mich als Einsiedler von der Welt zurückzog.«

Im Schutz eines Berges und nahe den Moorwassern des Glashagh-Flusses erhebt sich Tulach Dubhglaise, der Erdhügel des Dunklen Stroms, ein friedvoller Ort mit weiter Rundsicht über Wiesen und Brachland. Mein junger Besucher sprengte, nun doch wieder auf dem Rücken seines Ponys, auf den Krönungshügel, ganz Häuptling und Eroberer. Als nächstes unterzog er meine Behausung und meinen Speicher einer schnellen Besichtigung. Das magere Ergebnis ließ ihn die Augen niederschlagen. Denn nach dem ungewöhnlich strengen und langen Winter waren meine ohnehin kargen Vorräte erschöpft. Crimthann begriff, dass ich aus reiner Not hungerte, nicht aus religiöser Tugend. Über diese Erkenntnis verlor er jedoch kein Wort. Statt mich mit Fragen zu meiner Armut zu beschämen, verweilte er lange in dem kleinen Bethaus, das ich vor Jahren eigenhändig errichtet hatte.

»Wer ist der Tote auf dem Kreuz?« fragte er schließlich.

»Jesus Christus«, erklärte ich ihm. »Gottes Sohn und unser Erlöser. Er ist nicht tot. Er ist gestorben, durch die Hölle gegangen und zu seinem Vater in den Himmel zurückgekehrt. Er ist Gottes Geschenk an diese Welt.«

»Dann wurde er geopfert?« fragte Crimthann.

»Er hat sich selbst zum Opfer gebracht.«

»Ist Jesus sehr stark?«

»Er ist der wahre Herrscher und Erlöser der Welt.«

»Dann ist er stärker als Cú Chulainn? Weißt du, auch Cú Chulainn hat ganz allein gegen alle Feinde gekämpft. Er ist stehend gestorben. Durch ihn wurden die Ulter gerettet.«

»Die Geschichten vom Rinderheerzug sind mir vertraut«, sagte ich schmunzelnd. »Wie du an meinem Namen siehst, gehöre ich zu den Cruithni. In grauer Vorzeit lebte unser Volk östlich Ériu und jenseits des Meeres, wo heute Alba liegt. Ein Teil wanderte nach Ériu aus, lange bevor deine Ahnen, die Gälen, dort eintrafen. Meine Vorfahren gründeten hier ein mächtiges Reich, Ulaid. Später herrschte Krieg und Kampf zwischen uns und den Gälen. Die Geschichten vom Rinderheerzug und von Cú Chulainn handeln von den blutigen Kämpfen zwischen deinen und meinen Vorfahren.«

Crimthann blickte mich erstaunt an: »So habe ich die Geschichte noch nie gehört.«

»Jede Geschichte, kleiner Fuchs, kann man aus unterschiedlichem Blickwinkel erzählen oder deuten. Sieger erzählen anders als Verlierer.«

In der folgenden Nacht träumte mir von dem britischen Apostel Patrick, wie er das Feuer des Glaubens auf dem Hügel von Slane entzündete. Es loderte so gewaltig, dass es das ganze Land erhellte. Doch nach Patricks Tod sanken die Flammen in sich zusammen. Nur auf wenigen Hügeln leuchteten noch vereinzelt Feuer und erhellten die Nacht. Als noch mehr Zeit verstrichen war, verloschen selbst diese Feuer, bis einzig glimmende Asche-reste zurückblieben. Da erschrak Patrick im Himmel und flehte Gott an: Allmächtiger, willst du das Volk, zu dem du mich gesandt hast, nun verdammen? Warum entziehst du ihm deine Gnade?

Zur Antwort erschien dem Patrick ein Engel und wies nordwärts. Dort erblickte der Heilige ein immer heller werdendes Licht, vor dem die Dunkelheit weichen musste, bis ganz Ériu wieder im Feuer des Glaubens erstrahlte. Patrick aber wandte sich um und trat auf mich zu: »Es liegt an dir.«

Ich erwachte vom Klopfen an meine Tür und hielt dieses Ge-räusch schlaftrunken erst für eine Fortsetzung des wundersa-men Traumes. Doch draußen fand ich Crimthann mit einem Knecht Forghaills und zwei Packpferden. »Wir bringen dir Getreide«, sagte das Kind. »Genug zum Essen und genug für die Aussaat. Wir bringen dir Brot, Eier, Käse und getrockne-ten Fisch. Nimm es als Vorschuss für deine Leistung als Leh-rer. Denn ich will, dass du mir alle Geschichten von dem Sohn Gottes erzählst. Die von Cú Chulainn kenne ich bereits. Und außerdem sollst du mir beibringen, wie ich solche Geschichten lesen und aufschreiben kann.«

Ich staunte erneut über die Umsicht und Großzügigkeit meines kindlichen Besuchers, mehr aber über seine Forderungen. »Und deine Eltern sind einverstanden, dass ich dich unterrichte?«

»Meine Mutter wäre erfreut. Mein Vater wird zustimmen, wenn ihm der Seher zum Unterricht rät.«

Ein guter Plan. Crimthann schien sich alles genau zurechtgelegt zu haben. Ohne den örtlichen Seher um Rat zu fragen, wurde in dieser abergläubischen Gegend kaum etwas entschieden. Ich fügte mich in mein Schicksal und besprach nach der nächsten Sonntagsmesse mit Ethne die Einzelheiten. Den Seher gewannen wir ohne Schwierigkeiten für unser Vorhaben. Er war es auch, der, in sein weites Schamanengewand gehüllt, schließlich Fedilmith aufsuchte und feierlich zu ihm sprach:

»Ich habe, Häuptling Fedilmith, heute Nacht bedeutungsvoll von deinem Ältesten geträumt. Wie es scheint, will der Himmel, dass er die lateinische Bildung erlangt. Wir sollten den himmlischen Willen deshalb mit einem Orakel befragen.«

Das Orakel bestand aus einem Brot, auf das ich die aus Teig geformten Buchstaben des lateinischen Alphabets geklebt hatte, bevor der Laib gebacken wurde. Unter den Blicken seiner Eltern und des Sehers musste Crimthann dieses Brot essen. Er ließ sich Zeit dafür und vergaß anscheinend, wie Kinder das häufig tun, den Zweck unserer Zusammenkunft. Dem Seher war das gerade recht, denn Crimthanns ungezwungenes Betragen erlaubte es ihm, weitreichende Schlüsse zu ziehen. Immer noch am Brot kauend, hüpfte Crimthann inzwischen spielerisch über einen kleinen Bach.

»Das Orakel bestätigt erneut meinen Traum«, versicherte der Seher, an Fedilmith gewandt. »Dein Sohn wird die lateinischen Buchstaben so mühelos verdauen, wie dieses Brot. Doch ich kann dir noch mehr verkünden. Siehst du, wie Crimthann von Ufer zu Ufer hüpft? Das bedeutet, dass er sowohl im alten, wie im neuen Wissen zuhause sein wird. Er wird zudem diesseits und jenseits des Meeres leben und außerhalb seiner Heimat sterben.«

Eine kurze Weile schwieg Fedilmith, dann strich er sich seufzend die schwarzen, von grauen Strähnen durchsetzten Haare. »Seher«, erwiderte er, »ich würde nicht zum Häuptling taugen, wenn ich nicht die Herzen der Menschen annähernd so gut lesen könnte wie du die himmlischen Zeichen. Ich erkenne, dass hier eine kleine Verschwörung stattgefunden hat. Aber da es offenbar der feste Wille aller Beteiligten ist, dass Crimthann bei dem Priester Cruithnechán Lesen und Schreiben lernt, soll es so geschehen. Deine Deutung des Hüpfens hat mir gefallen. Soll er zwischen den

Welten wandern. Doch eine Bedingung stelle ich: Während der Woche soll Crimthann weiterhin bei seinen Zieheltern ausgebildet werden. Vom Freitag bis Montag aber mag er bei Cruithnechán in Tulach Dubhglaise lernen.«

So geschah es, dass ich, der ich nie ein Kind unterrichtet hatte, Tafeln aus Wachs und Schiefer sowie Griffel vorbereitete. Eine Fibel besaß ich nicht, auch kein Lehrbuch, um ein Kind Latein zu lehren. Die Heilige Schrift selbst musste als Lehrbuch dienen. Das bedeutete, dass Crimthann das Alphabet in einer fremden Sprache lernte. Zum Glück verfügte er über eine natürliche Begabung zum Lernen, eine rasche Auffassungsgabe und einen unerschöpflichen Wissensdurst. Mit der lateinischen Elementarbildung und der Lektüre der Heilsgeschichte sog er auch die christliche Überzeugung auf.

»Wie der Hirsch schreiet nach frischem Wasser, so schreit meine Seele, Gott, zu dir. Meine Seele dürstet nach Gott, nach dem lebendigen Gott.« Diese Verse aus dem 42. Psalm des Psalters kamen mir stets in den Sinn, wenn ich auf den über das heilige Buch gebeugten Hals meines Zöglings blickte. Wie leicht ein so schmaler Hals mit einem Schwert zu durchtrennen wäre … Ich wusste, dass in seiner Kinderseele Aufruhr herrschte, ein Wettstreit zwischen den überlieferten Vorstellungen seiner frühen Kindheit und dem, was die Bibel lehrt. Ich drängte ihn nicht. Auch in meiner Seele raste der Zwiespalt, wenngleich aus anderen und dunklen Gründen.

Ich sah Crimthann an meiner Seite heranwachsen wie einen Sohn. Der leibliche Sohn, den ich mir sehnlichst gewünscht hatte, war nie geboren worden. Stattdessen hatte meine Frau, Gott hab` sie selig, drei Töchter zur Welt gebracht. Drei sehr fromme Töchter. Sie zogen sich in eine Klostergemeinschaft zurück, noch bevor ich Witwer und Priester wurde. Meine Frau und meine Sippe starben, so hoffe ich, schnell. Sie wurden bei einem Überfall gälischer Nachbarn abgeschlachtet, wie jeder Einwohner der neun Täler, der nicht in die Moore der Hochebene fliehen konnte. Nur wenige retteten sich, denn die Angreifer kamen im Morgengrauen. Ich befand mich damals auf Reisen. Bei der Rückkehr stieß ich nur noch auf die Grundmauern meines niedergebrannten Gehöfts. In den erkalteten Ascheresten lagen versengte Knochen. Ich betete, dass meine Angehörigen im Schlaf verbrannt, besser noch erstickt waren. Aber ich stellte mir ihren Tod qualvoller vor. Wochenlang irrte ich wie im Wahn durch das fast ausgestorbene Land, besessen von den Visionen ihrer Qualen. Schließlich gelangte ich zu meinen Töchtern. In ihrer Klostergemeinschaft fand ich sehr langsam zum Leben und zu meinem Glauben zurück. Da ich niemand mehr besaß, der mir die Familie ersetzen konnte und aus Dankbarkeit gegenüber den Geistlichen und Nonnen, die mich gerettet hatten, bat ich ihren Bischof um die Weihen. »Ich werde dir nur die Hand auflagen, wenn du meine Buße annimmst«, sagte er mir am Abend zuvor. »Da dein Herz voll verzehrendem Hass auf die Gälen ist, wirst du von nun an unter ihnen leben. Ich verlange nicht von dir, dass du zu jenen gehst, die deine Sippe abgeschlachtet haben.« So kam ich nach Tír Luighdeach, wo mein Glaube und meine Herkunft zwar befremdeten, aber geduldet wurden. Das Häuflein Christen war hier so gering, dass mein Stand eher dem eines Eremiten als dem eines Hirten glich. Bis mich das Kind Crimthann mit fester Entschlossenheit zu seinem Erzieher erkor und mich zwang, es zu lieben, trotz aller schwarzen Erinnerungen an die ermordeten Kinder meines Volkes. Zum Glück hat er nie erfahren, wie schwer mir das fiel.

Als Crimthann 14 Jahre alt war und seine Stimme brach, als er an der Schwelle zur körperlichen Reifung stand und seine Überzeugungen gefestigt waren, gab ich endlich seinem Drängen nach und erklärte mich bereit, ihn zu taufen. Ich hatte dafür das Pfingstfest gewählt, denn ich hoffte auf den Beistand des Heiligen Geistes. Ich hatte außerdem dafür gesorgt, dass nicht nur die kleine Christengemeinde daran teilnahm, sondern Crimthanns gesamte Sippe. Die Natur selbst begünstigte mein Vorhaben. Der wolkenlose Frühlingshimmel kontrastierte mit dem Lindgrün des zarten Eichengrüns. Ein freundlicher Tag, an dem die Menschen gern ihre Behausungen verließen und sich unter freiem Himmel versammelten.

Auch wenn die Moorwasser des Glashagh nicht denen des Jordan ähneln, vollzog ich das Taufsakrament direkt am Fluss. Meiner Predigt hatte ich den zwölften Vers von Davids Bußgebet zugrunde gelegt: »Schaffe in mir, Gott, ein reines Herz und gib mir einen neuen, gewissen Geist.« Zu Ehren des Pfingstwunders und in der Hoffnung auf die tiefe Wandlung, die die Taufe bewirkt, taufte ich Crimthann auf den Namen Colum: »Der Herr wird seinen Auserwählten einen anderen Namen geben«, erinnerte ich meine Gemeinde an die Worte Jesajas und ließ das Taufwasser über die langen rotbraunen Haare meines Ziehsohns rinnen.

Drei Jahre nach diesem Ereignis trat ein, was ich längst vorausgesehen hatte: Obwohl ich jede Krume meines bescheidenen Wissens hervorgekramt hatte, reichten meine Kenntnisse nicht mehr aus, um Colums Wissensdurst zu stillen. Er hatte zudem das Alter erreicht, in dem die Ziehelternschaft endet. Mir blieb nur der Ratschlag, wo Colum seine Ausbildung am besten fortsetzen sollte.

»Geh zu Finnian von Cluain Iraird. Von ihm heißt es, dass er der beste und gebildetste christliche Lehrer Érius ist. Und der beste Kleriker dazu, sieht man einmal von Enda von Aran ab. Dass Finnian nicht Endas düsteren Busseifer und überzogenes Asketentum besitzt, scheint mir ein weiterer Vorzug.«

»Besitzt Finnian viele Bücher?« fragte Crimthann erwartungsvoll. Der Mangel an Büchern in Tulach Dubhglaise hatte ihn zunehmend bedrückt.

45

»Bestimmt. Er ist ja Abtbischof einer großen Klosterstadt, zu der auch eine eigene Schreibwerkstatt gehört. Die von ihm ausgebildeten Kopisten haben ihm im Lauf der Jahre zu einer beachtlichen Bibliothek verholfen.«

Nach dieser Unterhaltung stieg Colum auf einen Hügel, wie stets, wenn er ungestört beten und nachdenken wollte. Die freie Natur, so schien es, war trotz der Taufe seine wahre Kirche geblieben. Als er bei Einbruch der Dämmerung zurückkehrte, kniete er plötzlich vor mir nieder, meine Knie umfassend: »Segne mich«, verlangte er. »Denn ich will Priester werden wie du.«

»Segnen will ich dich gewiss«, beruhigte ich ihn. »Ob du Priester wirst, muss die Zeit weisen. Es ist eine Berufung, kein Erbamt. Du wirst dir selbst eines Tages die Antwort geben. Aber lass dir Zeit, denn die schnelle Antwort ist meist die falsche.« Ich segnete den Knienden. Wenig später segnete ich ihn erneut und zum letzten Mal. Colum verließ nicht nur Tulach Dubhglaise, sondern auch seine Heimat, damit sich sein Verhängnis erfülle.

Finnian mocu Telduib von Cluain Iraird

Richtige Städte gibt es in unserem Land nicht. Nur weil wir zu Übertreibungen neigen, nennen wir jede Ansammlung einiger Häuser gleich eine Stadt. Doch Cluain Iraird darf sich wohl ehrlich dieser Bezeichnung bedienen, nicht bloß wegen seiner Kirche, seiner vielen Hütten und Werkstätten, wegen seines Spitals und seiner Gästehäuser. Cluain Irairds urbaner Geist liegt viel mehr in der Fülle an geistigen und geistlichen Gütern, namentlich jedoch in der Schule, die die Jugend aus beiden Hälften Érius anzieht. Viele Studenten von einst haben sich dem Kloster angeschlossen, wenn sie nicht nach Studienende in alle vier Himmelsrichtungen zogen, um selbst Gemeinschaften frommer Männer nach meinem Vorbild zu gründen.

Denn Cluain Iraird ist meine Schöpfung, und es fällt mir schwer, nicht stolz auf mein Werk zu sein. In solchen Momenten drohenden Hochmuts rufe ich mir in Erinnerung, dass Cluain Iraird bloß ein Glied in der langen Kette ähnlicher Gründungen ist, die bis zur gallischen Insel Lérins reicht, dem verehrten Kloster des heiligen Horatus. Als die Väter unserer Kirche um das Erbe heidnischer Bildung stritten, übernahm Lérins den gemäßigten Standpunkt der Römer. Denn wenn auch einzig die Heilige Schrift den Mittelpunkt und das Ziel christlichen Studiums bilden darf, erkennen wir mit den heiligen Vätern Hieronymus und Augustinus die Bedeutung einer Bildung an, die auch weltliches und vorchristliches Wissen umfasst. Britannien hatte sich diese Wertschätzung bereits zu Eigen gemacht, Ériu muss folgen. Bei uns kann das Christentum nur siegen, wenn es eine Elite hervorbringt, die intellektuell ebenso herausragend ist wie charakterfest. An der Spitze unserer Gesellschaft stehen die Druiden nicht nur, weil sie, wie das einfache Volk glaubt, Zauberkräfte besitzen, sondern weil sie als Priester und Philosophen vollkommen das spirituelle und geistige Wissen beherrschen. Wenn wir die Druiden schlagen wollen, werden wir es mit ihren eigenen Waffen tun müssen.

Von den Hunderten von Schülern und Studenten, die ich im Lauf der Jahrzehnte ausgebildet habe, haben die meisten meine Erwartungen erfüllt. Unter Dutzenden illustrer Namen ragen aber zwei heraus, an die ich mich stets nur mit Schmerz und Bitterkeit erinnere. Denn diese Studenten haben meine scheinbar so festen moralischen und pädagogischen Grundsätze über die Maßen herausgefordert und auf die Probe gestellt, eine Probe, die ihr langgedienter Erzieher, nicht gut bestanden hat. Merkwürdigerweise traten Ciarán und Colum fast zu gleicher Zeit in mein Leben.

»Der junge Prinz ist auf einem herrlichen Falben hier eingetroffen, gegürtet mit einem kostbaren Schwert und begleitet von zwei Dienern«, schwärmte Olcán, der Vorsteher des Gästehauses, sichtlich beeindruckt. Es gehörte zu seinen täglichen Pflichten, mir nach der Vesper über Neuankömmlinge Bericht zu erstatten, bevor ich selbst die Gäste begrüßte.

»Und der andere?« fragte ich nach.

»Er ist einige Jahre älter, nennt sich Ciarán und Sohn des Zimmermannes.«

»Ahmt er etwa Christus nach?« fragte ich. Olcán, mein zuverlässiger Berichterstatter, zuckte die Schultern:

»Tun sie das denn nicht alle mehr oder weniger? Doch wenn auch, dann hinkt der Vergleich. Sein Vater ist, im Unterschied zum heiligen Josef, durchaus zu Wohlstand gelangt, nachdem er und seine Brüder nach Connacht geflüchtet sind. Da sie zu den Stämmen gehören, die den nördlichen Uí Néill tributpflichtig sind, haben sie dort sehr unter den drückenden Abgaben gelitten. Aber an der Grenze zwischen Connacht und Munster sind sie reich geworden, denn offenbar ist Ciaráns Vater Beoit ein besonders geschickter Kunsthandwerker, der sich nicht nur auf die Herstellung von Streitwagen versteht, sondern auch als Kunstschmied in den Häusern wohlhabender Auftraggeber ein und aus geht. Und wer außer den Reichen könnte sich Holz als Baumaterial und einen Zimmermann leisten?«

Wenn ich heute zurückblicke, muss ich mir eingestehen, dass ich meine Zuneigung für Ciarán und die Abneigung gegen Colum schon nach dieser ersten Mitteilung fasste.

»Was führt dich nach Cluain Iraird, Abkömmling des Niall?« fragte ich dennoch Colum am Abend seiner Ankunft mit höflicher Würde, wie es die Form gebietet. In der ihm zugewiesenen Kammer des Gästehauses trat mir der Jüngling hoch erhobenen Hauptes entgegen. Nachdem er seinen Wunsch, bei uns zu studieren, vorgetragen hatte, ließ ich mir von ihm die kurze Geschichte seines Lebens erzählen und seufzte innerlich. Ich stellte mir einen verzogenen Sprössling des nördlichen Hochadels vor, der zum ersten Mal das väterliche Stammesgebiet und die heimischen Berge verlassen hat und mit Sicherheit in den nächsten Tagen heftig an Heimweh erkranken würde, wenn er sich in die Zucht der Klosterschule und eines ihm bisher fremden Gemeinschaftslebens einfügen muss, dessen Regeln auf seine vornehme Abstammung keine Rücksicht nehmen konnten.

Rückblickend muss ich freimütig einräumen, dass ich selbst keineswegs frei vom Standesdünkel bin. Was ich Colum unterstellte, bildete meine eigene Verfehlung, und dies umso mehr, als sie sich mit meinen politischen Vorurteilen gegen die Uí Néill verband, die ich als Adliger aus Laigin besonders stark hegte. Daran vermochte nicht einmal die Tatsache etwas zu bessern, dass Colums Mutter ebenfalls aus Laigin stammte. Meine Abneigung war so stark, dass ich Colum nicht richtig zuzuhören vermochte, als er mit großer Wärme von seinem bisherigen geistlichen Ziehvater Cruithnechán erzählte. »Ein Halbwilder hat einem Wilden etwas Grundwissen beigebracht«, dachte ich unwillkürlich. Colum schien zu stutzen, als habe er meinen frevelhaften Gedanken gelesen, und brach seinen Bericht jäh ab. Laut sagte ich: »Lass mich nun hören, wie es mit deinen Lateinkenntnissen steht.« Der Jüngling las bei trübem Kerzenlicht so flüssig aus den Psalmen vor, dass mir klar wurde, dass er sie bereits auswendig kannte. Ich ließ dann Olcán eine Abschrift der »Metamorphosen« Ovids holen und Colum aus diesem ihm unbekannten Text lesen. Er las ihn ebenso fehlerlos wie zuvor den Psalm. Ich fragte ihn nach seiner Ansicht über die Vorstellung, Menschen und Götter könnten sich in Tiere wandeln, und er antwortete mir höchst verständig, dass diese Idee offenbar weit verbreitet sei, da sie auch den Sagen unserer Heimat zugrunde liegt. Gegen meinen Willen musste ich mir eingestehen, dass hier ein überdurchschnittlich begabter Studienanwärter vor mir saß, wie ihn sich jeder Lehrer nur wünschen konnte. Dennoch war mir unwohl bei der Vorstellung, ihn bei mir behalten zu müssen. Ich sah Schwierigkeiten voraus.

»Ich werde dich unterrichten, wie du es begehrst«, entschied ich am Ende meiner Prüfung widerstrebend. »Dass du begabt bist, weißt du wohl selbst. Ich werde deinen Lateinkenntnissen den letzten Schliff geben, und du wirst in dieser Sprache die Werke heidnischer Autoren studieren, die wiederum dein Wissen, dein Stilgefühl und dein Ausdrucksvermögen bereichern sollen. Zugleich wirst du mit dem Studium der Theologie beginnen, also mit der Lehre der Dogmen, dem kanonischen Recht, der Morallehre sowie dem Ritus. Den Schwerpunkt und Abschluss aber wird die Auslegung der heiligen Schrift bilden, denn hierin scheinst du besonders begabt zu sein. Nach der Methode des Cassian und Eucherius werde ich dir die geheimen Bedeutungen nicht nur des Psalters erschließen, sondern auch des Matthäusevangeliums und der zwölf kleineren Propheten.«

Danach legte ich eine Kunstpause ein und beugte mich mahnend vor: »Aber bedenke stets, wo du dich befindest! Dies ist eine Klosterschule. Jeder meiner Schüler ist mir gleich lieb, und jeder besitzt die gleichen Pflichten. Jeder ist zur Arbeit verpflichtet, und die besonders notwendigen und die besonders unangenehmen Arbeiten werden gerecht verteilt. Deine beiden Diener wirst du nach Hause schicken, und ein Schwert darfst du hier nicht tragen. Du wirst deine weltlichen Kleider ablegen und wie alle das Gewand eines Novizen anlegen, auch wenn du dich noch nicht Novize nennen darfst. Über ein Noviziat rede ich erst in einem Jahr mit dir. Trotzdem werde ich dir zum Zeichen deiner Demut und der Zugehörigkeit zu unserer Gemeinschaft die Tonsur schneiden. Du darfst solange im Gästehaus wohnen, bis du dir deine eigene Hütte aus Flechtwerk gebaut hast. Du sollst sie direkt neben dem Kircheneingang errichten.«

Colum nickte bloß. Ich, der Abt von Cluain Iraird, fühlte mich von meinem künftigen Schüler in Gnaden entlassen. Zu meinem Unbehagen beobachtete ich, wie noch am selben Abend und den ganzen folgenden Tag lang Colum regelrecht Hof hielt, denn nach und nach fanden sich sämtliche seiner Landsleute und Stammesbrüder zur Huldigung bei ihm ein. Sie bauten ihm wie selbstverständlich und in großer Geschwindigkeit eine geräumige Hütte aus Flechtwerk, allerdings nicht, wie ich Colum geheißen hatte, neben dem Kircheneingang, sondern ein ganzes Stück davon entfernt.

»Du bist kaum hier und hast doch schon zwei der wichtigsten Klosterregeln verletzt sowie eine Todsünde begangen«, hielt ich ihm vor, als der Zeitpunkt gekommen war, seine Tonsur zu schneiden. »Weißt du nicht, dass Hochmut der Anführer aller Todsünden ist? Wenn du noch einmal andere die dir aufgetragenen Arbeiten verrichten lässt, muss ich dich bestrafen. Und warum hast deine Hütte nicht neben den Kircheneingang gesetzt, wie ich dir befohlen habe?«

»Aber ich habe nicht gegen deinen Willen verstoßen«, rechtfertigte sich Colum. »Die Hütte steht genau dort, wo bald der Kircheneingang sein wird. Denn in nur wenigen Wochen wirst du die Kirche erweitern lassen, da sie schon jetzt nicht mehr die Menge deiner Schüler und Kleriker fasst.«

Das war das erste Mal, dass ich mich der berühmt-berüchtigten Prophetengabe Colums gegenübergestellt sah. Niemand konnte damals wissen oder auch nur ahnen, dass ich mich seit längerem mit dem Gedanken trug, die Kirche erweitern zu lassen. Anschließend stellte sich heraus, dass der neue Hauptgang tatsächlich neben der Hütte Colums lag. Es gab keine andere bauliche Lösung. Damals jedoch starrte ich den Jüngling nur verblüfft an und blieb ihm die Antwort schuldig. Stattdessen ergriff ich ein Rasiermesser, um ihm die Tonsur zu schneiden. In Cluain Iraird rasieren wir die vordere Schädelhälfte, in der Art der Johannestonsur und ähnlich der Tracht der Druiden. Meist fließen heimliche oder offene Tränen, wenn die Adepten ihre Haarsträhnen zu Boden fallen sehen. Fast alle meine Novizen und Mönche gehören zum Stand der Freien und waren sehr stolz auf ihre langen Haare.

In der Welt erkennt man die Unfreien an rasierten Schädeln, im Kloster bilden sie die erste Stufe weitreichender Entsagungen. Colum weinte nicht, als seine rotbraunen Locken fielen. Er griff fest nach meinem Handgelenk. »Dass du mich so rasierst, wie es bei den Druiden üblich ist«, befahl er. »Nicht nach römischer Sitte, keinen Eierkopf wie Patrick ihn trug.« Unter meinen Händen spürte ich den Widerstand seines gebeugten Schädels. Solche, dachte ich damals, weinen auch unter der Folter nicht. Sie werden zurückschlagen. Falls sie die Gelegenheit erhalten.

Wie viel einfacher war es doch, Ciarán zu lieben, der die Sanftmut, Freundlichkeit und Schönheit in Person war! Von seiner Mutter hatte er die weichen dunkelbraunen Locken und wohl auch die goldbraunen Augen geerbt. Dort im Südwesten tragen viele Menschen diese Merkmale. Die ebenmäßigen Züge seines ovalen Gesichts, die hoch gewölbten, kräftig geschwungenen Brauen, die lange, schmale Nase und der kleine, aber volle Mund erinnerten mich an das Hohelied Salomons, wo es heißt: Sein Haupt ist das feinste Gold. Seine Locken sind kraus, schwarz wie ein Rabe. Seine Augen sind wie Tauben an den Wasserbächen, sie baden in Milch. Wenn Engel körperliche Gestalt annehmen, dann möchten wir sie uns denken, wie Ciarán gestaltet war: rein, makellos und ewig im Zustand des jungen Erwachsenseins. Als Lehrer muss ich ehrlich zugeben, dass Ciarán nicht der hellste unter meinen Schülern war. Seine Auffassungsgabe und sein Verstand waren mittelmäßig. Er würde nie als Gelehrter herausragen, denn Bildung war für ihn ein nachgeordnetes Mittel der Gottsuche. Seinen sehnlichsten Wunsch, Gott nahe zu sein, versuchte er am Ende mit verzweifelteren Mitteln zu verwirklichen als mit Bildungsstreben. Doch gerade seine tiefe Frömmigkeit und seine milde Auslegung der Heilslehre machten ihn überwältigend großzügig und gutherzig. Die Redensart »dass Gott sich erbarme« gehörte zu seinem ständigen Sprachschatz und kam aus tiefstem Herzen. Ciarán durfte man nichts schenken. Denn er würde es sofort dem nächsten Bedürftigen weitergeben. Er war wie ein plötzlicher Lichtstrahl in dunkler Nacht.

In seiner Sanftmut ähnelte Ciarán dem Cainnech. In seiner Belesenheit, seiner Klugheit, seiner ununterdrückbaren Lust an Wortspielen und dem Enträtseln des großen Geheimnisses, das die Bibel für uns bereithält, ähnelte Cainnech dem Colum. Die Freundschaft zwischen diesen beiden jungen Männern entstand früh, schien unausweichlich und währte offenbar ihr ganzes Leben. Colum scheint, vielleicht bedingt durch die Bindung an seinen ersten Lehrer, eine dauerhafte Zuneigung zu Menschen piktischer Abstammung gefasst zu haben. Jedenfalls weiß ich über Cainnech, dass sein Vater Lugaid Leithderg ein piktischer Barde aus dem Gebiet war, das östlich an Colums Stammesgebiet angrenzte. Cainnech und Colum, beide fast gleichaltrig, betrachteten sich als Landsleute und schicksalsverwandt, zumal Mella, Cainnechs Mutter, auch aus Laigin stammte, wenn auch nicht aus derselben Gegend wie Colums Mutter Ethne.

Etwa ein halbes Jahr, nachdem Ciarán und Colum in Cluain Iraird eingetroffen waren, hielt ich mich eines Abends länger im Refektorium auf als gewöhnlich, und wurde Ohrenzeuge eines Gespräch zwischen den beiden Freunden und Ciarán. Anlas war die an jenem Tag zu uns gelangte Nachricht, dass mein ehemaliger Schüler Mobí in Glasnevin die Kirche für seine Gemeinschaft vollendet hatte.

»Nun, Brüder, wie würdet ihr euch diese Kirche wünschen?« fragte Cainnech.

»Angefüllt mit frommen Klerikern«, erwiderte Ciarán ohne zu zögern, »die sich darin zu allen kanonischen Stunden zum Lobpreis Gottes versammeln.«

»Ich aber«, erwiderte der gebildete Cainnech träumerisch, »würde mir Kirche voll von Büchern wünschen, damit die Gerechten etwas Lektüre haben.«

Es war typisch für Colum, als letzter zu antworten, nicht etwa aus Bescheidenheit, sondern um die Ansichten der Vorredner zu parieren und das letzte Wort zu behalten. Er sagte:

»Und ich würde mir die Kirche voll mit Gold und Silber wünschen«. Als ihn Ciarán ob dieses Materialismus tadelnd anblickte, setzte er lachend hinzu: »Denn das Edelmetall brauchen wir nicht nur zum Schmuck der Sakralgeräte und Reliquiare, sondern auch, um den Armen zu helfen.«

An dieser Stelle hielt ich es nicht mehr in meinem Winkel aus. Zu den jungen Männern tretend, sagte ich:

»Dein Wunsch, Colum, wird sich erfüllen, denn deine Gemeinschaft wird reicher sein als irgendeine andere, allerdings nicht zu deinen Lebzeiten.«

Sie schwiegen nun alle drei, aber Colum bedachte mich mit einem langen skeptischen Blick. »Seit wann bist du unter die Propheten gegangen?« lautete seine unausgesprochene Frage.

Kurz darauf passierte die Sache mit dem Matthäus-Evangelium. Ich hatte den im Bibelstudium Fortgeschrittenen aufgegeben, Teile des Textes auswendig zu lernen. Als ich die Ergebnisse überprüfen wollte, begann ich mit Colum, der, wie zu erwarten, keine Schwierigkeiten mit der Aufgabe besaß. Als nächsten hörte ich Ciarán ab. Er geriet in der Mitte des Textes ins Stocken und erklärte, mädchenhaft errötend, er habe die Aufgabe nicht bis zu Ende führen können, weil er nur noch den halben Text des Evangeliums besäße.

»Und wo ist die andere Hälfte?« fragte ich. Evangeliare und Bibeltexte gehören dem Kloster, ihre Abschrift ist mühsam und die Texte entsprechend kostbar. Ciarán errötete noch tiefer, aber Ausflüchte oder Lügen waren nicht seine Art.

»Ich habe mich in den Text vertieft und war beim Studium bis zum zwölften Vers des siebten Kapitels gelangt, wo es heißt: Alles nun, das ihr wollet, dass euch die Leute tun sollten, das tut ihr ihnen auch; das ist das Gesetz und das sind die Propheten. Und genau an dieser Stelle kam Ninnidh zu mir und bat mich um den Evangelientext, weil er seinen verlegt hatte. Eingedenk des gerade studierten Gebots teilte ich meinen Text und wollte die beiden Hälften später auswechseln. Aber Ninnidh hat mir seine nicht rechtzeitig zurückgegeben …«

Ninnidh, ein stark schieläugiger Student vom Lough Erne, galt als unverbesserlicher Tollpatsch, den unsere Gemeinschaft nur aus Mitleid duldete. Seine Zerstreutheit und Schwerfälligkeit waren allen bekannt. Es war kennzeichnend für Ciaráns unterschiedslose Freundlichkeit, dass er selbst einen Ninnidh ernst nahm und ihm behilflich zu sein versuchte. Seine Mitschüler kicherten, erst hinter vorgehaltener Hand, dann unverhohlen. »Du halber Matthäus«, zischte einer verächtlich. Das Wort machte wie ein Lauffeuer die Runde. Ich versuchte, Ciarán beizustehen und gebot Schweigen.

»Nicht halber Matthäus, sondern Halb-Ériu solltet ihr ihn nennen«, sagte ich in die Stille hinein. »Denn bevor ihr euch über Ciarán lustig macht, vernehmt, was mir in einem Traum offenbart wurde. Zwei Monde sah ich über Ériu aufsteigen, den einen golden, den anderen aus Silber. Der goldene Mond ging im Süden auf und blieb über der Mitte des Landes stehen. Der andere Mond aber ging im Norden auf, in Conns Hälfte.«

Schweigen ist beredt, so sagt man zurecht. Das Schweigen, das nach meinen Worten eintrat, war schneidend kalt und feindselig, soweit es von den Freunden und Landsleuten Colums kam. Auch wenn sie sich später nicht schämten, eifrig mein Gleichnis mit vertauschten Rollen zum Ruhme Colums zu verbreiten: Er war die Sonne und Ciarán der Mond. Ich musste bald einsehen, dass ich mit meinem Gleichnis Ciaráns Stellung nur noch verschlimmert und die Studenten unnötig in zwei Lager gespalten hatte, wobei das Uí Néill-Lager unschwer als das stärkere zu erkennen war. Doch nur Ciarán schien dieser Streit wirklich zu bedrücken. In jener Zeit begann er, sich in einem schon übersteigerten Maß Bußübungen hinzugeben. Um ihn aufzurichten, schrieb ich alter Narr ein Lobgedicht für ihn, das mit den Worten begann:

O Ciarán, Herzensschüler,
um deiner Heiligkeit willen liebe ich dich.
Gnade wird mit dir sein, mein Liebling,
viel Erbe, viel Land ...

Das Täfelchen mit diesem Text legte ich zwischen die Seiten des Evangelientextes, als Lesezeichen an jener Stelle, wo Ciaráns Studium abgebrochen war, und übergab ihm das Päckchen am Ende der folgenden Unterrichtsstunde.

Eine Weile blieb es nun ruhig in der Studentenschaft. Doch dann fanden Colum und Ciarán das Korn, das sie turnusmäßig für die gesamte Gemeinschaft zu mahlen hatten, morgens stets gemahlen vor, ohne dass sich feststellen ließ, wer heimlich für sie diese Arbeit übernahm. Das Gerücht lief um, Engel hätten die Pflichten der beiden übernommen: Für Ciarán seiner großen Tugend wegen, für Colum wegen seiner vornehmen Abstammung. Da auch dieser Vergleich eine unverhohlene Herabsetzung des Uí Néill-Prinzen zugunsten des Sohnes des Zimmermannes enthielt, lag es nahe, die Quelle dieses boshaften Märleins bei Ciaráns Anhängern aus Laigin und Connacht zu suchen. Doch Ciarán versicherte mir unter vier Augen, dass er weder wisse, noch ahne, wer derart niederträchtige Gerüchte in Umlauf setze. Engelhafter Beistand bei der Hausarbeit erschien diesem tief Frommen allerdings nicht grundsätzlich ausgeschlossen. Danach bestellte ich Colum ein. Auch er schwor auf die Bibel, vom Ursprung des Gerüchts weder etwas zu wissen noch zu ahnen. Im Unterschied zu Ciarán war dieser Jüngling realistisch genug, von einem rein menschlichen Beistand bei der Mahlarbeit auszugehen. Vielleicht gerade deshalb, weil er ähnlich skeptisch wie ich blieb, wollte ich ihm seine Ahnungslosigkeit nicht abnehmen:

»Ich habe dich bereits eindringlich ermahnt, dass Gehorsam einer deiner obersten Pflichten in einem Kloster ist. Wenn du Kenntnis davon hast, wer den Frieden unserer Gemeinschaft und unserer Schule stört, indem er Gerüchte ausstreut und Zwietracht sät, musst du mir das unbedingt sagen, Colum, selbst wenn es sich um enge Freunde handelt!«

»Ich habe bereits auf die Bibel geschworen, dass ich von nichts weiß.«

In einer Mischung aus Wut, Ohnmacht und Ungeduld rief ich: »Ich aber glaube, dass du falsch geschworen hast, da dir vermutlich die Treue zu deinen Kameraden höher steht als der Gehorsam gegen mich. Zur Buße wirst du von Komplet bis Laudes die Kreuzwache vor dem Altar halten, wobei du die drei Fünfziger aufsagst. Wenn dir die Arme erlahmen, wirst du im Liegen mit dem Psalmodieren fortfahren.«

Colum beugte stumm das Knie vor mir und entfernte sich. Nachdem er gemeinsam mit den übrigen Novizen und Brüdern Komplet gefeiert hatte, kniete er wie befohlen vor dem Altar nieder, die Arme waagerecht ausgestreckt, und begann die 150 Psalmen aufzusagen. Am frühen Morgen fanden wir ihn unverändert in derselben Haltung vor, doch er erhob sich auch dann nicht, um sich zu den übrigen Studenten zu gesellen. Ich ließ ihn seine Bußübung fortsetzen. Als vierundzwanzig Stunden vergangen waren, wagte sich Cainnech vor:

»Vater, gebiete Colum aufzuhören!«

Ich hatte längst begriffen, dass Colum nicht aus Reue, sondern aus wütendem Protest seine Kreuzwache fortsetzte, so wie ein Beschwerdeführer durch Hungerfasten vor dem Haus eines Beklagten sein Recht durchzusetzen versucht. Hatte nicht der heilige Patrick gegen Gott gefastet, um die Erlösung unseres Volkes beim Jüngsten Gericht zu ertrotzen? Colums besorgten Freund Cainnech antwortete ich nur: »Colums Bußfertigkeit ist löblich. Ich werde ihn nicht dabei stören.«

Eine weitere Nacht verging, ohne dass Colum seinen Posten vor dem Altar aufgab. Die Anstrengungen der selbst für geübtere Büßer harten Übung hatten ihn inzwischen buchstäblich zu Boden geworfen. Mit dem Gesicht zum kalten Boden lag er in Kreuzform vor dem Altar, bisweilen bewusstlos. Noch vor Laudes, im Morgengrauen, suchte mich Ciarán in meiner Zelle auf:

»Um meiner Sünden wegen leidet Colum!«

»Versündige dich nicht«, mahnte ich ihn. »Dein gutes Herz gebietet dir, eine Tat zu gestehen, die du nie begangen hast.«

Ciarán neigte auf die nur ihm eigene Art anmutig den Kopf. »Ich komme soeben aus der Kirche«, berichtete er. »Colum ist verstummt. Es scheint ihm schlecht zu gehen. Dass Gott sich seiner erbarme!«

Ciarán hatte ich nie eine Bitte abschlagen können. Nur seinetwegen sagte ich nach Laudes: »Ich befehle dir, Colum, deine Buße abzubrechen und dich zu erheben!«

Indessen mussten ihn Cainnech und Ciarán stützen, denn Colums Beine versagten und aus seiner Nase floss Blut. Bevor sie ihn davonführten, hielt er sie einen Augenblick zurück und wandte sich stumm zu mir um. Er lächelte, doch es war im Halbdunkel schwer zu erkennen, ob mit Genugtuung oder im Hohn. Ich überließ Colum der Pflege seiner Freunde und begann einen Brief an meinen verehrten Lehrer Gildas in Britannien, dessen weiser Rat mir in schwierigen Fragen meines Lehramts immer hilfreich gewesen war.

»Wie soll denn ein Abt strafen?« fragte ich Gildas. Soll er unbotmäßige Schüler, Novizen oder Mönche züchtigen? Bislang hatte ich den Entzug von Essen und Schlaf sowie strenge Bußübungen für wirksamer gehalten. Gänzlich Unverbesserliche pflegte ich aus Cluain Iraird auszustoßen. Doch der Schwung, mit dem ich mein Schreiben begonnen hatte, erlahmte, als meine Gedanken vom Allgemeinen zum Besonderen zurückkehrten. Hatte nicht Colum Recht mit seinem Protest gegen mich? Wie straft man Äbte und Lehrer, dachte ich, die gefehlt haben? Ist nicht Voreingenommenheit eine schwere Verfehlung? Da niemand außer Gott und meinem eigenen Gewissen mich richten und bestrafen kann, legte ich mir selbst eine Buße auf. Von nun an, so beschloss ich, wollte ich mein Bestes tun, um Colums Lerneifer zu befriedigen. Ich erteilte ihm sogar Einzelunterricht in Bibelexegese. Dann, als ich ihm rückhaltlos alles beigebracht hatte, was ich selbst wusste, schickte ich ihn zu Maonach, dem Leiter des Skriptoriums, damit er die Kunst der Buchherstellung lerne: wie man Federkiele zuspitzt, wie man den Kiel hält, wenn man eine breite Schrift erzeugen will und wie bei einer schmalen, wie man Pergament herstellt und wie man eine Buchseite einteilt und schneidet. Wie alles andere Wissen sog Colum auch dieses begierig auf. Allein schon wegen dieses Eifers, wenn nicht gar wegen seiner vornehmen Herkunft hätte Colum meinem Herzen nahe stehen müssen und nicht Ciarán. Aber so war es nicht. Nicht immer lieben wir das Gleichartige. Wir hassen und verachten uns auch in den Gleichartigen.

Ciarán ging den entgegengesetzten Weg. Sein ohnehin schwacher Lerneifer trat nun ganz hinter das Bedürfnis nach Buße und mystischen Erfahrungen zurück. Der Streit, ob fleißiges Studium oder die Abtötung des Fleisches und des Willens schneller zur Gotteserfahrung führen ist so alt wie der Glaube selbst. Ich persönlich bin ein Anhänger des Lerneifers. Aber in Umbruchzeiten wie der unseren drängt es die gläubigen Seelen zur Mystik und zur direkten, nicht in Büchern erfahrbaren Gottsuche. Unsere gebildete christliche Jugend versucht sich gegenwärtig in der Kasteiung ihrer Leiber und ihrer Seelen zu überbieten. Rückblickend frage ich mich, ob nicht Colums demonstrative Bußübung

Ciarán so beeindruckt hat, dass er ihm nachzueifern versuchte. Doch was bei Colum eine bewusste Übung und gleichzeitig eine Auflehnung gegen mich war, war Ciarán offenbar ein Herzensbedürfnis, so stark, dass er wieder einmal zur Unzeit an meine Zellentür pochte.

»Erlaube mir, Vater, zu Enda von Aran zu reisen, um mich in der Askese zu üben«, bat er, das Knie gebeugt.

»Ciarán«, wandte ich so zärtlich wie möglich ein, »komm zur Besinnung. Es ist ein überaus hartes Leben, was sich Enda und seine Eremiten erwählt haben, an einem der unwirtlichsten Orte. Denn dieser Archipel am Rande des westlichen Meeres ist wahrhaftig ein *locus desertum,* eine Wüstenei und öde Stätte. Enda haust auf einem grauen, sturmgepeitschten Eiland voller schroffer Felsen und grauenerregend kreischender Sturmvögel. Ich bezweifele, dass man Gott näher kommt, wenn man in die Unwirtlichkeit der Natur flicht und tagein, tagaus nur damit beschäftigt ist, nicht zu erfrieren und zu verhungern. Überleben ist keine Tugend.«

»Den aufrichtigen Büßern, so heißt es, erwachsen ungeahnte Kräfte. Erlaube mir, Vater, dieses Leben zu teilen und dann mein eigenes Urteil und meinen eigenen Haushalt zu bilden«, flehte Ciarán. »Haushalt« nannten wir jede Gemeinschaft, die sich auf einen gemeinsamen Gründer zurückführte. Ich horchte auf.

»Wenn dich dies bewegt, Ciarán, mein Liebling«, erwiderte ich, »dann lass uns die Rollen tauschen: Ich will mich als Eremit und Büßer in die Wildnis zurückziehen und trete dir mit Freuden Cluain Iraird ab.«

»Mein Vater, du weißt genau, dass ich nicht nach einer Pfründe, sondern nach vollkommener Tugend strebe. Auch wäre ich kein annähernd so guter Lehrer wie du.«

Dies war leider allzu wahr. So schrieb ich schweren Herzens für Ciarán einen Empfehlungsbrief an Enda, den düsteren Asketen. Am folgenden Abend schrieb ich wieder einmal an Gildas:

»Und wie soll man einen Mönch strafen, der sich unerlaubt aus der klösterlichen Gemeinschaft entfernt, um als Eremit zu leben?«

In meinem Herzen hatte ich nämlich Ciarán nicht die Erlaubnis erteilt, mich zu verlassen. Danach hörte ich lange nichts von meinem Liebling, denn lange Zeit verbrachte er unter den niedrig ziehenden Regenwolken in der grauen Steinödnis von Aran. Gott allein weiß, zu welchen Einsichten Ciarán dort gelangte. Als er schließlich zum Festland zurückkehrte, schaute er nur in Cluain Iraird vorbei, um mir für immer Lebewohl zu sagen. Seine erste Gründung auf Inis Aingin übereignete er bald Donnán. Ciarán selbst und acht seiner Gefährten ließen sich von dort in einem Floß den großen Strom hinuntertreiben, wie bei einem Gottesurteil und bis ihr Gefährt in der Nähe einer Bodenwelle anlandete. Dort lagen die Wiesen von Noises Söhnen. Diese ungastliche, mückenversuchte Sumpfgegend am Shannon schien meinem Liebling bei seiner Suche nach schweren Prüfungen gerade recht, um seine neue Gemeinschaft zu begründen. Wie mir berichtet wurde, fand er einen Verfemten als Helfer: Diarmait mac Cerbaill, Anwärter auf die Königswürde von Tara, versteckte sich damals in den anrainenden Sümpfen vor seinen Verfolgern, den Männern König Túathal Máelgarbs. Fast wären Ciarán und seine frommen Gefährten dem Misstrauen Diarmaits zum Opfern gefallen. Jedenfalls fühlte dieser sich verspottet, als ihn Ciarán arglos als »Herrscher von Tara« begrüßte.

»Herrscher von Tara sollte ich sein, bin es aber nicht«, soll Diarmait bitter ausgerufen haben, nachdem das anfängliche Missverständnis geklärt war und Diarmait begriffen hatte, dass der völlig arglose Ciarán unfähig war, andere zu verhöhnen. »Weißt du denn nicht, Kleriker, dass mein Feind Túathal regiert?«

»Bist du auch heute noch nicht Oberherrscher Érius, wirst du es morgen sein«, erwiderte Ciarán gelassen und forderte Diarmait und seine Männer auf, einstweilen ihre Waffen abzulegen und tüchtig beim Bau der Kirche für das neue Kloster anzupacken. Die ungewohnte körperliche Anstrengung im Sumpfland diente Diarmait später als Rechtfertigung gegen den Verdacht, persönlich an der Ermordung Túathals beteiligt gewesen zu sein, die noch in derselben Nacht erfolgte. Wie auch immer es zum gewaltsamen Ende Túathals gekommen sein mag, Diarmait wurde tatsächlich am folgenden Tag zum Oberherrscher ausgerufen und bewahrte Ciaráns Gründung auch dann noch seine Gunst, als der Prophet seines Aufstiegs bereits verstorben war. Denn Ciarán hatte bloß wenige Monate nach seiner ersten Begegnung mit Diarmait zu leben. Der Sohn des Zimmermanns starb mit nur 33 Jahren, auch hierin ganz Christi Vorbild folgend. Böse Zungen tuscheln, Ciaráns heiligmäßige Tugend sei seinen Gefährten und Mitstudenten so lästig geworden, dass sie in vereinten Gebeten Gott anflehten, er möge seinen Diener möglichst bald zu sich rufen.

Mir aber blieb Colum, der nun den Rang eines Magisters einnahm. Seinen geistlichen Aufstieg hatte ich allerdings nach Kräften verlangsamt und ihn lediglich zum Diakon geweiht. Ich suchte nach einem günstigen Ausweg, diesen von Wissen und Stolz aufgeblähten Uí Néill-Spross entlassen zu können. Mein Wunsch schien sich zu erfüllen, als mich eines Tages der gelehrte Dichter Gemmán besuchte, der sowohl mein Nachbar, als auch mein Rivale war. Denn Gemmán unterhielt nur einen halben Tagesritt entfernt eine der herkömmlichen Schulen für gelehrte Dichter. Wenn er auch hinnehmen musste, dass Cluain Iraird den größeren Zulauf verzeichnete, so bemühte er sich um ein gutnachbarschaftliches Verhältnis. An jenem Tag war er gekommen, um mir ein Preisgedicht zu schenken. Der Sitte gemäß durfte er ein Gegengeschenk erwarten, und er erbat meinen Segen für seine Äcker, die, wie er beklagte, nicht mehr so reiche Frucht trügen wie einst.

»Die Zeiten ändern sich, verehrter Gemmán«, erwiderte ich die feine Anspielung des Meister-Dichters, »doch tauche das Pergament, auf das du deine wohlgesetzte Ode geschrieben hast, in Weihwasser und besprenge deine Felder damit, so wird auch dein

Boden reiche Frucht tragen.« Deutlichere Anspielungen auf die Überlegenheit des neuen Glaubens wagte ich nicht, denn Gemmán war als Dichter nicht nur selbst von höchstem Rang, sondern überdies Bruder des einflussreichen königlichen Druiden Bec.

Colums scharfem Auge war der hochgestellte Gast aus dem weltlichen Fach der Gelehrtenzunft nicht entgangen, der an jenem Tag nach Nones im Refektorium das Mahl mit uns teilte. Und Colums feines Ohr hatte die letzten Sätze vernommen, die ich zu Gemmán sprach.

»Wer ist das?« fragte er mich neugierig. Ich erzählte ihm ausführlich von Gemmán und seinem Anliegen.

»Ist er Christ?« fragte Colum.

»Das weiß niemand mit Gewissheit«, erwiderte ich wahrheitsgemäß. »Die einen sagen, er hätte Theologie studiert und kenne sich bestens in der Bibel aus, habe sogar die Priesterweihe empfangen und sei dann doch zur Dichtung und dem alten Wissen der gelehrten Dichter zurückgekehrt. Manche behaupten, er sei nicht einmal getauft. Finde es selbst heraus! Dein Glaube ist gefestigt genug, um den Herausforderungen des Heidentums standzuhalten. Und deine Gelehrsamkeit gewinnt mit Sicherheit noch einige neue Erkenntnisse und Einsichten, wenn du deine Kräfte mit Lehrern wie Gemmán misst.«

Wie ich insgeheim gehofft hatte, schluckte Colum den Köder und bat um meine Erlaubnis für seinen Abschied. Das war reine Formsache, denn als Angehöriger jener obersten Adelsschicht, aus der die Uí Néill ihre Könige wählen, besaß er jegliche Reisefreiheit und konnte sich auch außerhalb seines Stammesgebiets frei bewegen. Meinen Abschiedssegen erteilte ich ihm gern, denn ich konnte nicht ahnen, dass meine wirkliche Auseinandersetzung mit Colum erst bevorstand.

Viertes Kapitel: Liber transgressionis I

Lege mich wie ein Siegel auf dein Herz
und wie ein Siegel auf deinen Arm.
Denn Liebe ist stark wie der Tod,
ihr Eifer beständig wie das Totenreich.
Ihre Glut ist feurig und eine Flamme des Herrn.
(Hohelied, Kap. 8, 6)

Dixit Colum:

Am Anfang meines Lernens stand Cruithnecháns gütiges Herz und seine Fähigkeit zu vergeben, deren wahre Größe ich erst begriff, als mir Cainnech die Augen öffnete: »Hast du nie von den Massakern an seinem Volk gehört?«

Darauf folgten Finnians Strafen. Am Ende hat dieser innerlich Zerrissene ein Bußbuch verfasst, in dem er sich ausführlich mit dem Ungehorsam von Mönchen beschäftigte. Gott bewahre mich vor den Sünden des Zorns und der Voreingenommenheit, denn Finnian von Cluain Iraird war trotz aller Abneigung gegen mich ein guter Lehrer.

Ihm aber folgte Gemmán, der beste Lehrer von allen. Ich traf Anfang Oktober bei ihm ein, als das stille Land an den großen Seen in das Gold der tief stehenden Herbstsonne getaucht war, gebrochen durch das letzte Grün der sich schon verfärbenden Blätter. Meister Gemmán war mit zwei Gehilfen auf der Koppel beschäftigt, aber er hatte den Hufschlag meines Pferdes vernommen und kam mir lächelnd entgegen. Er war ein sehniger Mann mittleren Wuchses und stand an der Schwelle zum Alter, mit

einem dichten Schopf glatten, schlohweißen Haares. Am unge-
wöhnlichsten wirkten seine leuchtend blauen Augen, deren Blick
strahlend, bodenlos und zwingend zugleich war. Ich fürchtete,
in diesen Augen zu versinken. Nie wieder habe ich derartiges bei
einem anderen Menschen gesehen.

»Willkommen, Abkömmling des Niall«, begrüßte mich Gemmán.
»Ich ahne, warum du hier bist, und empfinde es als eine große
Ehre. Nach Samhain treffen die übrigen Studenten ein, dann lernen und studieren wir bis Beltine. Im Sommerhalbjahr werdet ihr
mir meine Mühe entgelten und meine Gehilfen sein.«

»Das klingt besser als in Cluain Iraird«, lachte ich. »Bei Finnian
haben wir das ganze Jahr geschuftet.«

»Und das ganze Jahr gelernt«, hielt Gemmán rasch dagegen.
»Nein, sehr viel anders als in einem Kloster geht es in den Gemeinschaften gelehrter Dichter nicht zu, das wirst du bald feststellen. Deine Wachstäfelchen und Griffel kannst du aber beisei-
telegen. Unser Wissen wird im Kopf aufbewahrt und nicht dem
vergänglichen Wachs oder Pergament anvertraut. Mach dich auf
langwierige Übungen in der Gedächtniskunst gefasst.«

»Wachs schmilzt, Pergament brennt und Köpfe sind rasch vom
Rumpf getrennt«, setzte ich dagegen. »Damit kein Wissen verloren
geht, sollte es möglichst breit gestreut und in möglichst vielen
Formen festgehalten werden.«

Gemmán, der sich schon zum Gehen wenden wollte, richtete erneut seinen unauslotbaren blauen Blick auf mich. »Der
geborene Chronist«, murmelte er und setzte lauter hinzu: »Es
fällt dir schwer, nicht das letzte Wort zu behalten? Für einen
angehenden Mönch bist du zu selbstbewusst. Sei versichert, dass
ich nicht wie Finnian versuchen werde, deinen Willen zu brechen. Ich werde dich stattdessen lehren, wie du ihn stärkst und
beherrschst. Streitgespräche werden Bestandteil deines Unter-
richts sein.«

In den Wochen bis zum Eintreffen der übrigen Studenten nutzte Gemmán, der offenbar selbst große Freude an gelehrten Disputen hatte, jede Möglichkeit, um sich mit mir zu unterhalten. Oft saßen wir dann am Hang eines steilen Hügels und genossen den weiten Blick auf Lough Derrynavagh zu unseren Füßen, eingehüllt in unsere Umhänge, denn der Wind strich herbstlich kühl über das Land. Ich fasste mir ein Herz und fragte Gemmán nach seinem Glauben. Aber er lächelte nur ausweichend:

»Du meinst, ob ich noch bei den Göttern schwöre, bei denen mein Stamm schwört?«

Gemmán schwieg lange, dann blickte er mich an.

»Die Botschaft eures Evangeliums ist zu widersprüchlich. Ihr glaubt, dass euer Gott allmächtig und gütig zugleich ist. Das kann nicht sein. Woher kommt das Unrecht? Wenn es ein allmächtiger Gott duldet, kann er nicht gütig sein. Wenn es gegen seinen Willen geschieht, ist er nicht allmächtig.«

»Gott hat den Menschen die Möglichkeit gegeben, das Unrecht zu erkennen und sie zur Tugend befähigt. Er gab ihnen ihren Verstand und ihre Sinne. Die Sünde und das Unrecht sind durch den Menschen in die Welt gekommen, die Gott vollkommen geschaffen hat. Es liegt an uns, sie wieder vollkommen zu machen«, versuchte ich dagegen zu halten. Doch meines Lehrers Aufmerksamkeit war bereits abgelenkt: »Sieh nur!«

Mich zur Seite wendend erblickte auch ich ein junges Mädchen, das auf uns zugelaufen kam, verfolgt von einem Reiter, der ihren Vorsprung bald überwinden würde. Wir gingen der Flüchtenden entgegen, dann liefen wir, als wir ihre verzweifelten Hilfeschreie vernahmen. Das heftig atmende Mädchen, fast noch ein Kind, hatte uns schließlich erreicht und warf sich keuchend Gemmán als dem Älteren zu Füßen: »Helft, edle Herren! Gewährt Zuflucht!« Ich hatte bereits meinen Umhang über sie geworfen, zum Zeichen, dass wir sie kraft unserer hohen Stellung unter unseren Schutz genommen hatten.

»Was erdreistest du dich?« herrschte mich ihr Verfolger an, ein grobschlächtiger Krieger mit dem rotgeäderten Gesicht des Trinkers. »Die da ist meine Sklavin, die vor verdienter Strafe davonläuft.«

»Und was war das Vergehen deiner Sklavin?« fragte Gemmán, den selbst jetzt noch die tieferen Zusammenhänge interessierten.

»Das geht euch Halbgeschorene zwar nichts an, aber ich habe nichts zu verbergen: Sie hat sich geweigert, mit meinem Gastfreund das Lager zu teilen.«

»Sie ist doch fast noch ein Kind«, rief ich empört. »Du kennst das Gesetz: Meister Gemmán und ich sind berechtigt, einen Flüchtling unter unseren Schutz zu nehmen.«

»Eure gelehrten Abhandlungen spart euch«, sagte der Mann grob und griff nach seinem Kurzspeer. Ehe Gemmán und ich einschreiten konnten, stieß er der noch immer Knieenden die Waffe mit aller Wucht zwischen die Schulterblätter, dann trat er ihr in den Rücken und zog langsam den Speer aus der tödlichen Wunde. Gemmán, der über größere Heilkenntnis als ich verfügte, untersuchte sie kurz, schüttelte aber traurig den Kopf. Ich selbst konnte nichts mehr tun als die arme Kleine zu segnen. Sie starb schnell. Ihr Herr und Mörder sah uns breit grinsend zu. Da packte mich der Zorn, und mein Verlangen nach Gerechtigkeit riss mich gleich einer heftigen Woge mit sich:

»Ich verfluche dich im Namen der göttlichen Gerechtigkeit«, schrie ich den Krieger an. »Ich flehe inbrünstig zu Gott, dass er die Unschuld dieses Kindes rächt!«

»Und wann wird das geschehen? Und wie wird es geschehen?« fragte Gemmán, mit leiser Ironie auf unser Streitgespräch über die widersprüchliche Natur des Evangeliums anspielend. Das Ungleichgewicht war offenkundig: Wir standen unserem Widersacher, den unser hoher Rang nicht im mindestens kümmerte, völlig unbewaffnet gegenüber. Mein rasender Zorn war jedoch noch nicht abgekühlt: »Sehr bald schon, Gemmán, wirst du Zeuge der Gerechtigkeit«, rief ich, »denn im selben Augenblick, wo die Engel Gottes die Seele dieser Unschuldigen hinfort tragen, wird ihr Mörder sterben und die Teufel der Hölle werden seine Seele zu fortwährender Qual davonschleppen!«

»Ich zittere bereits vor Angst«, lachte der Krieger und schwang sich kopfschüttelnd aufs Pferd: »Es gibt nichts Komischeres als christliche Druiden!«

Ich wandte mich der namenlosen Toten zu: »Wir müssen sie begraben«, sagte ich zu Gemmán, doch dessen Aufmerksamkeit wurde wiederum abgelenkt: »Sieh nur!« Er wies auf den Krieger, der, wie von unsichtbarer Hand getroffen, mitten im vollen Galopp vom Pferd stürzte und tot liegen blieb.

»Du hast eine große und schreckliche Gabe, Colum«, sagte Gemmán nachdenklich. »Besser gesagt: Du hast mehrere ungewöhnliche Fähigkeiten. Aber du kennst auch das Gesetz: Es gibt den Besitzern von Sklaven unbeschränkte Gewalt.«

»Es ist ein überholtes und ungerechtes Gesetz«, rief ich, »das ich ändern werde.«

Danach hat Gemmán den Vorfall nie mehr erwähnt.

Das Gold, das diesen Herbst geschmückt hatte, verblasste. Regenschwere Wolken trieben tief über das Land. Immer wieder stand die namenlose Tote vor meinen Augen, mit einem wie für die Ewigkeit festgefrorenen Entsetzen in den hellblauen Kinderaugen. Am Vortag von Samhain begab ich mich, von Schwermut und Selbstzweifeln gequält, zum Lough Derrynavagh, der sich jetzt bleigrau ausbreitete, die Oberfläche gekraust vom scharfen Ostwind. Über diesem See, so heißt es in einer alten Legende, mussten die von ihrer eifersüchtigen Stiefmutter in Schwäne verwandelten Kinder des Königs Lir fünfhundert Jahre kreisen, nur, um danach die gleiche Zeitspanne an einem noch unwirtlicheren Ort zu verbringen. Mir schien, auch mir sei ein solcher Fluch auferlegt. Für lange Zeit würden meine Gedanken an diesen Ort gefesselt sein, nur um danach in ein noch traurigeres Verlies überzuwechseln.

Gemmán und ich hatten die Tote auf der Kuppe des Hügels begraben, eine Ehre, die sonst Häuptlingen zukommt. Mir schien dies ein geringer Ausgleich für die Demütigungen, die das Mädchen in seinem kurzen Leben erlitten hatte. Das flache Grab hatten wir mit Steinen befestigt. An diesem Ort wollte ich beten. Doch schon nach wenigen Augenblicken trug der Wind den Klang einer Flöte an mein Ohr, eine eintönig auf- und abschwellende Melodie von merkwürdiger Eindringlichkeit, die mich immer stärker von meinem frommen Vorhaben ablenkte. Es gelang mir nicht, meine Totengebete zu Ende zu sprechen. Unfreiwillig lauschte ich dem Spiel und konnte lange Zeit nicht die Richtung ausmachen, aus der ich es vernahm. Endlich erhob ich mich, um den Tönen nachzugehen, die mich zunehmend in Bann schlugen. Ich wusste, dass Samhain bevorstand, wenn sich die Tore zur Anderwelt öffnen und Menschen, Geister, Götter und Tote einander begegnen. Ich wusste auch, dass der Glaube an die Macht der Anderwelt nicht Teil meiner christlichen Überzeugungen sein durfte, rechnete aber dennoch mit einer Erfahrung, die weit älter als unsere Taufe ist. Ich suchte lange zwischen den Bodenwellen am Hang des Hügels, und stets schien die Melodie aus nächster Nähe zu kommen. Als ich schließlich die Urheberin des trügerischen Spiels entdeckte, war ich überraschter als beim Anblick der insgeheim erwarteten Pforte zu einem der unterirdischen Anderweltpaläste. Denn im vergilbten Gras saß eine junge Frau in einem waidgefärbten Leinenkleid mit einer einfachen Wolltunika und einer Felljacke darüber. Ihre gewellten schwarzbraunen Haare trug sie zurückgekämmt in einem dicken Zopf. Bis auf ihr blaues Untergewand schien überhaupt alles an ihr dunkel und erdfarben, und selbst ihre Haut trug einen bräunlichen Ton, wie er bei unserem Volk ganz ungewöhnlich ist.

»Stammst du von Menschen oder von Elfen ab?« fragte ich, nur halb im Scherz.

»Wofür hältst du mich denn, Colum, Sohn des Fedilmith, Enkel des Fergus Cennfada, Urenkel des Conall Gulban und Ururenkel von Niall mit den neun Geiseln?« erwiderte die Fremde spöttisch und sprang auf die Füße. Erst jetzt erkannte ich, wie klein und zierlich sie war. Ich lachte erleichtert zurück: »Schließe ich nach deinem Aussehen, deinem Wissen um die Abstammung Unbekannter und nach deiner eigenartigen Musik, die aus allen Richtungen gleichzeitig zu kommen scheint, dann gehörst du wahrhaftig zum Elfenvolk.«

»Nichts ist, wie es zu sein scheint.« Die Unbekannte zitierte einen Lieblingsspruch Gemmáns und gab sich damit als seine Nichte zu erkennen, deren Ankunft Gemmán gestern angekündigt hatte. »Ni ainse – non difficile est, wie ihr Kleriker auf Latein sagt«, fuhr sie fort. So lautete die formelhafte Antwort der Scholaren an ihre Lehrer. »Es ist nicht schwer, dich zu überraschen, Colum, denn ich bin dir gegenüber im Vorteil. Mein Onkel hat mir von dir erzählt. Er hat dich als streitlustigen, im Moment aber melancholischen Adeligen bezeichnet, der sich anschickt, Mönch zu werden.«

»Und wie heißt Gemmáns scharfsinnige Nichte?« fragte ich sie nun mit unverhohlener Neugier.

»Badb«, sagte die Fremde, und ein Schatten glitt über ihr Gesicht.

»Was für ein schrecklicher Name«, rief ich, unwillkürlich zurückweichend.

»Der Name einer machtvollen Kriegsgöttin, der Schwester der Morrígan. Man nennt sie auch Érius Raben, denn meistens zeigt sie sich in dieser Gestalt. Ich bin ihr geweiht, da mir bei der Geburt geweissagt wurde, allein Badb könne mich aus künftiger Todesgefahr erretten.«

Wenn ich mich an diese erste, noch von keinem späteren Wissen beschwerte Begegnung erinnere, fallen mir gleich wieder Badbs Anmut und Beweglichkeit ein. Nicht von ungefähr war ich versucht, das Mädchen für eine Bewohnerin der Anderwelt zu halten, denn die anmutige Beweglichkeit, die sie im Geist ebenso wie in den Gliedern auszeichnete, gelten als Erkennungszeichen der Elfen. Heute vermute ich, dass Gemmán seine Nichte nicht rufen ließ, weil er Unterstützung im Haushalt und im Unterricht brauchte, sondern um mir ein Geschenk zu machen: Das Geschenk einer heiteren Ablenkung von der übermäßigen Ernsthaftigkeit, die ich während meiner Klosterausbildung angenommen hatte. Gemmán konnte oder wollte nicht voraussehen, dass mich Badb weit mehr lehren würde als nur die Heiterkeit.

Schnell spielten sich zwischen uns ein besonderer Tonfall, eine wechselseitige Herausforderung ein. Von meinen Studiengenossen erfuhr ich, dass Badb weit über unsere Bildung hinausreichende Kenntnisse als Druidin besaß. Ein solcher Rang kam der Tochter eines Druiden nur dann zu, wenn der Vater keine Söhne gezeugt hatte, die er zu seinen Nachfolgern ausbilden konnte. Badb beherrschte nicht nur die gesamte *filidecht*, die Literatur einschließlich der Epik, Historiographie und Genealogie, sondern auch das einzig den Druiden erlaubte sakrale Geheimwissen. Nicht einmal Gemmán, der ein Meister unter den gelehrten Dichtern war, war darin eingeweiht. Und doch spielte Badb seine Schülerin und gesellte sich im Unterricht zu uns. Die tiefe Zuneigung zwischen Onkel und Nichte war freilich echt und wurde durch die gemeinsame Freude an gelehrten Rätseln, Anspielungen und dem Entschlüsseln von Symbolen verstärkt.

»Was ist der geheime Sinn der Drei?« fragte Gemmán, als wir über Zahlensymbole sprachen, und sah mich fragend an.

»Ni ainse«, erwiderte ich und legte die Dreizahl aus, wie man es von mir erwartete: »Es ist die heiligste Zahl der Christen: Der Vater, der Sohn und der Heilige Geist. Patrick hat uns am Kleeblatt das Geheimnis der Einheit in der Dreifaltigkeit erklärt.«

»Doch was ist das Kleeblatt?« fragte Gemmán und sah Badb an.

»Ni ainse«, sagte nun Badb und zog leicht ungeduldig die schön geschwungenen Brauen zusammen: »Jedermann weiß, dass das

Kleeblatt eine alte Zauberpflanze der Druiden ist. Es zeigt die Mehrheit in der Einheit, denn von jedem Stängel zweigen drei Blätter ab. Diese versinnbildlichen Vergangenheit, Gegenwart und Zukunft in der göttlichen Einheit. Nur die Götter stehen außerhalb und über der Zeit. Darum hat Patricius ein Kleeblatt benutzt, sonst wäre er in diesem Land nicht verstanden worden.«

Und so ging es fort zu den vier Himmelsrichtungen, Paradiesflüssen und Aposteln, den fünf Provinzen Érius und den fünf Wunden Christi. Gemmán wandte sich betont an Badb und an mich, als seien wir Vertreter des vorchristlichen und christlichen Wissens, aus dem er dann in gelehrten Zusammenfassungen Gemeinsames und Unterschiede ableitete.

Gern verweilte unser Lehrer bei seinem bekannten Lieblingslehrsatz, dass nichts so ist, wie es scheint, und er verband diese Überzeugung mit der Lehre von den wechselnden Gestalten der Götter, Helden und Seelen. Gemmán lehrte uns, dass der Glaube an die Wanderung der Seelen uralt ist. Als berühmte Beispiele nannte er uns die Griechen Pythagoras und Empedokles. Letzterer stürzte sich vor beinahe eintausend Jahren in den Krater eines feuerspeienden Berges. Empedokles, der in seinem Leben gottgleich als Prophet und Wundertäter, Weiser und Arzt wirkte und als Heiland verehrt wurde, soll bekannt haben: »Ich war bereits einmal Knabe, Mädchen, Pflanze, Vogel und flutentauchender, stummer Fisch.«

»Seine Worte«, so Gemmán, »gleichen dem Zaubergesang unseres Dichters Amergin Weißknie, der Ériu bezwang, indem er es daran erinnerte, wie allmächtig und allerfahren er ist:

> Ich bin der Sturm über den Wassern.
> Ich bin eine Woge des Meeres.
> Ich bin ein Lichtstrahl, das Auge der Sonne.
> Ich bin auch das kalte, finstere Grab.

Ich bin ein Stern, die Träne der Sonne.
Ich bin ein Wunder unter den Blumen.
Ich bin die nach Blut lechzende Lanze.
Ich bin das machtvolle Wort.
Ich bin die grundlose Tiefe eines großen Sees.
Ich bin der Amsel süßer Gesang.

Wer außer mir kennt den Ort, wo die Berge einander berühren?
Wer außer mir verkündet die Phasen des Mondes?
Wer außer mir kennt der Sonne Versteck?

Natürlich kannten alle diese Worte auswendig, doch Gemmáns Vortrag war so fesselnd, dass wir minutenlang schwiegen.

»Nicht nur Götter, Helden und Dichter wechseln ihre Gestalt«, ließ sich schließlich Badb vernehmen, und Mutwille blitzte in ihren dunklen Augen. »Ich will euch ein Rätsel aufgeben. Löst ihr es, kennt ihr den geheimen Namen und das Totem eines Prinzen.« Ganz im Stil von Amergins Gesang rezitierte sie nun:

»Erst war ich ein Reiher.
Doch ich wurde zum Fuchs.
Als Taube kreise ich über den Wasser des Anfangs
und steige am Ende zum Himmel auf.«

Bei dem Wort »Reiher« hatte sich Badb erhoben und ihr rechtes Bein angewinkelt, wie es Watvögel tun. Der Reiherfluch, der in solcher Stellung zwischen Erde und Himmel ausgestoßen wird, in der ein Magier nur noch halb den Boden berührt, ist besonders gefürchtet, denn mit ihm verhext man Könige.

Badbs Anspielungen trieben mir das Blut in die Wangen, ob vor Scham oder Zorn, vermochte ich kaum zu unterscheiden. Gemmán, der sonst nur Bewunderung für seine Nichte hegte, wies sie scharf zurecht: »Du verstößt gegen eine Grundregel unserer Zunft: Längst nicht alles, was wir wissen, dürfen wir aussprechen.« Unser Meister hob ungeduldig die Hand, und mit dieser Geste erklärte er den Unterricht für beendet. Für den Rest des Tages wich ich Badb aus. Mir wurde klar, dass sie mich nur deshalb mit ihrem kleinen Rätsel zu verletzen konnte, weil sie wider meine Gelübde und frommen Vorsätze in mein Herz einzudringen begann. Noch bevor sie meine Sinne betörte, hatte ihr Geist meinen Verstand betört. Gott allein weiß, dass ich mich gegen Badb zu wehren versuchte, als sie mich zu verwirren begann. Ich beschloss, noch am Abend desselben Tages jene Bußübungen wieder aufnehmen, die mir schon in Cluain Iraird geholfen hatten, mich gegen Finnian zu behaupten. Es gab in der Nähe von Gemmáns Gehöft einen kleinen Fluss, in dessen eisigem Wasser ich eine Kreuzwache halten wollte. Es war fast Neumond und die Nacht sternenlos, doch ich fand auch in der Finsternis den mir so gut bekannten Pfad. Kaum hatte ich meinen Umhang ablegt, zitterte ich bereits im Nachtwind. Ein scharfer Schmerz, den ich willkommen hieß. Ohne Zögern schritt ich in das nachtschwarze Gewässer. Seine eisige Kälte durchdrang mich sofort und verschlug mir den Atmen, doch ich widerstand dem heftigen Wunsch, ans Ufer zurückzukehren. Ich widerstand sogar dem Verlangen, mich durch heftige Bewegungen zu erwärmen. Mit größter Willensanstrengung verharrte ich bewegungslos mit ausgestreckten Armen und lenkte, wie ich es mir beigebracht hatte, meinen Geist durch Gebete von meinem armseligen, frierenden Körper ab. Da spürte ich in meinem Rücken eine fremde Gegenwart.

»Komm aus deinem Versteck hervor«, rief ich schicksalsergeben. Im Ufergebüsch raschelte es schuldbewusst. Triefend und zähneklappernd kehrte ich dorthin zurück. Badb warf mir meinen Umhang zu.

»Warum bist du mir gefolgt?« fragte ich sie und wickelte mich fester in das trockene Wolltuch.

»Verzeih, Colum«. Badb war ein tiefschwarzer Schatten in der Finsternis. »Ich war neugierig. Ich wollte herausfinden, ob die christlichen Kleriker etwas wissen, was uns entgangen ist.«

»Und?«

»Es ist alles sehr ähnlich«, seufzte sie, und ich glaubte Enttäuschung aus ihrer Stimme herauszuhören. »Die Annäherung an das Göttliche durch Askese, die Abtötung der Empfindungen, des Willens und der Begierde. Wir Druiden machen das ganz ähnlich. Wir fasten tagelang vor unseren Ritualen. Wir setzen unseren Leib den Elementen aus. Es ist ein Opfer, für das wir Wunder und Wohltaten erwarten. Was erflehst du von deinem Gott?«

»Vergebung für meine Sünden«, erwiderte ich. »Für die, die ich in Gedanken begangen habe ebenso wie für die tatsächlichen. Wir erachten beides für gleichermaßen verwerflich. Gedanken führen zu Taten.«

»Es führen immer mehrere Wege zum selben Ziel«, fuhr Badb fort. »Außer der Askese kennen wir auch ihr Gegenteil: Die Verzückung im Rausch und in der Leidenschaft.«

Langsam kehrten wir zum Gehöft zurück. Meine Augen erahnten die Züge meiner Begleiterin.

»Geh mir aus dem Weg, Badb«, bat ich. »Fordere mich nicht heraus. Deine schwarzen Brauen gleichen gespannten Bogensehnen und deine Wimpern sind Pfeile. Sie zielen genau auf mein Herz. Ich aber will mich Gott weihen. Du stehst mir dabei im Weg.«

Da ergriff Badb mein Handgelenk und legte mir die andere Hand auf das pochende Herz. »Du bist Feuer, doch dein Gewand ist schwarz«, rief sie kopfschüttelnd. »Wie kannst du etwas opfern, das du nicht kennst? Wenn du Gott Entsagung opfern willst, musst du zuvor die Hingabe erfahren.«

Ich entzog mich ihr. »Dem Cú Chulainn ist es nicht gut bekommen, dass er sich dem Liebeswerben der Morrígan widersetzte«, erwiderte ich. »Ich aber bin nur ein verwirrter Kleriker. Wenn eine Dienerin von Morrígans Schwester mich herausfordert, wage ich kaum, ihr auf Dauer Widerstand zu leisten. Trotzdem versuchte ich es. Da du gereimte Rätsel bevorzugst, vernimm dies zur Antwort:

> Schwarzer Rabe
> du lärmst laut
> über meinem Haupt.
> Aber Beute
> schlägst du heute
> keine.
> Schwarzer Rabe,
> dir ergeb' ich mich
> noch nicht.«

»Was ist das?« fragte Badb.

»Die erste Strophe eines Liedes, wie es die jungen Krieger meiner Heimat singen«, antwortete ich. »Die zweite werde ich dir in einer günstigeren Nacht aufsagen.«

»So sei es.« Badb lachte ihr leises, kehliges Lachen und trennte sich von mir.

Und so verging der folgende Winter ruhig, mit angestrengtem Lernen und langwierigen, manchmal langweiligen Übungen in der Gedächtniskunst. Wir Schüler verbrachten viele Stunden allein, in unseren verdunkelten Hütten liegend, mit einem Stein statt eines Kissens unter dem Kopf, und versuchten uns die Genealogien der großen Herrscherfamilien Ériu, Geschichten, Legenden und Epen einzuprägen. Auch in Finnians Klosterschule besaß das Auswendiglernen der Psalmen und Evangelientexte einen hohen Stellenwert, doch dort geschah es aus rein praktischen Gründen. Es ist nützlich, wenn Mönche und Geistliche während nächtlicher Stundengebete und Wachen die Psalmen auch ohne Licht aufsagen können, und das galt auch tags und besonders für alle Brüder und Väter, deren Augenlicht zum Lesen zu schwach geworden war.

In Dichterschulen wie der Gemmáns dagegen wurde grundsätzlich auswendig gelernt, und der Rang eines Dichters bemaß sich nach der Zahl von überlieferten Erzählungen, die er vortragen konnte. Je nachdem, ob er sieben oder, wie Meister Gemmán, dreihundertfünfzig Erzählungen auswendig kannte, rechnete man ihn einem der zehn Ränge zu, in die sich die Zunft der gelehrten Dichter gliederte. Unsere Fortschritte beim Lernen überprüfte Gemmán, indem er sich am Fußende des liegenden Studenten niederließ, die Augen schloss und dem Prüfling lauschte. Geriet der Vortrag ins Stocken oder missfiel Gemmán die Vortragsweise, unterbrach er mit sanfter, gleichmütiger Stimme: »Wiederhole!« Doch er lehrte die Versagenden auch hilfreiche Gedächtnisstützen und Eselsbrücken, so dass am Ende des Winters alle zumindest den Rang eines *taman* erreicht hatten, der zehn Erzählungen vortragen kann.

Am erfolgreichsten erwies sich Dallán Forgaill, der wie ich aus dem Norden stammte und später als *ollam* den obersten Rang erreichte. Wie viele Meisterdichter war Dallán blind, denn dieses Leiden trägt offenbar dazu bei, dass sich die von keinerlei Äußerlichkeiten abgelenkten Dichter ganz ihrer Kunst weihen. Wenn Dallán vortrug, hingen alle, selbst Gemmán, wie verzaubert an seinen Lippen, und wenn Dallán dort, wo ein Vortrag gesangliche Rezitation vorschreibt, zur Harfe griff und sich mit einer raschen Bewegung die Ärmel des Gewandes hochstreifte, dann blickten wir gebannt auf seine sehnigen Hände mit den langen Fingernägeln des Gelehrten. Da er die Leidenschaften echter Dichter für Parodien, Wortspiele, Anspielungen, Rätsel und Sinnbilder teilte, gewann er schnell Badbs Zuneigung, und eine Weile schien es mir, als habe sich ihre Aufmerksamkeit endgültig von mir abgewandt. Ich traf sie nur noch während der gemeinsam eingenommenen Mahlzeiten, während Gemmáns Unterrichtsstunden und bisweilen auch als seine Stellvertreterin, die die Lernerfolge der Studenten überprüft. Saß sie statt seiner an meinem Fußende und lauschte meinen Rezitationen, so verriet nichts an ihrer Stimme oder ihren Worten ein besonderes Interesse. Da ich mich damals noch wenig mit Frauenherzen auskannte, begriff ich nicht, dass die scheinbare Gleichgültigkeit, mit der Badb ihr »wiederhole!« befahl, vorgetäuscht war. Heute weiß ich: Der Rabe belauerte heimlich den Fuchs und wartete auf seine Stunde.

Dem Winter folgte der Frühling. Die Zeit nahte, wo wir Studenten in den Dienst Gemmáns treten mussten. Da sprach Badb, nachdem ich ihr flüssig, doch mit absichtlich leiernder Stimme einen langen Gesetzestext wiederholt hatte: »Verstell dich nicht, Colum. Dich interessiert das Gesetz, denn du dürstest nach Gerechtigkeit, wie es eure Heilige Schrift ausdrückt. Täusche mich also nicht, denn ich weiß gut, wie vorgetäuschte Gleichgültigkeit aussieht. Bereite dich lieber vor, mich auf einer Reise zum Hofe Guaires, dem Sohn Colmáns, zu begleiten. Dallán hat erfahren, dass Guaire den Dichtern Érius an Beltine ein gewaltiges Fest geben will. Wohlgemerkt, nicht nur die Angehörigen deiner gelehrten Zunft sind geladen, sondern auch sämtliche niedrigeren Ränge der Barden und Spielleute nebst Begleitern und Dienern.«

Die Nachricht kam so überraschend, dass ich mich unwillkürlich aufsetzte. »Im Ernst? Die Zunft der Dichter ist verzweigt und zahllos in ihren Gliedern wie Sand am Meer. Sie werden Guaire an den Bettelstab saufen. Hieß es nicht gerade von diesem Herrscher, er sei äußerst geizig?«

»Das ist ja der Grund seiner plötzlichen Freigebigkeit«, lachte Badb. »Sein Geiz war schon sprichwörtlich geworden und gängige Münze unter dem ewig spottsüchtigen Dichtervolk. Dir brauche ich nicht zu erklären, dass Schmähverse töten, zerstören sie doch das Wichtigste, was ein Herrscher besitzt: Würde und Ansehen. Guaire aber will nicht länger sein königliches Ansehen untergraben lassen, er will Lobgesänge.«

»Die er zweifellos erntet. Er wird als gastfreundlichster Herrscher aller Zeiten in die Annalen eingehen. Denn unsere Dichter trinken allzu gern auf fremde Kosten. Sie werden das Ereignis als Guaires großes Besäufnis in die Geschichte eingehen lassen.«

So brachen wir früh am kommenden Morgen auf. Badb hatte ihr langes Haar hochgesteckt und trug einen Kilt, der mich zum Lachen brachte. »Wen willst du damit täuschen?« neckte ich sie. »Nur von weitem siehst du aus wie ein Krieger, zudem vermutlich der kleinste, den Ériu je besaß.«

Obwohl es die Nacht hindurch sachte geregnet hatte, kannten Badb und ich die Vorzeichen für gutes Wetter genau und ritten zuversichtlich in den noch wolkenverhangenen Morgen. Bald schon stiegen jubelnd Lerchen aus den Wiesen, die Wolkenwand zerriss und die kräftige Frühjahrssonne sog Dunst aus dem taufeuchten Brachland und der Heide. Der Tag erwärmte sich rasch. Zu meiner Überraschung hielt Badb den Ritt klaglos durch, so als habe sie wie ein Krieger den Großteil ihres Lebens zu Pferd verbracht. Wir rasteten mittags nur kurz an einer Quelle und setzten dann unsere Reise nach Südwesten solange fort, bis die sinkende Sonne die heraufziehenden tiefblauen Abendwolken mit schmelzendem Gold überzog und mit flammenden Purpur säumte. Eine Lichtung am Ufer eines großen Waldsees erschien uns als Rastplatz geeignet. Lange sahen wir dem Verblassen des himmlischen Feuers zu, jeder tief in eigene Gedanken versunken. Gold dunkelte zu Silber, Purpur zu Gelb und Blau färbte sich schwarz. Die ersten Sterne traten hervor, und die schmale Klinge des jungen, wachsenden Mondes blitzte schräg im dunklen Wasser. Es war völlig windstill, selbst die leisen Abendgeräusche waren verstummt. Kein Fisch schnellte aus dem Wasser, kein Vogel strich über den See. Kein Knacken und Rascheln war aus dem dunklen Wald zu vernehmen. Die Erde hielt den Atem an, bezaubert von der verklärten Nacht. Ich ließ mich ins Gras zurücksinken, um den weiten Himmel und die Sterne zu betrachten, doch Badbs Gesicht schob sich vor den jungen Sichelmond. Als sie es an meine Wange schmiegte, fühlte es sich überraschend kühl an, ihr Haar roch stark nach feuchter Erde. Ihre langen Wimpern streiften meine Schläfe wie der Flügelschlag eines Schmetterlings. Ihr kleines muschelförmiges Ohr lag nahe meinem Mund. Ich durchbrach das Schweigen der Erde nur kurz, als ich ihr leise die zweite Strophe des Liedes vom Schwarzen Raben aufsagte:

Auf dem Schlachtfeld
hingegeben
ist mein Leben.
Mein Tod naht.
Ohne Klage,
schwarzer Rabe,
will ich mich
dir ergeben,
ewiglich.
Ich bin dein.

Badb schloss mir sacht den Mund mit ihrer Rechten und bedeckte meine Augen mit sanften Küssen. Ihre Linke hielt mein Handgelenk umfasst. In jener Nacht ergab ich mich ihr vollkommen. Niemand vermag solcher Zärtlichkeit zu widerstehen. Als ich die Augen wieder aufschlug, war die Mondsichel hinter eine Wolke getreten und Badbs Kopf ruhte ruhig atmend auf meiner Schulter. Ich zog die Umhänge fester um uns, denn nun kühlte der Nachtwind die schlafende Erde ab.

Guaires auf einem Felsen am Meer errichtete Wallburg erreichten wir erst am frühen Abend des kommenden Tages. Tatsächlich hatte sich hier fast das gesamte Dichtertum des Landes versammelt, eine bunte, lärmige Menge mit federngeschmückten Hüten und Gewändern aus kostbaren Tuchen, wie es ihrem Stand gebührte. Viele nächtigten in Zelten und Laubhütten außerhalb des Palisadenwalls, denn Guaires eigene Häuser fassten die Menge der

Gäste längst nicht mehr. Ob hier wirklich, wie später die Chronisten behaupteten, 150 *filí* und ebenso viele Dichter-Studenten mit je einem Hund und einem Diener freigehalten wurden, vermag ich nicht zu sagen, aber an den Feuern, an denen sich das scharfzüngige und wortgewaltige Volk abends versammelte, erzählten viele, dass sie schon lange vor Beltine bei Guaire eingetroffen waren und seine Gastfreundschaft seit Wochen genossen. Bier und Wein flossen anscheinend in Strömen, und auf den Spießen über den Feuern drehten sich ganze Herden. Die weniger Trunkenen übten sich in Stampf- und Hüpftänzen zu den Weisen der Spielleute, und auch Badb konnte sich nicht zurückhalten und wirbelte leichtfüßig umher. »Mein Herz fliegt zum Mond und wieder zurück«, rief sie mir übermütig zu.

Diejenigen, die zu gebrechlich zum Tanzen oder zu berauscht waren, tauschten Neuigkeiten oder prahlten mit ihrem Berufserfolg, der sich nach den Geschenken ihrer adeligen Patrone bemaß. Es wurde übertrieben, dass sich die Balken bogen. »Das wird ein schlechtes Ende nehmen«, sagte ich Badb, als sie sich schließlich erschöpft neben mich setzte. »Mit ihrer Maßlosigkeit werden die Dichter den Adel schließlich gegen sich aufbringen.«

Aber Badb hatte an diesem ausgelassenen Abend keinen Sinn für düstere Orakel und überließ mich dem Gastgeber, der zu unserer Begrüßung auf uns zuschwankte. Guaire mac Colmán, ein feister, gedrungener Mann, hatte offenbar aus der Not eine Tugend gemacht und sich der Stimmung und dem Verhalten seiner Gäste angepasst. »Sei mir willkommen, gelehrter Mann«, dröhnte er und hieb mir zur Begrüßung die breite Hand auf die Schulter. »Was soll man mehr an dir preisen? Deine vornehme Abkunft oder deine Gelehrsamkeit? Einerlei, ich habe deine Worte vernommen und muss dir gestehen, dass sich bereits Unmut über dies Gelage regt. Mein eigener Bruder Marbán, der dir an Frömmigkeit ebenbürtig sein dürfte, hat meine Gastfreunde verflucht und Gott beschworen, er möge ihnen die Gabe des Lobpreises oder der Schmähung nehmen, solange sie Marbán nicht den gesamten *Táin* aufgesagt haben. Hier nun zeigte sich, dass meine Gäste sich bei all ihrer Bildung nicht einigen konnten, welches der wahre Inhalt des *Táin* ist, denn das große Werk existiert in zahllosen Fassungen. Ein frommer Weiser hat geraten, den Fergus mac Roich zum Leben zu erwecken, der ja einer der Helden des *Táin* ist. Fergus könnte uns genau berichten, wie es sich damals zugetragen hat. Vielleicht könntest du, da du aus dem Norden stammst und mit dem *Táin* aufgewachsen bist, den Fergus für uns ins Leben zurückrufen?«

Doch bevor ich auf dieses fantastische Ansinnen eingehen konnte, sackte der bezechte Herrscher Connachts in sich zusammen. Seine Diener trugen den Volltrunkenen zur Ruhe, ohne dass der Zwischenfall das muntere Treiben der Gäste im Mindesten störte. Bis spät in die Nacht zechten und lärmten sie an den Feuern und bis spät in den nächsten Morgen lag der Haushalt Guaires und die Schar seiner Gäste schnarchend im Tiefschlaf, dem freilich die Wächter Guaires ein jähes Ende bereiteten, als sie eine kleine Schar bewaffneter Reiter anrücken sahen.

Noch ehe die jäh aus dem Schlaf Gerissenen ihre Benommenheit überwunden hatten, standen die Fremdlinge vor dem Haupttor zur Burg. Ein kurzer Wortwechsel ergab, dass es sich bei ihrem Anführer um Declan handelte, den obersten Steuereintreiber des neuen Königs Diarmait mac Cerbaill. Declan war für seinen außergewöhnlichen Hochmut ebenso berüchtigt wie für die unnachgiebige Härte, mit der er bei Provinzkönigen und Stammesherrschern Tribute und Abgaben eintrieb. Die Überlegenheit seines Herrn Diarmait pflegte er auf drastische Weise herauszustreichen, indem er zum Zeichen seiner Amtswürde Diarmaits Speer quer vor sich hertrug, so dass beinahe jedes Burgtor zu schmal war. Denn Burgtore errichtet man ja absichtlich eng, um sie leichter vor Angriffen schützen zu können. Diarmait aber verlangte regelmäßig einen Einriss oder eine Erweiterung der Torbauten, damit der königliche Speer ohne Schmälerung seines Ansehens hereingetragen werden konnte.

Auch diesmal lag Ärger in der Luft, und es hatte sich bereits eine große Zahl Schaulustiger an Guaires Tor versammelt, um den Zusammenstoß des Connachter Herrschers mit Declan zu verfolgen. Viele boten Guaire an, den Abgesandten des Hochkönigs mit einigen vernichtenden Schmähversen in Grund und Boden zu dichten, doch der von den Ausschweifungen des Vorabends noch arg mitgenommene Guaire hatte dafür kein Ohr. Ohne alle Umschweife fragte er Declan nach seinem Begehr und bekam vor den versammelten Gästen die Antwort, dass König Diarmait von Connacht die Abgaben von gleich sechs Jahren einfordere. Auch stehe ihm, Declan, als königlichem Boten Zutritt zu Guaires Burg zu.

»Aber selbstverständlich«, erwiderte Guaire höhnisch, »wenn du, Declan, dich bitte bequemen würdest, deines Herren Speer in der üblichen Weise zu tragen, nämlich senkrecht?«

»Ich trage den königlichen Speer wie mir beliebt.« Declan näherte sich herausfordernd dem Tor. »Erweist es sich als zu schmal, wird man es aus Respekt vor dem König erweitern müssen.«

»Diesmal gehst du zu weit, Declan!« Guaire schäumte vor Wut, und keiner hätte ihn mehr zurückhalten können. Mit bloßem Schwert stürzte er sich auf den Steuereintreiber, der sofort den Speer fallen ließ, doch nicht schnell genug, um sich noch gegen Guaires tödlichen Hieb verteidigen zu können. Declans Gefährten erkannten, dass sie gegen Guaires Krieger und die Übermacht der Dichter vorerst nichts ausrichten konnten und sprengten unter Drohungen davon.

So also fand das große Dichterfest sein jähes und unziemliches Ende. Alle begriffen, dass Diarmait schon bald mit großer Verstärkung heranrücken würde, um Guaire auszuheben. Guaire beschloss, diesen Augenblick nicht abzuwarten. Er floh und fand Zuflucht bei dem frommen Mann Ruadhán, der einige Jahre vor mir in Cluain Iraird studiert und in Lorrha am Nordende des Lough Derg seinen Haushalt gegründet hatte. Doch Diarmait brach nach seiner Gewohnheit das Gesetz und schleppte Guaire gegen Ruadháns Protest aus dem Kirchenasyl in schmähliche Gefangenschaft, aus der ihn Ruadhán und seine Mönche erst nach langen Verhandlungen und finstersten Verwünschungen freibekamen. Die Spannungen zwischen Connacht und dem Hochkönig zu Tara aber dauerten an. Bedrückt kehrten Badb und ich zu Gemmán zurück.

Fünftes Kapitel: Liber transgressionis II

Sende dein Licht und deine Wahrheit,
dass sie mich leiten und bringen
zu deinem heiligen Berg und zu deiner Wohnung.
(Psalm 43, 3)

Dixit Badb:
Die Kundschafter des Fürsten kehrten gestern zurück, und ihr Bericht bestätigte unsere Befürchtungen: Truppen des Kaisers Justinian befinden sich auf dem Vormarsch und werden schon gegen Abend unsere Gegend erreichen. Fürst Wardan, umsichtig wie immer, jagte persönlich von Dorf zu Dorf, von Weiler zu Weiler, und drängte die Bauern zum sofortigen Aufstieg nach Hamberd, der größten und sichersten seiner Fluchtburgen. Die Nachricht vom Anrücken der Byzantiner löste Furcht aus, und lange saßen meine Nachbarn in der Nacht wach und wendeten in ihren Gesprächen die Nachrichten hin und her wie abgegriffene Münzen, ohne zu einem anderen Ende als dem einen zu kommen: Flucht war unausweichlich, obwohl die Ernte bevorstand. Im Morgengrauen fassten sich die Frauen ein Herz, hörten zu schluchzen auf und schaufelten entschlossen Asche auf die heiligen, sonst sorgsam gehüteten Herdfeuer. Dann packten sie, was ihnen am kostbarsten und am unentbehrlichsten erschien, denn Hamberd bot kaum Platz für alle Einwohner der umliegenden Dörfer und ihr Vieh, geschweige denn für zahlreichen Hausrat. Die Männer vergruben seufzend das meiste der übrigen beweglichen Habe in riesigen Amphoren, in der Hoffnung, es einst wieder in Besitz

nehmen zu können. Auch mir bot man Hilfe bei der Flucht an. Doch ich, die ich einst freiwillig Meere und Länder durchquert hatte, um in dieses von Kriegen und Kämpfen gequälte Land zu gelangen, lehnte ab: Meine Flucht war beendet. Also setzte sich der lange Zug aus Menschen und Tieren ohne mich in Bewegung. Alle, die an meinem Haus vorbeizogen, verneigten sich tief, denn sie verehren mich als die weise Frau ihres Dorfes, der sich alle wegen einer Weissagung oder eines Heiltranks für ihre Kranken verpflichtet fühlten. Zu mir sind sie immer dann gekommen, wenn die Gebete ihrer Priester oder ihre eigene Magie versagten. Der fremde Zauber wirkt stärker. Insgeheim sind sie deshalb erleichtert, dass ich im Dorf bleibe. Sie glauben, ich besäße geheime Kräfte, um ihr Dorf vor Plünderungen und der Zerstörungswut der Feinde zu bewahren. Welch bittere Ironie in diesem Zutrauen liegt! Wann hätte ich mich je selbst zu schützen vermocht?

Als das Knarren der Wagenräder, das Kreischen der widerspenstigen Esel und der Lärm der von der Reise erregten Kinder verhallt waren, senkte sich tiefe Stille über das verlassene Dorf. Außer mir, meinen Haustieren und den von der Hitze benommenen Katzen gibt es hier keine lebendigen Seelen mehr. Mich schreckt nicht der Gedanke an den langen, steilen Aufstieg zur Burg. Ich bin den Weg oft gegangen, sogar an heißeren Sommertagen als diesem. Er führt anfangs durch Eichenwälder und dann durch baumloses, felsübersätes Gelände, wo der Wanderer gnadenlos der sengenden Sonne ausgesetzt ist, gefolgt von einer tiefen Schlucht, über der auf einer schmalen Felszunge dunkel Hamberd mit seinen weitläufigen Vorwerken aufragt. Die Burg gilt als uneinnehmbar und kann, da sie eigene Quellen besitzt, selbst langwierigen Belagerungen trotzen. Unter den Mauern, wo schon viele von den Pfeilen der Verteidiger getroffene Belagerer verbluteten, blühen Mohnblumen von einer Größe und Leuchtkraft, wie sie die Ebene nicht hervorzubringen vermag. Ich habe die Wanderung nach Hamberd in bisher jedem Frühjahr angetreten, denn auf den Matten ringsum gedeihen würzige Bergkräuter von großer Heilkraft. Der betörende Duft des wilden Thymian haftet noch lange an den Sohlen, kehrt man von dort zurück.

Nein. Was mich in Wahrheit schreckt ist die Aussicht auf ein Leben von ungewisser Dauer in der Gemeinschaft beengter, zu Tode verängstigter Menschen. Was mich mehr als ein gewaltsamer Tod schreckt, ist die Trennung von meinem Haus und dem Hof, wo ich regungslos unter dem schattenspendenden Walnussbaum auf die kaiserlichen Truppen warten werde. Gewiss ist nur eines: Die Stille wird enden. Alles Übrige ist kaum vorhersehbar, denn zu viele Unwägbarkeiten bestimmen das Verhalten von Soldaten: die Dauer und der Ausgang bestandener Kämpfe ebenso wie die Kämpfe, denen sie entgegengehen, das Wetter und die Ernährung, die ihnen zu Teil wird oder auch nicht. Die geringste Rolle spielen für sie die Menschen, deren Dasein sie zerstören. Ob sie sich die Zeit nehmen werden, unser Dorf in Brand zu setzen, seine Obstbäume und Weinstöcke abzuhacken, lässt sich nicht vorhersagen. Ganz gewiss werden sie blind sein für die Schönheit, die in unserer marmorgefassten Quelle liegt oder im edlen Schwung unserer Brücke. Die Würde alter, von Generationen gehegter und gewässerter Obstbäume und der stille Zauber schattiger Gärten werden sich ihnen nicht offenbaren. Was mein eigenes Schicksal betrifft, so bin ich, wie wohl die meisten Seher, mit Blindheit geschlagen. Ich vermag nicht vorauszusehen, ob mich die fremden Soldaten schonen oder töten. Ich sehe ihrer Ankunft mit Gleichmut, doch nicht mit Gleichgültigkeit entgegen. Auch ich habe das Herdfeuer gelöscht, in der Hoffnung, dadurch ihrer Aufmerksamkeit zu entrinnen. Ja, ich hoffe noch immer.

»Wiederhole …!«
Unser Befehl an die Dichterstudenten kommt mir in den Sinn, jetzt, wo sich womöglich mein Schicksal vollendet. Bis dahin bleiben mir noch mehrere Stunden, um, an den Walnussbaum

gelehnt, meine Augen auf den grünblauen Hängen des fernen heiligen Berges zu weiden, der Stätte meines einstigen Exils. Sein in einen Wolkenkranz gehülltes Schneehaupt schwebt noch unirdisch über der Ebene, aber sein Fuß versinkt bereits im Dunst, der jeden Mittag aus der weiten, glutheißen Niederung aufsteigt. Später wird kühle Abendluft die Umrisse klar hervortreten lassen, und dann erkennt man auch jene dunkle Felsspalte, an deren tiefstem und geheimsten Winkel der Gott Mihr seine Wohnung in einer verschlossenen Höhle besitzt. Deren Pforte, so sagt man, wird sich erst am Ende der Zeiten öffnen. Bis dahin hält Mihr die Kosmoskugel in seiner Hand, während ihm ein Rabe aufwartet.

Geduldig warte ich unter meinem Nussbaum auf das Wunder der Wandlung, wenn das Licht der untergehenden Sonne den Schneegipfel des heiligen Berges rosig überhaucht, seinen Fuß und die Hänge jedoch violett färbt. Die Götter erwarten Opfer von uns, Hingabe und Entsagung. Der Preis für die Teilhabe an ihren Mysterien ist die Bewahrung ihrer Geheimnisse. Ich habe dieses Gesetz übertreten. Ich habe meinen Geliebten in priesterliche Geheimnisse eingeweiht, die mir von meinem Vater anvertraut waren. Wie ahnungslos ich war! Ich wollte gefallen, indem ich meine Geheimnisse preisgab und mit meinem Wissen prahlte. Doch es war alles vergeblich. Sämtliche Orakel, die ich befragte, kündeten von der Aussichtslosigkeit meiner Liebe.

Mein Vater muss meine Verzweiflung und meine Verwirrung geahnt haben. Am Ende des Sommers rief er mich nach Ceanannas Mór zurück, und ich folgte seinem Befehl ohne zu zögern, denn ich war bereits ohne Zuversicht. Dass Colum darauf bestand, mich zu meinem Schutz zu begleiten, machte diesen Abschied noch schlimmer. Als endlich die Palisaden der großen Königsresidenz am Horizont auftauchten, bestand ich darauf, den Rest meiner Reise allein fortzusetzen und schickte Colum zu Gemmán zurück. Zum Abschied tauschte ich mein Amulett gegen sein prachtvolles goldenes Taufkreuz mit dem großen Bergkristall, das auch jetzt schwer zwischen meinen Brüsten ruht. Worte wechselten wir kaum noch. Ich war voller Bitterkeit und Verzweiflung.

»Wir haben uns ineinander gesucht«, sagte Colum wie fragend, in den schnell wachsenden Abstand hinein.

»Aber nicht gefunden?«

Damit wandte ich mich ab, denn der Schmerz, Kränkung, Enttäuschung und Trauer waren unerträglich. Ich wusste, dass sich unsere Wege in der Zukunft kreuzen würden, treffen würden sie sich nie wieder. Von da an blieb Colum lange Jahre nur ein Wort, ein Name, der bald von nah, später aus immer größerer Ferne zu mir drang. Bei Gemmán blieb Colum noch ein weiteres Jahr, dann zog er zu Mobí, der einst ebenfalls dem Finnian als Student zu Füßen gesessen hatte, bevor er in Glasnevin eine Gemeinschaft frommer Männer um sich scharte. Als das gelbe Fieber über jene Gegend hereinbrach, schickte sie Mobí in ihre Heimat zurück, anscheinend aber nicht schnell genug. Mobí selbst erlag der Seuche, Colum aber entkam unbeschadet nach Norden zu den Seinen und erhielt von seinem königlichen Vetter Ainmire einen heiligen Eichenwald für die Gründung seines eigenen Haushalts. Denn schon zu jener Zeit, so scheint es, war Colum des Herumziehens als Wandermönch und Wanderstudent müde und sehnte sich danach, es dem Mobí gleichzutun. Doch wurde daraus anscheinend nichts, denn auch weiterhin tauchte sein Name in den verschiedensten Teilen des Landes auf, und unentwirrbar mischten sich Wahrheit und Erfindung. Von Heilwundern war die Rede, von furchterregenden Prophezeiungen. Wenn es zutrifft, dass sich die Gunst des Christengottes darin erweist, dass er seinen vollkommensten Dienern die Gnade der Wahrsagung und des Wirkens von Wundern gewährt, dann hatte mein Geliebter große Fortschritte bei seiner Vervollkommnung gemacht.

Als Colums Streit mit Finnian sich zu einem Prozess ausweitete und der Rechtsstreit zum Krieg um das Buch ausartete, vernahm natürlich auch ich davon. Und als Colums Widersacher ihn schließlich in Tailtiu vor Gericht zerrten, brach auch über mich das Verhängnis herein. Mein Leben war bis dahin ruhig verlaufen. Längst hatte ich die Schule des greisen Gemmán übernommen, und mit ihr auch die Aufsicht über dessen Haushalt. Stillschweigend waren wir uns alle einig, dass die Zeit der Druiden vorüber war, selbst wenn Hochkönig Diarmait weiterhin meines Vaters Dienste in Anspruch nahm. Noch binnen eines Menschenalters würden Kleriker wie Colum die Druiden als Erzieher und Berater von Herrschern abgelöst haben. Wenn mein Vater mir Vorwürfe machte, weil ich Colum in die Geheimnisse unseres Standes eingeweiht hatte, rechtfertigte ich mich damit, dass Männer wie Colum unsere wahren Nachfolger seien und dass unser Wissen, sollte es überleben, nur durch sie überleben könnte. Doch die Zunft der gelehrten Dichter würde auch unter den christlichen Priestern fortbestehen, und eben darum schien es mir wichtiger, Gemmáns Werk fortzusetzen als das meines Vaters.

In der Nacht vor dem Verhängnis und früh beim Aufstehen quälten mich Träume und böse Vorahnungen. Ich schob sie beiseite, denn damals glaubte ich, dass wir uns nicht von unseren Gesichten und Eingebungen beherrschen lassen dürfen. An jenem Tag gab es zudem viel zu tun, in der Wirtschaft ebenso wie in der Schule. Aidan hatte sich zu einer anstrengenden Konzentrationsübung zurückgezogen, und Malcolm erwartete von mir ein langes Lehrgespräch über seine jüngste Dichtung. Eine unserer Kühe litt unter einer Euterentzündung, und einer der Knechte unter seiner Galle. Überdies stand der liebliche Frühlingstag in so krassem Gegensatz zu meinen nächtlichen Ängsten, dass ich noch stärker versucht war, sie als Hirngespinste abzutun. Gegen Mittag ging ich in einer Ruhepause mit einem irdenen Gefäß zum Fluss, um Brunnenkresse für den Gallenkranken zu schneiden, nicht weit von jener Stelle entfernt, an der Colum einst versucht hatte, sich die Verwirrung über die in ihm aufkeimende Leidenschaft fortzubeten.

Da ich mich von unserem Gehöft recht weit entfernt hatte, nahm ich den Überfall nicht gleich gewahr. Doch die Schreie der überrumpelten Mitbewohner, das Brüllen unserer fortgetriebenen Tiere und das Gejohle der Angreifer ließen mich schließlich aufhorchen. Danach beging ich meinen zweiten Fehler: Statt mich verborgen zu halten, kehrte ich zurück, vielleicht in der unsinnigen Hoffnung, irgendwie eingreifen zu können. Fast schlafwandlerisch, ohne klaren Gedanken näherte ich mich dem Mittelpunkt des Grauens und wurde nun erst gewahr, dass die Schreie inzwischen verstummt waren. Dafür kräuselte sich bereits Rauch von den in Brand gesetzten Strohdächern der Häuser und Scheunen. Mir fiel vor Entsetzen der Tontopf aus der Hand. Als er auf einem Stein zerschellte, schien dies das lauteste Geräusch von der Welt zu sein, das die Blicke aller Lebenden auf mich lenkte. Die Lebenden waren die Angreifer. Sie standen, jetzt untätig und ohne weiteres Ziel, im Hof herum und ließen mich in ihre Mitte treten, wie bei einem Rundtanz. Aus den Augenwinkeln nahm ich entsetzt alle Einzelheiten ihrer Untaten wahr: Aidan war der Schädel mit demselben Stein zertrümmert worden, auf den er bei seinen Übungen den Kopf stützte. Man hatte den Toten aus seiner Hütte gezerrt. Unweit lag mein Onkel Gemmán, die Stirn mit einer Streitaxt gespalten, die weißen Haare blutverkrustet. Hatte er Aidan zu Hilfe eilen wollen? Seinen Freund Malcolm hatten sie entkleidet und lange gequält, bevor sie ihn erschlugen.

Ich erhob meinen Blick. Der einarmige Anführer der Bande saß zu Pferd, ein Wolfskopf hing als Schmuck über seiner Schulter. Vier weitere schienen, ihrer Ähnlichkeit nach zu schließen, seine Brüder zu sein. Sie umringten mich im Halbkreis und rückten langsam näher. Ein nur halb gesättigtes Rudel, schoss es mir durch den Kopf. Widerstand würde sie ebenso zu wütender Grausamkeit hinreißen wie Bitten um Mitleid. Stumm flehte ich zu den Göttern, dass sich die Erde auftun und mich bergen möge.

»Mich nennt man Lám Dess«, sagte der Mann mit dem Wolfskopf und strich sich selbstgefällig den roten Bart. Seine schmalen, raubtiergelben Augen blickten ohne sonderliches Interesse. Die Furcht wehrloser Menschen bereitete ihm offenkundig Vergnügen. »Lám Dess deshalb, weil ich nur auf meine Rechte angewiesen bin: Beim Kämpfen, beim Rauben und beim Vergewaltigen.« Er lachte schmutzig auf.

»Wozu das Gerede, Lám Dess?« stieß ich hervor. Obwohl mir das Herz an die Rippen hämmerte, gab ich mir den Anschein von Gelassenheit. »Du hast dich bereits mit deinen Taten vorgestellt. Warum hast du meine Schüler und alle Angehörigen meines Haushalts erschlagen?«

»Eine dumme Frage für eine kluge Frau«, tadelte Lám Dess spöttisch. »Schenkt man Zeugen das Leben? Ohnehin haben mir deine Jung-Dichter keinen Spaß bereitet. Hier geht es nämlich auch um Spaß. Vielleicht komme ich mit dir eher auf meine Kosten?«

Seine Brüder waren bei diesen Worten noch näher gerückt. Ein Rudel, das dem Knurren des Leitwolfs gehorcht und zum Ansprung bereit liegt. Ich wusste, ich war verloren. Mein Ende würde langsamer und qualvoller sein als das der anderen, denn ich war das letzte Opfer. Kaum hatte ich das begriffen, ging alles schnell: Zwei sprangen mich an, einer trat mich in den Leib. Ich stürzte, sie warfen sich über mich. Andere rissen mir das Kleid hoch und banden es mit meinem eigenen Gürtel über meinem Kopf zusammen, so dass mein Oberkörper wie in einem Sack gefangen war. Ich konnte meine Peiniger nicht mehr sehen. Aber ich hörte, wie Lám Dess umständlich absaß. Jemand lachte grob und nervös zugleich, in Erwartung des bevorstehenden Spektakels.

»Die Beine auseinander«, befahl der Anführer und trat mir mit aller Kraft zwischen die Oberschenkel. Zwei spreizten gewaltsam meine Beine. Lám Dess, nun offenbar schon ohne Hose, versuchte angestrengt, in mich einzudringen. Es misslang. Er fluchte und schlug mit der geballten Faust dorthin, wo er unter dem Kleidersack mein Gesicht vermutete. Ich konnte ihm nicht ausweichen und wand mich in der Dunkelheit meines peinlichen Gefängnisses. Ich versuchte zu beten, ich versuchte, zu fluchen. Nichts und niemand half.

»Wenn du sie nicht mit deiner Lanze durchbohren kannst, dann nimm doch eine aus Metall«, stachelte einer der Brüder Lám Dess an. Mein Peiniger hielt inne und bedachte den Vorschlag. Eine gespannte Stille trat ein, die damit enden würde, dass Lám Dess beschämt und wutentbrannt meine Eingeweide mit einer Lanze durchstoßen würde. Äußerste Todesangst brachte endlich den Schrei zustande:

»Baa-aadb!«

Mein endloser Entsetzensschrei erfüllte das Universum und fand bei der Göttin Gehör. Als ich wieder zu mir kam, hatte sich alles verändert: Ich saß auf einem Stein. Ich erkannte sofort, dass ich mich hoch im Gebirge befand, doch diese Berge glichen in nichts denen meiner Heimat. Zwischen flechtenverkrusteten Felsbrocken breiteten sich vereinzelt noch Schneereste, obwohl sich an vielen Stellen schon Primeln und Szilla zeigten. Ich spähte über meine Schulter: Unterhalb, am Berghang machte ich eine Siedlung aus, bläulicher Herdrauch kräuselte aus den Lehmhütten. Dort lebten Menschen, die sich zur Nacht rüsteten.

Oberhalb stürzten tauwassergeschwellte Bäche polternd zu Tal. Ihr Lärm widerhallte dröhnend in meinem armen Kopf. Noch höher breitete sich unter strahlender Abendsonne der Firn. Dies war keine Region, in der Menschen sich aufhalten können. Die Götter, das begriff ich jetzt, hatten mich an die Grenzen ihrer Wohnstatt entrückt, um ihnen zu dienen. Ich hatte die Wahl. Noch konnte ich zu den Menschen und in mein bisheriges Leben zurückkehren. Doch die Menschen hatten mich zu sehr erschreckt. Nur kurz blickte ich zurück. Dann breitete ich entschlossen meine schwarzen Schwingen aus und flog höher hinauf, dem reinen Licht entgegen, das von der ewigen Feste der Götter erstrahlt.

Sechstes Kapitel: Diarmait

»Fahr zur Hölle!« Mein eigener Onkel Artgal stieß hasserfüllt mit dem Fuß gegen das kleine Spantenboot und setzte es frei. Der Wind blies kräftig von den Bergen auf die See: Das richtige Wetter, um das Gottesurteil zu vollstrecken. Weil diese Art von Strafe neu und ungewohnt war, hatten sich fast alle Stammesgenossen zu dem Schauspiel eingefunden und umstanden dichtgedrängt unsere Bootsanlegestelle.

Doch der *Currach* wollte anfangs nicht an Fahrt gewinnen. Er schaukelte träge und drehte sich schließlich um die eigene Achse, als verweigere er die Abfahrt in die offene See. Diejenigen, die in allem ein Omen sehen, murrten. Das Zögern des *Currach* schien die Rechtmäßigkeit der Urteilsvollstreckung infrage zu stellen. Doch bevor noch das Murren in offene Fragen übergehen konnte, ergriff Artgal eine umsichtig bereit gehaltene Stange und stieß das Boot wieder in die Strömung. Diesmal hatte er mehr Glück, die Wellen ergriffen sofort ihr Opfer. Das Boot und ich würden bald den Blicken entzogen sein. Da hob ich zum ersten Mal seit meiner Gefangennahme den Kopf und sah mir die Gesichter meiner Stammesgenossen so fest und deutlich an wie noch nie im Leben und nie wieder im Leben: die ahnungslosen Kinder und Jugendlichen, die die Aussicht auf etwas Ungeheuerliches halb schreckte, halb anzog, die Spötter und Zweifler unter den Erwachsenen, die ahnten, dass diesem Urteil von Anfang Lüge zugrunde lag. Am längsten heftete ich meinen Blick auf Artgal. War sein Zorn echt oder gespielt? Zorn stand Artgal als engstem und ältestem Blutsverwandten des Opfers Librán zu. Librán war unser Häuptling. Librán, mein Herr und Vater.

Dicht neben Artgal stand, blass und mit züchtig gesenkten Lidern, Orlá, die junge Witwe, deren dichtes Goldhaar jetzt der schwarze Schleier bedeckte. Meinen Blicken war sie ausgewichen, seit mich Artgals Knechte als Mörder davongeschleppt, in Fesseln gelegt und in eine Scheune gesperrt hatten. Die Sachlage schien eindeutig: Eine der Mägde Orlás hatte mich aus der Kammer laufen sehen, in der Librán seinen Rausch ausschlief. Kurz danach hatte man meinen Vater in seinem eigenen Bett erstochen aufgefunden. Der Mord an Blutsverwandten ist das schlimmste Verbrechen, das unsere Gesetze kennen. Dass Librán zu mir, der ich nur einer seiner zahlreichen Bastarde war, eine besondere Zuneigung besaß und mich zu einem Krieger ausbilden ließ, sprach zusätzlich gegen mich. »Der räudige Welpe hat, zu einem Köter herangewachsen, die einzige Hand gebissen, die ihn streichelte«, stieß Artgal verächtlich bei der Gerichtssitzung hervor. »Er sollte wie ein tollwütiger Hund erschlagen werden«.

Es verwunderte darum alle, als Orlá, die bis dahin der Verhandlung stumm zugehört hatte, hervortrat: »Du hast als Libráns Bruder gesprochen, doch ich spreche als seine Witwe und als Christin. Wir Christen meiden die Todesstrafe, denn wir glauben, dass das Recht zu strafen bei Gott allein liegt. Darum möchte ich für Diarmait ein Gottesurteil erkaufen. Mögen Gott und die See über sein Schicksal entscheiden.« Bis auf Artgal, der sichtlich verärgert reagierte, war die Versammlung erkennbar beeindruckt, denn Orlá bot für diesen Straferlass ihren gesamten Goldschmuck auf. Doch die stimmberechtigten Männer des Stammes gingen umso bereitwilliger auf ihren Vorschlag ein, als sie unausgesprochen den Zorn und die Zauberkünste meiner Mutter fürchteten. Eine überflüssige Sorge, wie ich längst weiß. Denn meine Mutter hat mich schon an jenem Tag preisgegeben, an dem sie mich Libráns

Haushalt übergab: »Hier, nimm deinen Bastard zurück, ich habe keine Verwendung für ihn.« In der magischen Welt meiner Mutter ist für Kleinkinder kein Platz. Sie stand auch nicht am Strand, um Artgal zuzusehen, wie er das von Orlá teuer erkaufte Gottesurteil vollzog. Doch Orlá, meine einzige Zeugin, meine Verderberin und, in den Augen der Welt, meine Retterin wollte sich offenbar durch Augenschein davon überzeugen, dass das Urteil richtig vollstreckt wurde.

Als der Abstand zwischen den vertrauten Gesichtern am Ufer und mir wuchs, erlaubte ich mir erstmals Zweifel an Orlá. Zweifel tötet die Liebe. Doch mit dem eigenen Tod vor Augen verliert selbst die Liebe an Bedeutung. Was blieb mir noch? Ein Ruder und ein Topf Gerstenbrei, die sie mir in den *Currach* gestellt hatten. Gaben, die mein Leben bestenfalls um eine geringe Spanne verlängern konnten. Ein schneller Schwerthieb und selbst der Strick wären barmherziger gewesen. Nachdem ich mich beweint und bedauert hatte, versuchte ich mir meinen Tod vorzustellen: das qualvoll langsame Verdursten, das langsame Verhungern. Das Ertrinken bei einem Seeunwetter. In einer Sturmflut. In einem jener entsetzlichen, Schiffe und Mannschaften verschlingenden Mahlströme, von denen immer wieder berichtet wird. Zur Unzeit fielen mir sämtliche Schiffermärchen und sagenhaften Seefahrtberichte ein, die man zu Land gern mit angenehmen Gruseln vernimmt, die aber auf See eine unerträgliche Wahrscheinlichkeit annehmen.

Den Brei verzehrte ich schon am Abend des ersten Tages meiner Höllenfahrt. Es war gleichgültig, ob ich mit vollem oder leerem Magen zugrunde ging. Es folgte die erste Nacht auf See. Das Wasser blieb ruhig, der Wind hatte sich fast gelegt. Aber es war nicht still. Ich hörte zahlreiche und verschiedenartigste Geräusche, die ich mir nicht erklären konnte und die umso furchterregender waren. Ich hörte Seufzen, Schmatzen, Heulen, bald von weitem, dann aus nächster Nähe. Der Tag brach an, doch das

Licht durchdrang kaum den dichten, plötzlich bei Morgengrauen aufgezogenen Nebel. Allmählich verlor ich jedes Gefühl für Raum und Zeit. Als sich der Nebel endlich hob, erkannte ich im Licht einer matten, sinkenden Sonne Inseln, die sich wie Walbuckel aus dem Wasser hoben. Von der Küste war nichts zu erkennen. Ich wusste nicht, ob dies von Menschen bewohnte Orte waren oder Eilande der Anderwelt, die solange auf dem Meer driften, bis sie die Macht eines reinigenden Feuers an einen festen Ort bannt. In der zweiten Nacht herrschte heftiger Seegang, und ich rechnete tausendfach mit dem Kentern des *Currach*. In dieser Nacht vernahm ich Stimmen und Gelächter, ohne bestimmen zu können, von wo und wem diese Geräusche stammten. Verspotteten mich die Elemente?

Am dritten Tag fühlte ich mich elend und schwach. Mich dürstete stark, denn die einzige Flüssigkeit, die ich seit meiner Verbannung trinken konnte, waren Regen- und Tautropfen. In großer Ferne war eine unbekannte Küstenlinie erkennbar, der ich jedoch nie näher kam. Nun hörte ich nicht nur das Flüstern, Rufen und Lachen der Toten und Geister, sondern sah sie auch: Sie wehten mir als graue Dunstschleier entgegen, sie langten aus dem Wasser nach mir. Sie besaßen leere, seelenlose Augen oder die neugierigen Augen von Tieren. Sie gestikulierten und winkten und gaben mir zu verstehen, dass ich ihnen bereits sehr nahe gekommen war. Ich erinnere mich an Zeiten, in denen ich bei klarem Bewusstsein war und wahrnahm, dass die Sonne schien oder Finsternis mich umschloss und dass mich das Leben verließ. Es gab andere Zeiten, in denen mein Geist wanderte und über das Wasser glitt oder in die Tiefen der See sank. Und es gab eine Zeit, in der mich alle Sinne verlassen hatten.

Wie lange, vermag niemand zu sagen. Als ich wieder zu mir kam, lag ich auf festem Grund, unter einem sicheren Dach. Die Wetter schlugen nicht länger auf mich ein. Jemand hatte mir die salzverkrustete, zerfetzte Kleidung vom Leib gezogen, mich gesäubert und fest in gewärmte Tücher gehüllt. Ich wurde nicht mehr von Wellen geschaukelt, und musste nicht mehr die hungrigen Schreie der Möwen ertragen. An diesem Ort war es warm und still.

Ich hob vorsichtig den Kopf von meinem Lager. Vor der Feuerstelle der Hütte kniete ein Mann, bekleidet mit einer einfachen Wollkutte, wie sie Mönch tragen. Das schulterlange braunrote Haar trug er im Nacken gebunden, doch als er sich zu mir umwandte, erkannte ich an der geschorenen Vorderhälfte seines Schädels, dass er zur Gelehrtenzunft gehörte.

»Endlich«, sagte der Fremde, offenbar mein Retter.

»Muss ich sterben?« fragte ich leise. »Wo bin ich? Bin ich schon in der Anderwelt?«

Der Fremde ließ sich neben meiner Bettstatt nieder und legte mir beruhigend die Hand auf die Stirn.

»Deine Höllenfahrt ist beendet, Bruder. Gelobt sei Jesus Christus. Nein, du musst nicht sterben. Nicht jetzt und nicht in naher Zukunft. Du wirst mich sogar um sieben Jahre überleben. Dass ich die Wahrheit spreche, erkennst du an meiner Gegenwart. Denn Geistliche dürfen nicht unter einem Dach mit Sterbenden weilen. Du bist noch immer in Ériu, wenn auch fern deiner Heimat Connacht.« Als der Fremde das Erstaunen in meinen Augen sah, fügte er schnell hinzu: »Das ist doch nicht schwer zu erraten: Deine Sprache verrät deine Herkunft. Und das buntgewebte Stirnband, das du trugst, zeigte mir, dass du ein Krieger aus Connacht bist. Welche Untat liegt auf deinem Gewissen, dass man dich auf See ausgesetzt hat, ohne Vorräte und mit nur einem Ruder? Du siehst, auch ich habe viele Fragen. Doch ich kann warten, bis du zu Kräften gekommen bist. Vorerst will ich nur deinen Namen. Mich nennt man Colum, aus der Sippe Conalls, vom Stamm der Uí Néill.«

»Ich heiße Diarmait«, erwiderte ich mit rauer Stimme, »mein

Vater Librán war Häuptling. Doch wurde ich nicht im Ehebett gezeugt.« Colum betrachtete mich augenzwinkernd:

»Diarmait mit dem Liebesfleck? Hat auch dich die Liebe zugrunde gerichtet?«

Ich spürte, wie mir das Blut in die Wangen schoss. Colum nickte bestätigend und sprach wie zu sich selbst: »Ja, so war es wohl. Auch wenn du das Mönchsgewand trage, weiß ich doch, wozu Leidenschaft einen Mann führen kann. Diarmait mit dem Liebesfleck verriet wegen der sonnengleichen Gráinne seinen Herrn und König Finn. Welche strahlende Schönheit hat dich zur Untreue und zum Ehebruch verführt?«

Vermutlich ließen mich diese Worte noch heftiger erröten. »Du blickst den Menschen direkt ins Herz, Colum«. Mehr vermochte ich damals nicht zu sagen, und Colum, der auch diese Schwäche begriff, erhob sich, um mich eine Weile ruhen zu lassen. Mit gebeugtem Kopf in der Tür der Hütte stehend, wandte er sich noch einmal zu mir um: »Aber erzählen wirst du es mir. Alles und mit deinen eigenen Worten.«

Und so legte ich einige Tage später, als sich mein Körper gekräftigt hatte und das Rauschen der See und das Wüten des Windes gänzlich aus meinem Kopf gewichen waren, vor Colum die Beichte meines Lebens ab und erzählte ihm von meinem Vater Librán und von Orlá, seiner zweiten Frau, deren Schönheit uns alle blendete, als mein Vater sie zu sich ins Haus und auf sein Lager holte. Doch diesen Teil des Ehedienstes für einen alternden, häufig bezechten Mann fand sie schwer zu ertragen. Orlá suchte bald nach Ausflüchten und nach Trost in den Armen eines Gleichaltrigen, dessen Begehren ebenso stark wie ihres war. Anfangs leistete ich Orlás Verführungsversuchen noch Widerstand, denn ich empfand Dankbarkeit und Zuneigung für meinen Vater und wollte ihn nicht hintergehen. Aber Orlá forderte mich in ähnlicher Weise heraus wie Gráinne in der Sage ihren Auserkorenen.

Und welcher Mann, durch dessen Adern Blut statt Wasser fließt, vermag solcher Herausforderung dauerhaft Widerstand zu leisten? Obwohl mich mein Vater zu seinem Leibwächter bestimmt hatte, schlich ich mich also davon, wenn er berauscht war, und lag bei seiner liebreizenden Frau. Meine Hand ruhte auch unter ihrem Goldhaupt, als ein Mörder Librán in jener Nacht erstach.

»Und nun stell die Fragen, die dir seither auf dem Herzen liegen«, forderte mich Colum am Ende meines rückhaltlosen Berichts auf, dem er mit geschlossenen Augen gelauscht hatte.

»Die Fragen lauten: Wer war Libráns Mörder? Trägt Orlá am Tod meines Vaters Schuld? Habe ich bei der Mitwisserin des Mordes gelegen? Warum hat Orlá geschwiegen, als ich zu Unrecht verdächtigt wurde?«

»Die letzte Frage ist am einfachsten zu beantworten«, erwiderte Colum. »Denn du kannst dir wohl denken, dass sie fürchtet, als Ehebrecherin bloßgestellt zu werden. Diese Furcht ist ihre größte Schwäche, und darum ist es auch denkbar, dass sie zur Komplizin wurde. Aber vollständige Gewissheit wirst du erst gewinnen, wenn du sie selbst fragst. Libráns Mörder aber ist der Mann, dessen Lager Orlá jetzt teilt.«

»Mein Leben gehört dir.« Nach alten Gesetzen verfällt ein zum Tode Verurteilter demjenigen, der ihn von der Vollstreckung des Todesurteils freikauft. Ein auf See Ausgesetzter gehört demjenigen, der ihn am Strand findet. Ich wollte nicht, dass mich Colum fortschickte. Aber Orlá, die die Umwandlung des Todesurteils erkauft hatte, besaß ältere Rechte an mir, das wussten wir beide.

»Sieh her«, sagte Colum und warf das Tuch zurück, das über eine Schwertscheide gebreitet lag. Mit einer für einen Mönch erstaunlich geübten Bewegung zog er die Waffe hervor. Es war die vollkommenste Arbeit eines Waffenschmieds, die ich je gesehen hatte, so kunstvoll in den Verzierungen, dass das Schwert eher ein Prunkstück, denn eine Waffe darstellte, würdig eines Prinzen. »Mein Vater gab es mir, als ich von zu Hause fortzog«, erklärte mein Retter, nicht ohne verhaltenen Stolz. »Es ziemt sich nicht für einen Mönch und Kleriker, eine Waffe zu tragen oder Kostbarkeiten zu besitzen. Doch obwohl ich deswegen schon oft scheel angesehen wurde, konnte ich mich bisher nicht von dem Schwert trennen, da ich wusste, dass es eines Tages seinen guten Zweck erfüllen würde. Dieser Tag ist jetzt gekommen, und ich schenke dir das Schwert im Tausch für deine Freiheit von Orlá. Wenn sie es berührt, wird sie gezwungen sein, die Wahrheit zu sprechen.«

Als nächstes überließ mir Colum sein gutes Pferd: »Vergiss nie: Wer die Wahrheit ans Tageslicht bringt, muss ein schnelles Pferd bereithalten!«

»Wo finde ich dich, wenn ich dich suche?«
   »In Glasnevin, bei Abt Mobí Clárainech.«
   Colum schlug das Kreuz über mich, und ich ritt zügig, bis ich meine Heimat erreicht hatte. Dann verfiel ich in eine langsamere Gangart, denn ich zögerte angesichts der bevorstehenden Begegnung immer mehr. Doch selbst der langsamste Trott führt schließlich zum Ziel. Auf dem Gehöft des Häuptlings Librán wohnte nun Artgal, der bei meinem Anblick seine Bestürzung kaum verbergen konnte.
   »Im Urteil Gottes bin ich freigesprochen, Artgal«, grüßte ich ihn. »Die See hat mich verschmäht. Nun besitze ich nur noch zwei Pflichten.«
   »Und die wären?« fragte mein Onkel misstrauisch.
   »Ruf Orlá herbei, die mir das Leben erkauft hat«.
   Orlá war im Unterschied zu Artgal sichtbar erfreut, mich zu sehen. Ich nannte ihr den Grund meiner Rückkehr und reichte ihr Colums Schwert. Als sie aber die Scheide berührte, begann sie heftig zu zittern, und Worte und Tränen brachen zugleich hervor:
   »Er hat mich zur Ehe gezwungen, Diarmait«, schluchzte sie. Artgal versuchte ihr ins Wort zu fallen, aber sie fuhr fort: »Er wusste von unserer heimlichen Liebe und hat mich erpresst.«

»Als ich in jener Nacht bei dir lag, wusstest du da, was Librán drohte?«

Orlá sah mich entsetzt an:

»Ich war nie Artgals Mitwisserin und Komplizin!«

Artgal räusperte sich: »Dazu ist sie doch zu unzuverlässig, nicht wahr? Orlá kann froh sein, dass ich sie nicht der Schande preisgegeben und mit dir zusammen des Mordes angeklagt habe, sondern sie nach biblischer Sitte in Leviratsehe geheiratet habe.«

»Möge Gott über deine Seele richten, Orlá. Du scheinst mir schon auf Erden bestraft genug, da dein Schicksal mit dem eines Brudermörders verbunden ist.«

Ich hatte Mühe, diesem Paar noch länger gegenüberzustehen. Artgals Angebot, nach der anstrengenden Reise eine oder mehrere Nächte im Haus meines Vaters auszuruhen, schlug ich aus: »Ich will nicht enden wie Librán.«

So schnell wie ich konnte ritt ich fort, mich immer wieder umblickend, ob sich nicht doch Artgals Männer an meine Fersen geheftet hatten. Da es Hochsommer war, konnte ich lange reiten, aber ich setzte meinen Weg auch dann noch fort, als in den Tälern bereits die Schatten wuchsen und nur noch auf den Kuppen Licht lag. Colums Pferd, obwohl noch erschöpfter als ich, schien aus eigenem Willen fortzustreben. Bei brechendem Tageslicht erreichte ich endlich den großen Kreuzweg und erwog einen kurzen Augenblick die Reise nach Mumhu: Im Süden suchten die Stammeskönige wieder einmal Krieger für eine ihrer endlosen Fehden. Aber dann schlug ich mit umso größerer Entschlossenheit den Weg nach Osten ein, um den einzigen Menschen zu treffen, der jemals uneigennützig und gütig an mir gehandelt hatte. Meine Heimat und mein früheres Leben ließ ich ohne Bedenken hinter mir, um die bescheidene Stellung einzunehmen, unter der mich fortan alle kennen werden: Diarmait, Colums Leibdiener.

Siebtes Kapitel:
Von Glasnevin nach Daire Calgaich

Dixit Diarmait:
Wie stets kündet sich das Frühjahr mit wütenden Stürmen zur
Tag-und-Nacht-Gleiche an, die tagelang unsere kleine Insel be-
rennen. Colum, der nur zu den kanonischen Stunden und ge-
meinsamen Mahlzeiten seine Schreibstube verlässt, schenkte dem
Unwetter anfangs keine Beachtung, schreckte aber am dritten
Tag von seinen Büchern auf und lag bis in die Nacht ausgestreckt
vor dem Altar, im Gebet für die Rettung aller Seelen in Seenot.
Uns Mönchen schien es unvorstellbar, dass zu dieser gefahrvollen
Jahreszeit und in diesen unsicheren Wassern Reisende unterwegs
sein mochten, aber Colum bestand darauf, Schiffbrüchige mit der
Gabe seines Gesichts gesehen zu haben. Als es ihm nicht gelang,
mit inbrünstigen Gebeten die Stürme niederzuringen, läutete er
um Mitternacht seine Handglocke und befahl uns in die Kirche,
um seine Kräfte durch unser gemeinsames Gebet zu verstärken.
Tatsächlich trat das Wunderbare schon nach einer halben Stunde
ein: Der Wind schlug um und legte sich binnen einer weiteren
Stunde.

Seither breitet sich die See unschuldig in zartestem Taubenblau
unter einem weiten, von großen graublauen Wolken beschwer-
ten Himmel. In der Ferne brechen sich Sonnenstrahlen silbern
funkelnd auf den beruhigten Wassern. Ich betrachtete lange den
Auswurf des Meeres, den die See während des Sturmes auf unseren reinen Sandstrand gespien hat: aus den aufgewühlten Tiefen

gerissener Tang und selbst einige entwurzelte Baumstämme, die von fernen Ufern stammen mochten. Auch mich hat einst die See ausgespien wie der Leviathan den Jonas. Als Ausgespiener lag ich Colum zu Füßen, ein herrenloses Strandgut, das er auflas und rettete. Genau betrachtet sogar zweifach, denn nach meinem letzten Wiedersehen mit Artgal gab es für mich keinen Platz auf der Erde mehr, den ich mit einigem Recht mein Heim oder meine Heimat hätte nennen können.

Colum schien mitnichten überrascht, als ich ihm nach Glasnevin folgte. Von Rechts wegen gehört Strandgut dem Finder, und Colum besaß, nachdem er mich von meinen Verpflichtungen gegenüber Orlá freigekauft hatte, gleich doppeltes Anrecht auf mich. Trotzdem bot er mir ein drittes Mal die Freiheit an. »Ich will dir folgen und dienen«, beharrte ich. Colum betrachtete mich eine Weile prüfend, als nehme er mich das erste Mal richtig wahr. Sein Blick maß mich vom Scheitel bis zur Sohle. »Wie du siehst, führe ich das Leben eines Mönches«, erwiderte er schließlich, »und nur als Mönch kannst du es teilen. Um aber Mönch zu werden, musst du zur Buße bereit sein.«

»Du sollst mir die Buße auferlegen«. Ich war zu jedem Opfer bereit, nur um bei meinem Retter bleiben zu dürfen, dem ich damals wie heute mehr als jedem anderen Menschen vertraue.

»Gut denn«, erwiderte Colum. »Ich erteile dir eine lebenslange Buße, die genau in dem bestehen wird, worin du gefehlt hast: Dein Vater Librán musste sterben, weil du ihn mit seiner Frau betrogen hast und deine Pflicht als sein Leibwächter versäumt hast. Du warst nachlässig, wo du hättest wachsam sein müssen. Du hast den Verrat nicht bemerkt, der unter deinen Augen keimte. Sei nun treu, ergeben und wachsam auf immer. Denn fortan sollst du über mich wachen und mir in allem dienen.«

Könige handeln so. Sie machen gern diejenigen, die sie vor der Vollstreckung des Todesurteils bewahrt haben, zu ihren Leibwächtern und Leibdienern, denn ein vom Tod Erretteter wird von allen Elenden am treusten dienen. Ich neigte den Kopf vor Colum und war von Herzen dankbar: Meine Fron entsprach meinen Hoffnungen. Schwerer wogen die Entsagungen, denen sich alle, die innerhalb der Wälle Glasnevins lebten, unterworfen hatten: Harte Arbeit auf den Feldern und Weiden des Klosters, begleitet von ständig nagendem Hunger, denn selbst außerhalb der zahlreichen Fasten nahmen wir höchstens zwei Mahlzeiten täglich zu uns, und auch diese erst nach der Sterbestunde Christi in der neunten Stunde des Tages, also nach Nones. Die Hungerattacken, die uns besonders in der ersten Tageshälfte anfochten, nannten wir deshalb die Versuchung der neunten Stunde. Auch der Verzicht auf Schlaf, der ohnehin kurz war und von Nachtwachen oder Gebetsstunden unterbrochen wurde, galt als gottgefällige Abtötung des Fleisches. Viele Brüder vollbrachten mehr als dies, doch Colum erlaubte mir nicht, ihnen nachzueifern. Er, der sich selbst lebenslang härteste Bußübungen auferlegte, achtete schon damals darauf, dass die von ihm abhängigen oder ihm nachfolgenden Brüder ausreichend ernährt waren und sich keinen extremen Bußen hingaben.

Was mich betraf, war es Colum wichtiger, dass ich lernte, sein Schreibgerät in Ordnung zu halten und Gänsekiele für ihn zu schneiden, dass ich seine wenigen Kleider wusch und ihm als Wagenlenker diente, wenn er im Auftrag von Abt Mobí unterwegs war. Die meiste Zeit verbrachte Colum freilich damit, Studenten zu unterrichten, denn Mobí hatte eine Klosterschule begründet, die bald viele Jünglinge anzog, im Wettstreit mit ihrem Vorbild in Cluain Iraird. Doch kaum hatte ich mich einigermaßen in das Klosterleben am Tolka-Fluß eingewöhnt, als es beendet wurde. Durchreisende brachten die schreckliche Nachricht vom Ausbruch einer Seuche, die ihre Opfer strohgelb färbte, wie bei der

Gelbsucht, sie dann aber nach heftigem Fieber und Erbrechen tötete. Mobí versuchte, die Schüler und Mönche vor dieser Heimsuchung zu schützen, indem er alle in ihre Heimat entließ, inbrünstig hoffend, dass sie nicht bereits den Keim der Pest in sich trügen. Ich erinnere mich, wie auch Colum damals seinen Abschied nahm. Nachdem er den Segen des Abtes empfangen hatte, hielt ihn Mobí zurück:

»Ich weiß, wie sehr dich danach verlangt, endlich deinen eigenen Haushalt zu gründen, Abkömmling des Niall. Aber wisse, dass dies erst geschehen darf, wenn ich dir dazu die Erlaubnis gebe.«

Colum unterdrückte die Frage, wann und wie Mobí dies tun wolle, und senkte, auch wenn es ihm offenbar schwerfiel, ergeben den Kopf. Aber er gehorchte, weil er Mobí wegen seiner Aufrichtigkeit und Uneigennützigkeit ehrte. Dann brachen wir, von Mobí zu größter Eile gedrängt, nach Tír Conaill auf, begleitet von allen Schülern und Klerikern Glasnevins, die wie Colum aus dieser Gegend stammten. Doch trotz unserer Eile blieb uns das Gelbfieber auf den Fersen: Wohin wir auch auf unserer Reise nach Nordwesten kamen, hatten die Menschen bereits von der Seuche vernommen und betrachteten uns voller Misstrauen. Sie argwöhnten nicht grundlos, dass jeder Neuankömmling Träger der schrecklichen Krankheit sein könnte, die, wie es hieß, bereits ganze Landstriche entvölkert hatte. Todesangst setzte die Gebote der Gastfreundschaft außer Kraft, Türen schlossen sich vor uns und in einigen Gehöften hetzte man gar die Hunde auf uns.

Die größte Enttäuschung bot sich uns in Cill Mudáin, das seinen Namen einer Klause Mudáns verdankt. Dieser wegen seiner Frömmigkeit weithin gerühmte Mann hatte Anhänger und Schüler um sich geschart, und als wir uns bei Anbruch der Dunkelheit ihrer kleinen Siedlung näherten, hoffte jeder meiner erschöpften Reisegefährten, bei Mudán und den Seinen bessere Aufnahme und größeres Verständnis zu finden als bei den verängstigten Bauern. Mudán ließ uns zwar nicht von der Tür weisen, aber er behandelte uns mit unerhörter, herausfordernder Geringschätzung, ohne dass wir eine Erklärung für sein gehässiges Betragen fanden. Als Schlafstätte teilte er uns eine zugige, halb verfallene Darre zu, in der es so unerträglich stank, dass wir gezwungen waren, unter freiem Himmel zu nächtigen, obwohl der Wind kühl ging und Herbstregen den Boden völlig durchnässt hatte. Als nächstes ließ Mudán uns ein Schwein zutreiben, obwohl es Freitag war. Zugleich schickte er uns wie zum Hohn einen löchrigen Kessel sowie ein armseliges Bündel grünes Holz.

Colums Verhalten war mir inzwischen so vertraut, dass ich den in ihm aufsteigenden Zorn an seinen geweiteten Nüstern ablesen konnte. Aber er beherrschte sich äußerlich, sandte zwei der jüngeren Gefährten zu einem nahen Bach und hieß sie, Angelruten für das Nachtmahl auswerfen. Einwände von Mudáns Leuten, dass in diesem Gewässer noch nie ein essbarer Fisch aufgetaucht sei, wischte er ungeduldig beiseite. Tatsächlich kehrten unsere Gefährten schon bald mit sechs fetten Lachsen zurück. Inzwischen hatte Colum mir aufgetragen, etwas Stroh zu beschaffen, und davon nahm er eine Handvoll, drehte die Halme dicht zusammen und stopfte die Löcher des Kessels. »Im Namen unseres Erlösers«, sprach er schließlich den Segen über sein Werk. Das Stroh dichtete den Kessel so vorzüglich, dass die geschuppten Fische zu einer nahrhaften Suppe gekocht werden konnten. Das grüne Holz ersetzten wir schnell durch einige kräftige Äste.

Damit war aber Mudáns Kränkung nicht vergeben. Mit einer nach unten gekehrten Kerze in der Linken verfluchte Colum den Ort nach allen Regeln der Kunst, und so lautete sein dreifach ausgestoßener Fluch: Da Cill Mudáin sich uns gegenüber als ungastlich erwiesen hatte, sollte sich die Unfreundlichkeit seiner Bewohner gegen sie selbst kehren. Unfruchtbar und öde sollte

Mudáns Klause für immer bleiben und seine Kleriker und Scholaren sollten sich zur Essensstunde nach Nones in Wölfe verwandeln. Die Verwirklichung des furchterregenden Fluches haben wir nicht mit eigenen Augen erblicken müssen, vernahmen aber schon nach einigen Wochen davon. Mudáns Klause wandelte sich wahrhaftig durch den Willen Gottes und den Zorn Colums in eine Wüstenei, in der sich zur Nachtzeit die einstigen Bewohner in Wolfsgestalt einfinden. Wo einst Fülle und Wohlstand war, herrscht nun Mangel und Not.

Als wir uns schließlich und trotz aller Schwierigkeiten den Gebieten der nördlichen Uí Néill näherten, warf sich Colum am Fluss Bir, der die Grenze zum Stammesgebiet von Tír Eogain und Tír Conaill bildet, zu Boden und erflehte von Gott die Gnade, dass die uns folgende Seuche nie den Bir überqueren möge. Auch diese Bitte wurde ihm gewährt: Seither hat niemals das Gelbfieber das Gebiet der nördlichen Stämme befallen, obwohl es das gesamte Land bis zum Grenzfluss heimsuchte.

Colums Vetter Áed mac Ainmerech, der seit kurzem über Tír Eogain herrschte, war von diesem Wunder so beeindruckt, dass er persönlich zu uns ritt und Colum dankbar ein Stück von seinem Land anbot: einen Eichenwald am landeinwärts gelegenen Hang eines sanften Landrückens am Ufer des großen Meeresarms Foyle. Zum Schutz dieses von der Bevölkerung als heilig verehrten Waldes hatte Calgach, der kriegerische Häuptling der örtlichen Sippe, eine Wallburg errichtet. Diese, so meinte Áed, solle nun Colum dienen, als Kloster oder als Befestigung, das sei ihm gleich.

»Dein Geschenk ist wahrhaft großzügig, Vetter«, dankte ihm Colum, »und Gott allein weiß, wie sehr ich mich danach sehne, mein eigenes Kloster, meinen eigenen Haushalt zu gründen. Aber es wird kein Segen auf diesem Unterfangen liegen, wenn es nicht Mobí von Glasnevin zuvor gestattet hat.«

Obwohl nur wenige Jahre älter als Colum und folglich ein Mann in der ganzen Kraft seiner Jahre, war Áed vorzeitig füllig geworden und das Atmen fiel ihm schwer, vor allem, wenn er sich erregte. Jetzt schnaufte er verständnislos, und so, wie bei dieser Begebenheit blieb es lange zwischen den beiden: Áed schien seit seinen Kindertagen unschlüssig, ob er seinen Vetter bewundern oder gar fürchten solle, und dieser Zwiespalt, gepaart mit Zuneigung, machte ihn Colum geneigt, bis es schließlich doch zum Zerwürfnis kam. Doch das ist eine viel spätere Begebenheit. Daire Calgaich aber gelangte durch göttliche Fügung schneller in Colums Hände, als dieser es offenbar vermutete. Noch vor Einbruch der Nacht stießen nämlich Boten zu uns, die vom Tod Mobís berichteten. Bevor aber dieser Fromme ein Opfer des Gelbfiebers geworden war, hatte er seinen Ledergürtel gelöst und Colum als Zeichen der Nachfolge übersandt. Colum hörte dem Boten gerührt zu, Mobís Gürtel in seinen Händen hin- und herwendend.

»Diesen Gürtel«, sagte er schließlich zu Áed, »trug ein Würdiger, der unbeugsam war in seinen Grundsätzen und stetig in seiner Lebensführung und nicht wie das Riedgras im See. Sieh nur Vetter, der Besitzer dieses Gürtels kam mit einem einzigen Loch aus. Denn nie musste Mobí seinen Gürtel dehnen, weil er der Sünde der Völlerei gefrönt hätte, und nie musste er ihn enger schnallen, um größere Hagerkeit vorzutäuschen, als er durch sein Fasten erlangt hatte. Jetzt, Vetter, darf ich dein königliches Geschenk mit Mobís Segen annehmen.«

Der vollleibige Áed schnaufte erneut, und wieder war ihm der Zwiespalt in seinen Gefühlen zu Colum anzumerken, denn er konnte nicht ergründen, ob sich sein Vetter über ihn lustig machte.

Colum nahm Daire Calgaich schon am nächsten Tag in Besitz, aber auf eine Weise, über die noch lange kopfschüttelnd erzählt wurde. Denn er ließ alles, was die einstigen Bewohner der Wallburg besessen und hergestellt hatten, zusammentragen und verbrennen. Von der weltlichen Wohnstatt wollte er nichts übernehmen, sondern einen reinen Anfang machen, vertraute er mir an, und nichts reinige gründlicher als Feuer. In seinem Eifer geriet Colum der Brand fast außer Kontrolle, denn die Flammen des Scheiterhaufens schlugen hoch und Funken stoben in weitem Umkreis und drohten auf die alten Eichen überzuspringen, die die Wallburg dicht umschlossen. Als Colum diese Gefahr erkannte, sank er auf die Knie und flehte Gott um Beistand gegen die ebenso reinigende wie verheerende Macht des Feuers an: »Vater, lass es nicht geschehen!«

Die Scheite sanken in sich zusammen, der Funkenregen ließ nach. Doch König Áed war empört über Colums Verschwendung: »Was soll das?« hielt er ihm vor. »Warum hast du alles vernichtet, die Kleidung und Speisevorräte ebenso wie das Saatgut, den Pflug und die Hacke? Ein denkbar schlechtes Vorzeichen ist das, denn fortan wird Not in Daire Calgaich herrschen.«

Aber mein Herr Colum widersprach ihm erneut: »In Daire Calgaich wird fortan ein jeder erhalten, was er von Gott erfleht.«

Den ersten Wahrheitsbeweis musste die kleine Schar von Männern, die sich Colum angeschlossen hatte, selbst antreten, indem sie den folgenden Winter überstand. Doch Colum ließ sich durch nichts anfechten, sondern war voller Tatendrang und legte selbst Hand beim Bau einer Kapelle an, die noch vor Einbruch des Winters aus dunklen Feldsteinen eilig errichtet wurde. Dabei zeigte sich, dass es unmöglich war, dieses Bethaus nach den gültigen Regeln zu bauen, ohne einige der Eichen zu fällen. Aber hiervon wollte Colum nichts hören. Statt wie üblich im Osten wurde daher der Altar im Südosten der Schwarzen Kirche errichtet, wo, wie uns Colum belehrte, das heilige Jerusalem liege. Denn auch Colum verehrte die Eichen und lehrte uns ihre Verehrung, indem er uns erklärte, warum die Eiche der nützlichste und verehrungswürdigste aller Bäume sei: Ihr festes Holz trotzt dem Wurm, ihr Laub ist heilkräftig, die Eicheln ergeben eine ausgezeichnete Schweinemast, ihre Galläpfel liefern die Tinte für heilige Bücher. Colum liebte es, im Schatten der Eichen zu beten und zu meditieren. Im Schatten der heiligen Bäume überkam ihn Ekstase und im Wispern und Rauschen ihrer Blätter wurde ihm Einsicht in viele Geheimnisse zuteil, die anderen Sterblichen verschlossen bleiben.

Achtes Kapitel: Axal

... der du machest deine Engel zu Winden
und deine Diener zu Feuerflammen ...
(Psalm 103, 4)

Das Sonnenlicht tat seiner wintersmüden Haut wohl. Die erste Zeit in Daire Calgaich, während der dunklen, kalten Jahreshälfte war fast unerträglich gewesen. Dankbar für die Liebkosung der Sonne blickte Colum, auf einer Moosbank ausgestreckt, in die Wipfel der über ihm aufragenden knorrigen Bäume. Nie würde er sich satt sehen am Wiegen und Winken ihrer endlich ergrünten Zweige, am goldgrünen Wechselspiel der Blätter mit dem Sonnenlicht. Er schloss die Augen und konzentrierte sich nun ganz auf sein Gehör, auf die leisen Geräusche eines beinahe windstillen Nachmittags im Frühsommer, kaum unterbrochen durch das gelegentliche Knacken eines Zweiges. Einen über ihn hinweggleitenden Wolkenschatten nahm Colum wahr, ohne die Augen zu öffnen. Er seufzte, befangen in wohltuender Entrückung und völliger Entspannung der Glieder. Als er eben in eine tiefere Stufe der Trance gleiten wollte, ließ ihn das Knacken eines Zweiges in unmittelbarer Nähe auffahren. Colum sprang auf die Füße, denn neben sich erblickte er einen Unbekannten, bekleidet mit der Tracht seines Stammes und Colum nicht unähnlich in Alter und Wuchs. Bevor er den Mund zu einer Frage öffnen konnte, lächelte ihn der Fremde beschwichtigend an.

»Ich bin Axal«, sagte er mit eigenartiger Stimme, die aus weiter Ferne und aus Colums eigenem Herzen zugleich zu kommen schien. »Ich bin dein Schutzengel. Ich wurde dir bereits beigesellt, als du noch nicht mehr warst, als ein bloßer Gedanke Gottes.«

»Beweise es. Du siehst nicht wie ein Engel aus.«

Axal lächelte erneut. »Ich weiß alles über dich, denn ich bin nie von deiner Seite gewichen. Falls du es forderst, kann ich wiederholen, was du in jener Nacht sagtest, als du bei Badb lagst.«

Colum errötete, schwieg aber. Axal fuhr fort:

»Würdest du mich in meiner wahren Gestalt erblicken, könntest du mich nicht erkennen. Die meisten Menschen besitzen eine falsche Vorstellung von Engeln. Wir können jegliche Gestalt annehmen. Um dich nicht zu erschrecken, habe ich es vorgezogen, dir in möglichst vertrauter Form zu erscheinen.«

Colum war noch immer verwirrt und nun auch verärgert, denn er fühlte sich nicht ernst genommen. An Axal vorbeiblickend, wagte er eine weitere Frage: »Was aber ist deine wahre Gestalt?«

»Ein Engel ist ein körperloser Windhauch oder ein Wolkenschatten, der über die Erde gleitet. Du kennst doch die Bibel! Wenn du weiterhin an meiner himmlischen Natur zweifelst, darfst du mir die Frage stellen, die dich im Augenblick meines Erscheinens beschäftigt hat.«

»Welches Geräusch macht ein stürzender Baum in einem menschenleeren Wald?«

Axal lachte nun aus vollem Hals. »Ni ainse«, erwiderte er. »Geräusche entstehen nur, wenn ein menschliches Ohr vorhanden ist. Ist niemand da, den Sturz zu vernehmen, dann gibt es auch kein Geräusch.«

»Warum bist du mir erschienen?« fragte Colum, endlich Zutrauen fassend.

Axal erwiderte: »Gott hat mich zum Boten bestimmt, um dir die Erlangung deiner sehnlichsten Wünsche, Weisheit und Gerechtigkeit, zu verheißen. Verzage nicht, denn du wirst beides nur unter äußerster Mühsal erringen. Gott aber bietet dir Hilfe bei deinem Bemühen. Er gestattet uns Engeln, mit dir zu reden, wann immer du es wünschst.«

Neuntes Kapitel: Colums Rückkehr

Dixit Finnian mocu Telduib:
Ich hätte es mir denken können. Ich hätte wissen müssen, dass neuer und größerer Ärger bevorstand, als sich Colum wieder in Cluain Iraird blicken ließ. Aber so manches Jahr war seit seiner Studienzeit vergangen und mit ihm mein Zorn auf Colum. Vielleicht, so redete ich mir ein, war er inzwischen gereift, hatte seinen Hochmut abgelegt und die christliche Tugend der Demut erlangt. Mich dürstete, ich gestehe es ein, nach Neuigkeiten, und nicht zuletzt war ich neugierig zu erfahren, wie sich der kleine Haushalt entwickelt, den Colum dem Vernehmen nach auf einer Schenkung seines königlichen Vetters in Daire Calgaich gegründet hatte. Meine Neugier war die erste Sünde, die zum Gemetzel von Cúl Dreimne führte.

Der Mann, der mir nach der gemeinsam mit den übrigen Brüdern eingenommenen Vesper gegenübersaß, schien zumindest äußerlich wenig mit dem Jüngling gemeinsam zu haben, den ich einst unterrichtet hatte. Colum war abgemagert und wirkte in sich gekehrt. Immer wieder versank er in Schweigen, das länger währte, als es die Höflichkeit erlaubt. Meine Fragen nach dem Leben seiner adeligen Verwandten beantwortete er knapp: Ja, Áed war jetzt Herrscher der nördlichen Uí Néill und unbestritten ein Gönner Colums. Nein, Daire Calgaich besaß noch keine Schule. Es schien Colums spärlichen Auskünften zufolge eher einer Einsiedelei zu ähneln. Folgte auch Colum der wachsenden Mode extremer Bußübungen? War er zum mystischen Gottsucher geworden, der in religiöser Verzückung durch druidische Haine taumelte? Oder war er ein Suchender, dem noch viele Einzelheiten des mönchischen Lebens unklar waren?

Um das stockende Gespräch zu beleben und verführt von Prahlsucht erzählte ich Colum ausführlich, wie es mir gelang, bei meiner Pilgerfahrt nach Rom für Cluain Iraird einen der größten Schätze unserer Bibliothek zu erlangen: Einen Psalter nach der lateinischen Bibelübersetzung des heiligen Hieronymus. Ich redete mich in Begeisterung über diese Neuerwerbung und verfehlte nicht die Wirkung auf Colum, in dem die alte Leidenschaft für theologische Gelehrsamkeit erwachte, verstärkt durch sein ausgeprägtes Interesse an Psalmen. Ich winkte einen der uns aufwartenden Novizen herbei und befahl ihm, den Psalter zu holen. Das in Ziegenvelourleder gebundene Konvolut stak in einer Lederschatulle, die ich behutsam öffnete. Colum strich ehrfürchtig mit dem Zeigefinger über das zarte Leder des Einbands. Meine Prahlerei war aber die zweite Sünde, die zum Gemetzel von Cúl Dreimne führte.

»Wie schön wäre es, wenn auch Daire eine Bibliothek besäße und eine Abschrift dieses Psalters! Wenn überhaupt auf jedem Altar in Ériu ein Evangeliar läge! Wenn unser ewiger Hunger nach Büchern endlich gestillt wäre!« Jetzt sprach auch Colum mit echter Begeisterung. Ich musste ihn aus seinen Träumen reißen: »Das wird noch lange dauern, Colum. Die Bibliothek von Cluain Iraird besteht zum Ruhme Gottes und unseres Klosters.«

Colum schwieg eine Weile, bevor er mich bat:

»Ich würde diese neue Übersetzung des Psalters gern ausführlich studieren. Erlaubst du mir das?«

Es schmeichelte mir, dass er mich fragte und wie er es sagte: in eindringlich bittendem Ton. Wie ein Verdurstender um Wasser fleht. Ich nickte großmütig. Es gefiel mir, dem arrogantesten meiner Schüler zu Gefallen zu sein. Und diese meine Gefallsucht war die dritte Sünde, die zum Gemetzel von Cúl Dreimne führte.

Zwei oder drei Tage verstrichen. Colum nahm an allen Gottesdiensten teil, zog sich aber ansonsten in die ihm zugewiesene Gästehütte zurück, zum Studium des römischen Psalters, wie ich vermutete. Dann riss mich spät in der Nacht einer der Studenten aus meiner Arglosigkeit: Colgu stürzte in meine Zelle, ohne die üblichen Regeln gemessenen mönchischen Betragens einzuhalten. Der Grund war augenfällig: Blut sickerte unter seinen Fingern hervor, die er auf seine Schläfe gepresst hielt. Seinem atemlos und aufgeregt hervorgestoßenen Bericht entnahm ich, dass sich der Junge auf dem Rückweg von den Latrinen zum Schlafraum der Studenten befunden hatte, als er an Colums Hütte vorbeikam. Das noch zu später Stunde durch die Ritzen dringende helle Licht habe ihn angezogen, warum, vermochte er sich selbst nicht richtig zu erklären. Er habe nicht der Neugier widerstehen können und schließlich durch ein Astloch ins Innere gespäht, wo er Colum schreibend erblickte. Das Licht, das Colgu so angezogen hatte, stamme von Colum selbst, denn seine Fingerspitzen hätten Feuerflammen getragen gleich Kerzen auf einem Kandelaber. Schließlich habe Colum, offenbar der Gegenwart eines unerwünschten Beobachters gewahr werdend, aufgeblickt und Colgu entdeckt. Dann habe er einem Reiher, der die ganze Zeit neben Colum gestanden habe, etwas zugeflüstert, und noch bevor Colgu sich zurückziehen konnte, sei das Tier blitzschnell zu jenem Astloch geflogen und habe mit seinem langen Schnabel zugestoßen, Colgus Auge nur um Haaresbreite verfehlend.

»Kind, du fieberst!« rief ich. Wie abergläubisch meine Landsleute doch sind! »Die Geschichte über flammende Finger habe ich euch doch vor kurzem selbst erzählt. Es handelt sich um eine Legende aus dem fernen Orient. Sie berichtet vom heiligen Wüstenvater Joseph, der uns lehrte: Wenn ihr es nur stark genug wollt, könnt ihr ganz zur Flamme werden. Abba Joseph soll einen solchen Grad der Selbstabtötung erreicht haben, dass seine zehn Finger wie Kerzen leuchteten. Allerdings weiß ich nicht, ob wir das wörtlich nehmen dürfen oder ob die aus den Fingern des Heiligen schlagenden Flammen nur ein Sinnbild für die göttliche Gnade darstellen, die dem Erleuchteten zu Teil wird, in Anlehnung an den 103. Psalm, der die Diener Gottes als Feuerflammen beschreibt. Du kannst ganz sicher sein, dass unser Gast Colum nicht zu dieser Kategorie geheiligter Seelen gehört.«

Ich musste unwillkürlich lachen. Colgu sah mich aber so bleich und verängstigt an, dass ich mich schnell wieder fasste. Ich brachte den Jungen persönlich zu Bruder Gallán, unserem Arzt. Gallán war zum Glück ein besonnener Mann, der die Geschichte von Colums Reiher sofort verwarf, nach Untersuchung der Wunde aber meinte, sie sei durchaus von einem langen spitzen Gegenstand verursacht worden, vielleicht einem kleinen Ast, an dem sich Colgu in der Dunkelheit verletzt habe. Ich schwor beide, Colgu wie Gallán, auf absolutes Stillschweigen über den Vorfall ein.

In die Stille meiner Zelle zurückgekehrt, dachte ich gründlich nach. Die wundersamen Begleitumstände des Vorfalls tat ich als abergläubische Ausschmückungen eines Jugendlichen ab, der einen Gast heimlich beobachtet hatte und deswegen kein reines Gewissen besaß. Was mich viel mehr interessierte, war Colgus Hinweis, dass Colum nicht nur las und studierte, sondern auch schrieb. Warum? Machte er sich Notizen? Oder nahm er gar eine heimliche Abschrift vor? Ich beschloss, mir selbst Klarheit zu verschaffen und schlich in der folgenden Nacht zu Colums Hütte. Colgus Astloch fand ich tatsächlich an der geschilderten Stelle. Ich sah Colum heimlich eine lange Weile zu, ohne von einem Reiher angegriffen zu werden. Auch flammende Finger konnte ich nicht feststellen. Das einzig Ungewöhnliche war, dass Colum ausschließlich schrieb. Und dieses Bild des heimlichen Kopisten bot sich mir jedes Mal, wenn ich nachts durch das bewusste Astloch spähte. Ich empfand keine Scham ob meines heimlichen Tuns, sondern umgekehrt Zorn und Ärger, weil Colum mich hinterging und unerlaubt das kostbarste Buch unserer Bibliothek abschrieb. Und hier beging ich die vierte Sünde, die zum Gemetzel von Cúl Dreimne führte, die Sünde der Unaufrichtigkeit: Statt Colum auf sein nächtliches Treiben anzusprechen und Rechenschaft zu fordern, ließ ich ihn gewähren. Nur gelegentlich erlaubte ich mir ironische Anspielungen auf die Dauer der Zeit, die er für sein offenbar überaus gründliches Bibelstudium aufwendete. Colum, der infolge seiner nächtlichen Anstrengungen ganz hohläugig geworden war, besaß die Unverfrorenheit, die Langwierigkeit seines Studiums mit dem Umstand zu erklären, dass er sich während der Lektüre ausführliche Notizen mache. Die besten Lügen sind immer die, die dicht neben der Wahrheit liegen.

Schließlich kam doch die Stunde, in dem seine Arbeit vollendet war. Als mir Colum die Lederschatulle mit dem Psalter zurückgab und erklärte, er wolle sich nun zur Abreise rüsten, verlangte ich die Herausgabe der heimlich gefertigten Abschrift: »Du hast mich, deinen alten Lehrer, betrogen, Colum! Aber ich bin bereit, dir diesen Betrug zu verzeihen, denn du hast in gewisser Weise durch die Mühsal deiner nächtlichen Arbeit bereits Buße geleistet. Die Frucht deiner Arbeit gehört Cluain Iraird!«

Colum schien nicht überrascht und leugnete erst gar nicht seine heimliche Abschrift: »Ich wusste aus deinen Worten, Finnian, dass du einer Abschrift nie zustimmen würdest. Du hast uns beide in eine unwürdige Lage versetzt, denn ich kann eben so wenig nachgeben wie du. Die Kopie des Psalters erhältst du nur, falls mich ein Urteil von Hochkönig Diarmait mac Cerbaill dazu zwingt.«

Zornig beugte ich mich vor. »Ich könnte dich durch meine Mönche zwingen, die Abschrift auch ohne Gerichtsurteil herauszurücken, Colum«, rief ich. »Aber es geschehe nach deinem Willen und ohne körperliche Gewalt. Nur glaube nicht, dass König Diarmait dir wohlgesonnen ist, weil auch du ein Spross Nialls bist. Diarmait mac Cerbaill ist ein Verehrer meines Schülers Ciaráns, der ihm die Hochkönigswürde vorausgesagt hat. Du wirst dich an Ciarán erinnern!«

»Dass Gott sich erbarme!« stieß Colum verächtlich hervor. Wir haben einander nie so gehasst wie in diesem Augenblick. Wir schieden im Zorn.

Zehntes Kapitel: Tara

Dixit Colum:

Es entbehrte nicht der Komik, dass zwei zerstrittene christliche Kleriker Gerechtigkeit bei einem König suchten, der im Ruf stand, in unserem Land das Heidentum wiederbeleben zu wollen. Wie viel davon stimmte, kann ich bis heute nicht ermessen. Diarmait mac Cerbaill war zwar getauft und umgab sich, seit ihm Ciarán die Herrschaft prophezeit hatte, gern mit christlichen Würdenträgern. Doch wagte er es, wieder das alte Fest der Königswürde, den *Feis Temro*, zu begehen, das seine Vorgänger wegen seiner stark heidnischen Prägung aufgegeben hatten. Vielleicht trieben Diarmait auch die nicht verstummenden Gerüchte von seiner Mitschuld am Mord an seinem Vorgänger Túathal Máelgarb dazu, seine Residenz Ceanannas Mór zu verlassen und in Tara, an der ehrwürdigsten Stätte der Uí Néill, nach alter Sitte die Heilige Ehe mit dem Land zu vollziehen, in der Hoffnung, dadurch die Rechtmäßigkeit seiner Herrschaft hervorzukehren. Diesen höchst unzüchtigen Brauch, dessen Höhepunkt die Begattung einer weißen Stute durch den König bildete, hatten die Herrscher Laigins seit undenklichen Zeiten gepflegt, und die Uí Néill ahmten sie hierin wie in fast allem anderen nach. In der Stute, so lautete die lahme Ausrede, verkörpere sich die vielgestaltige Göttin. Diarmaits rituellen Beischlaf mit der pferdegestaltigen Gottheit umrahmte ein großes, pomphaftes Fest, zu dem sich alle einfanden, die in Érius Nordhälfte Rang und Namen besaßen: alle Sänger, Dichter und Gelehrten, alle Gaukler und natürlich auch alle Rechtsgelehrten. Denn da sich der *Feis Temro* seiner Bedeutung entsprechend lang hinzog, bot er die Möglichkeit, langwierige und komplizierte Rechtsstreitigkeiten endgültig zu regeln, und die kompliziertesten Fälle ließ sich Diarmait persönlich zur Entscheidung vortragen: Auch wenn ihm die juristische Ausbildung fehlte, so gestattete ihm seine königliche Autorität das letzte Wort.

Finnian und ich trafen fast gemeinsam, wenn auch auf verschiedenen Wegen in Tara ein. Dieser mir bislang unbekannte Ort ließ mich wie wohl jeden Neuankömmling staunen, denn ich hätte nie vermutet, dass er seinem Namen so vollkommen gerecht wurde. Tara ist wahrhaftig eine Stätte mit weiter Aussicht. Von diesem Grashügel erblickt man beinahe alle Anhöhen im Herrschaftsbereich der Uí Néill. Ich hatte in meinem Leben nie so viele Menschen auf einmal gesehen, und hatte doch König Guaires sagenhaftes Sängerfest erlebt. In Tara ließ ich mich gern von meinen trüben Gedanken ablenken. Ich sah den jungen Kriegern bei ihren Reitwettkämpfen, beim Bogenschießen und Ringen zu, traf alte Bekannte unter den Dichtern und Gelehrten und hörte mir Gerüchte und Neuigkeiten auf dem Markt an. König Diarmait und seine geladenen Gäste wohnten in Zelten und zechten in hölzernen Hallen, die man eigens für dieses Fest gezimmert hatte. Das einfache Volk musste sich mit selbstgefertigten Unterkünften auf den Wiesen rings um Tara begnügen und sah von Grasbänken aus den Wettspielen zu.

Ich beobachtete den Herrscher, der mein Richter werden sollte, aus der Ferne. Hochgewachsen und schlank machte Diarmait eine wahrhaft königliche Figur. Noch waren die goldblonden Locken seines Haupt- und Barthaares nicht ergraut, und Diarmait schien sich seiner körperlichen Schönheit nur allzu bewusst. Sein blauer Blick war unstet, kalt und teilnahmslos, selbst wenn sich die vollen königlichen Lippen zum Lächeln kräuselten. Die Furcht seiner Untertanen schien der König mehr zu genießen als ihre Zuneigung.

Bis zum Gerichtstag war ich Finnian aus dem Weg gegangen und vermied es auch, Diarmait offen gegenüberzutreten, obwohl das mein gutes Recht als Angehöriger des Uí Néill-Adels war. Ich zog es vor, unerkannt und unauffällig zu bleiben, ein schweigsamer Beobachter im weißen Festtagskleid eines Mönches, das hier, unter so vielen festtäglich gewandeten Menschen, kaum auffiel. Als ich alles begriffen hatte, was man überhaupt aus stiller Beobachtung begreifen kann, sank meine Zuversicht, in Tara Gerechtigkeit zu finden. Allen dort aufgebotenen Prunk hätte ich hergegeben, falls ich mich stattdessen nach Daire Calgaich versetzen hätte können. Doch ein Zurück gab es nicht.

Am festgesetzten Tag führten Diarmaits Diener Finnian und mich in die Gerichtshalle. Wir mussten lange warten, bis der König mit seinem Gefolge Einzug hielt. Diarmait, nun bekleidet mit der Robe eines Rechtsgelehrten, schritt gemessen auf den thronartigen Sessel zu, den man zudem auf einen kleinen Podest gesetzt hatte, abgeschirmt von je zwei seiner höchsten Würdenträger, die ihm voranschritten sowie folgten. Hinter diesen kamen die Rechtsberater Diarmaits, seine Geiseln und weitere Würdenträger. Es dauerte eine weitere Weile, bis dieses nicht unbeträchtliche Gefolge in der vorgeschriebenen Anordnung Platz genommen hatte, und all dies war darauf berechnet, dem königlichen Richter besonderen Respekt zu verleihen. Mit einer plötzlichen Handbewegung gebot Diarmait Schweigen, und als vollkommene Stille eingetreten war, richtete er erstmals seinen blauen Blick auf Finnian und mich.

»Du bist Colum, Sohn des Fedilmith und Enkel des Fergus Cendfota, ein Abkömmling Nialls. Du bist Prinz in Tír Conaill, auch wenn deine Mutter aus Laigin stammt. Du bist Kleriker und Mönch nach eigener Wahl. Und du stehst hier als Beklagter. Als Kläger erscheint dein einstiger Lehrer Finnian mocu Telduib von Cluain Iraird, dessen Forderung du nicht anerkennen willst.«

Ich musste ein Lächeln unterdrücken, denn Diarmait stellte das Offensichtliche fest. Mit dem Hinweis auf meine Mutter hatte er bereits seine Abneigung gegen Laigin und mich verraten. Diarmait hielt sich indessen nicht länger mit Vorreden auf. An Finnian gewandt, fragte er:

»Mit welcher Begründung verlangst du von Colum die Herausgabe der Abschrift?«

»Es handelt sich um ein sehr kostbares, in unserem Lande bisher einzigartiges Buch«, erklärte Finnian, den Blick fest auf Diarmait gerichtet. »Es trägt zum Ruhm unseres Klosters bei. So wie Colum werden auch andere Gelehrte von weither anreisen, um dieses Buch zu studieren. Jede weitere Kopie schmälert den Wert des Originals. Erschwerend kommt hinzu, dass Colum die Abschrift ohne meine Erlaubnis vorgenommen hat.«

»Und wie rechtfertigst du deine Weigerung, Finnian die Abschrift zu geben?«

Obwohl ich wusste, dass meine Sache verloren war, erwiderte ich so fest und bestimmt, wie ich vermochte: »Ich bin kein Dieb, Diarmait mac Cerbaill. Ich habe Finnian nichts genommen, was mir nicht gehört. Abschriften gehören dem, der sie herstellt und Arbeit und Zeit darauf verwendet hat. In diesem Fall gehört die Abschrift mir. Der wichtigste Grund aber liegt in der Bestimmung eines Psalters. Dieses Buch dient dem Ruhme Gottes und sollte darum so weit verbreitet werden wie möglich. Finnian von Cluain Iraird, der das Original erworben hat, sollte sich über meinen Kopisteneifer freuen, denn auf diese Weise kommen viele in den Genuss der Gelehrsamkeit und Frömmigkeit. Doch scheint Finnian die Bücher seiner Klosterbibliothek nur nach materiellen und nicht nach geistlichen Gesichtspunkten zu sehen, denn er hütet und verteidigt diesen Schatz allzu eifersüchtig.«

Ich hatte mich in Zorn geredet, ich hatte außerdem zu lange gesprochen, obwohl ich doch wusste, dass mir dies nichts nutzen konnte. Denn König Diarmaits Urteil stand fest, noch bevor er den Gerichtssaal betreten hatte:

»Vernehmt nun meine Entscheidung! Sie ist knapp und eindeutig.« Der größeren Eindringlichkeit halber beugte sich Diarmait vor: »So wie das Kalb zur Mutterkuh gehört, gehört die Abschrift zum Buch. Beide sind untrennbar. Folglich muss Colum dem Abt Finnian von Cluain Iraird die Abschrift herausgeben.«

Erneut ließ ich mich zu Worten hinreißen, die meine Lage nur verschlimmerten: »Dies ist ein unsachliches, voreingenommenes Urteil, Diarmait! Du magst dich mit Rindern auskennen, nicht aber mit geistlicher Lektüre. Wenn du nicht zu richten weißt, soll Gott unser Richter sein. Für dieses Urteil wirst du gestraft werden!«

»Du willst mir drohen, Colum?« sagte Diarmait, nun mit erhobener Stimme.

»Wie könnte ich?« erwiderte ich rasch. »Gott wird dich strafen.«

Diarmait schwankte zwischen Zorn und der weit verbreiteten Neugier, mehr über sein Schicksal zu erfahren. Die Neugier siegte. »Man sagt dir die Gabe der Wahrsagung nach. Du kannst sie jetzt unter Beweis stellen, Colum. Wie also wird Gott mich strafen?«

Gegen meinen Vorsatz, zu schweigen, sagte ich: »Du wirst von der Hand eines Mannes sterben, dessen Vater du einst getötet hast.« Ich sprach hastig und wie im Fieber, aber ich sagte nicht alles. Mein Blick fiel auf Diarmaits piktischen Ziehsohn Áed Dub, einen der schönsten Jünglinge an seinem Hof. Rabenschwarze Haare, milchweiße Haut und blaue Augen, wie sie auch die Schönsten meiner Heimat auszeichnen. Áed zwinkerte mir verschwörerisch zu. In diesem Augenblick konnte ich es klar erkennen. Ja, so war es gewesen und so würde es sein: Diarmait hatte Áeds Vater Suibne getötet und den vaterlosen Knaben als Ziehsohn zu sich genommen. Er hatte den Jungen schon früh zu seinem Lustknaben gemacht. Und schon früh hatte Áed vom Mord an seinem Vater erfahren und insgeheim wilden Hass und Rache gegen den König in seiner Seele genährt.

»Sprich nicht in Andeutungen«, befahl Diarmait, der besser als jeder andere wusste, wie vieler Söhne Väter er getötet hatte. »Wenn du schon mein Ende erkennst, dann sag auch klar, wer mein Mörder sein wird.«

Ohne die Augen vom anzüglich lächelnden Áed zu wenden, erwiderte ich:

»Der Name deines Mörders wird dir bald und durch einen anderen als mich enthüllt werden. Ich werde ihn dir nicht verraten, denn ich weiß nicht, wen ich mehr bedauern soll: dich oder deinen Mörder. Und obwohl du bald aus anderem Mund seinen Namen erfahren und alle Sicherheitsmaßnahmen ergreifen wirst, die du dir nur vorstellen kannst, wirst du wider besseres Wissen in sein Stammesgebiet gehen und unter das Dach seines Hauses treten. Vielleicht tröstet es dich zu erfahren, dass auch dein Mörder nach einem unruhigen Leben ein gewaltsames Ende nimmt. Er wird einen dreifachen Tod sterben: Von einem Speer durchbohrt, wird er stürzen und ertrinken.«

Das anzügliche Lächeln wich von Áeds Lippen und er wurde so blass, wie es sein königlicher Verführer bereits war. Ohne weitere Fragen abzuwarten, verließ ich den Gerichtssaal.

Mit diesem Abgang, so hatte ich gehofft, war alles geregelt. Ich wollte am kommenden Tag in aller Ruhe nach Daire Calgaich abreisen, um ja den Eindruck zu vermeiden, dass mein Aufbruch einer Flucht glich. Doch es kam anders. Am späten Vormittag, als ich ins Gebet versenkt in meinem Zelt kniete, schreckte mich lautes Stimmengewirr aus meiner Andacht auf. Kurz darauf flog die Zeltbahn am Eingang auf und eine der jugendlichen Geiseln Diarmaits stürzte herein. Ich erkannte Curnan, König Guaires Ältesten, der nach Guaires Konflikt mit Declan die lebendige Gewähr für das Wohlverhalten seines Vaters bilden musste. Curnans Verfolger hielten zwar am Zelteingang inne, aus Respekt vor meinem Rang und meinem Amt, aber dies gewährte uns nur kurzen Aufschub. Prinz Curnan brachte schluchzend hervor, was sich ereignet hatte: Zusammen mit anderen Jungen hatte er Hurley gespielt und dabei aus Versehen den Sohn des königlichen Haushofmeisters mit seinem Schläger getötet.

»Es war ein Unfall«, beteuerte der Junge. »Hilf mir, Colum. Du hast das Recht und den Rang, selbst königlichen Verfolgten Asyl zu gewähren. Hilf mir.«

Seine Bitte war ein flehentliches Echo aus meiner Studienzeit bei Gemmán. Ich hatte solchen dringlichen Hilferuf schon einmal gehört. Damals, am Ufer des Lough Derrynavagh, hatte ich nicht helfen können.

»Beruhige dich«, sagte ich zu dem zitternden Kind und fasste seine Hand. Gemeinsam gingen wir zu Diarmait. Curnans Verfolger versuchten noch nicht, mir meinen Schützling zu entreißen. Meine gestrige Prophezeiung hatte sich schnell herumgesprochen, und viele in Tara trauten mir offenbar noch größere magische Fertigkeiten zu als die Gabe der Wahrsagung.

»Es war ein Unfall, Diarmait mac Cerbaill«, sagte ich beschwichtigend, als ich mit Curnan zum König gelangt war. »Ein schrecklicher Unfall, wie er eben beim Spiel unter Jungen vorkommen kann. Fordere ein hohes Blutgeld von König Guaire!«

Diarmait, der angesichts meiner gestrigen Drohungen allzu offen seine Ängste entblößt hatte, versuchte nun, diese Scharte durch ein besonders entschiedenes Auftreten auszuwetzen. Neben ihm stand finster der Vater des Opfers, der offenbar von seinem toten Amtsvorgänger Declan den Hass auf Connacht übernommen hatte. Er gebärdete sich völlig unversöhnlich, und Diarmait ging auf diesen Ton ein. Sein kaltblauer Blick durchdrang mich: »Wer bist du, Colum, um mit mir zu verhandeln? Du bist ein Bücherdieb. Bring erst deine eigenen Angelegenheiten in Ordnung. Der Vater des Opfers verlangt, dass Blut mit Blut gesühnt wird.«

Keine Abfuhr konnte demütigender sein, doch Curnans wegen versuchte ich es noch einmal, den aufsteigenden Ärger hinunterschluckend:

»Willst du wirklich das Blut eines unschuldigen Kindes vergießen, noch dazu eines Kindes aus königlicher Familie, das dir anvertraut wurde? Bedenk doch den Konflikt mit Connacht!«

»Das spielt hier keine Rolle. Curnan hat sein Leben eigenhändig verwirkt. Mein Urteil steht fest: auf die Speere!«

Curnan schrie auf und klammerte sich an mich, doch Diarmaits Männer wagten es nun, einzugreifen. Sie legten das verzweifelt um sich schlagende Kind in Fesseln und trugen es fort. Diarmait grausames Todesurteil wurde umgehend vollstreckt: Man warf Curnan solange auf eine Reihe ihm entgegengestemmter Speere, bis er tot war. Das geschieht in den wenigsten Fällen sofort. Bis Curnans junger Körper vollständig entseelt war, mussten sie ihn drei Mal auf die Speere werfen. Seine Schreie werden mir bis zu meinem Ende in den Ohren gellen, und jedes Mal schrie er meinen Namen, wie ein verzweifeltes Gebet.

Ich selbst stand ohnmächtig, mit geballten Fäusten neben Diarmait, der mich hämisch beobachtete. »Das war Connacht«, sagte Diarmait, als sie Curnans Leiche davontrugen, und drehte sich lächelnd zu Áed um. Aber Áed lächelte nicht zurück. Er glich einer gespannten Bogensehne. Da niemand auf Diarmaits Bedürfnis nach Konversation eingehen mochte, fiel ich ihm wieder ein: »Du stehst fortan unter Arrest, teurer Verwandter. Du wirst Tara erst verlassen, wenn ich es dir erlaube.« Diarmait winkte zwei Männer seiner Leibwache herbei, die mir auf Schritt und Tritt folgen mussten und vor meiner Unterkunft Wache bezogen.

Mehrfach gedemütigt, ein Gefangener Diarmaits und völlig abhängig von seiner unberechenbaren Grausamkeit, schien meine Lage aussichtslos. Ich lag schlaflos ausgestreckt im Dunkel meines Zeltes, als lautlos ein Schatten hereinglitt. Dieser überraschende Besucher ließ sich mir gegenüber nieder. Trotz der Dunkelheit erahnte ich die Züge und Gestalt des königlichen Druiden Bec, den sie auch den Sohn der Göttin nennen. Natürlich war Bec gestern bei Diarmaits Gerichtsverhandlung anwesend, doch ich erkannte ihn dort nur an seinem Schamanengewand. Eine Ähnlichkeit mit seiner Tochter konnte ich bloß in den anmutigen, fließenden Bewegungen feststellen. Bec, der für diesen geheimen nächtlichen Besuch das auffällige Priestergewand abgelegt hatte, schien ebenfalls mit Gedanken an seine Tochter beschäftigt. Schließlich schüttelte er seufzend die Erinnerung ab, straffte sich und sagte leise:

»Ich hatte schon lange das Bedürfnis, den Mann kennenzulernen, um dessentwillen Badb ihre priesterlichen Gelübde gebrochen hat und den sie ihrerseits verführte, seine Versprechen zu brechen. Wenn wohl auch nur für kurze Zeit, für zu kurze Zeit.«

»Wie geht es Badb?« unterbrach ich Bec. »Ist sie hier?«

Bec seufzte erneut. »Wäre sie hier, würde sie sich dir nicht zeigen. Ihr Stolz hat bis heute deine Zurückweisung nicht überwunden. Euer Gott muss sehr stark sein, wenn du ihn Badb vorziehst.«

Hierauf gab es nichts zu erwidern. Mir war noch nicht klar, ob Bec als Freund oder Feind gekommen war. Ich entschied mich für Offenheit.

»Warum bist du hier, Bec mac Dé«, fragte ich, »wenn nicht auf Badbs Bitte und offenbar auch nicht auf Geheiß unseres Königs?«

Der Druide lächelte. »Geduld ist deine Stärke nicht, Crimthann«. Bec sprach mich mit dem fast schon vergessenen Kindheitsnamen an. »Deine Zunge und dein Jähzorn sind bisweilen schneller als dir guttut. Das habe ich schon gestern im Gerichtssaal bemerkt. Dein Stolz ist noch immer zu groß. Denn um das letzte Wort zu behalten, hast du Diarmait mit deiner Prophezeiung zwar eingeschüchtert, zugleich aber deine Beziehung zu ihm für alle Zeiten vergiftet. Curnan hatte heute das Nachsehen davon!«

Die Bemerkung des Älteren war zutreffend und deswegen schwer zu schlucken. Mir lag auf der Zunge, Bec daran zu erinnern, dass Diarmait sein Urteil bereits gefasst hatte, als er den Gerichtssaal betrat und dass in Wahrheit mein Verhalten sehr wenig zum Ausgang meines Rechtsstreits beitragen konnte. Doch ich schwieg. Bec nickte anerkennend und fuhr fort:

»Ich habe bereits König Túathal gedient und war ihm äußerst zugetan. Diarmait hat mich übernommen, denn mich ebenfalls zu ermorden wagte er nicht. Aber er vertraut mir nicht, zu Recht, wie ich hinzufügen muss. Diarmait ist grausam und rachsüchtig, aber nicht dumm. Gestern hast du ihm ein Gottesgericht angedroht, heute hat er dir das heimgezahlt, indem er dein Recht, Asyl zu gewähren, missachtete. Anschließend musste er dich gefangen setzen, denn das ist die logische Folge all dieser Ereignisse. Diarmait ist zu weit gegangen, er hat nun nichts mehr zu verlieren. Ich bin hier, um zu warnen und zu helfen: Deine Wächter liegen im Vollrausch, der durch ein kräftiges Schlafmittel vertieft wurde. Ich habe es eigenhändig dem Honigwein beigesetzt, den ich ihnen schicken ließ. Es ist Neumond, was deine Flucht begünstigt. Ich habe ein starkes, schnelles Pferd für dich bereit. Du wirst nur nachts reiten, am Tage aber unsichtbar sein und dich versteckt halten. Und dies ist meine Warnung: In wenigen Stunden schon werden dir Diarmaits Männer auf den Fersen sein. Sie werden den strikten Befehl erhalten, dich zu töten. Denn wenn du das Land der nördlichen Uí Néill erreichst, wird das unweigerlich Krieg bedeuten, blutigen Bruderkrieg zwischen Nord und Süd.«

»Warum hilfst du mir dabei?« fragte ich überrascht. Diarmaits Druide erwiderte:

»Ist dies nicht offenkundig genug? Aus Treue zu meinem ermordeten Herrn Túathal, zur Strafe für Diarmait zahlreiche Untaten und vor allem aus Liebe zu meinem einzigen Kind. Denn eure Schicksale sind eng verwoben und die Götter haben dich zu Badbs Retter bestimmt. Doch nun, mein Fuchs, lauf so schnell du kannst zu den deinen. Lauf um dein Leben!«

Elftes Kapitel:
Cúl Dreimne – Die Schlacht um das Buch

Dixit Finnian mocu Telduib:
Colums Flucht aus Tara verbündete, wie von König Diarmait befürchtet, Connacht mit den nördlichen Uí Néill. Es vereinten sich nun all jene, die schon lange einen Groll gegen die südlichen Uí Néill im Allgemeinen und gegen Diarmait im Besonderen gehegt hatten. Mein persönlicher Rechtsstreit mit Colum wurde zur Herzenssache aller nördlichen Uí Néill. Besonders Colums Sippe, der Cenél Conaill, und die Nachbarsippe des Cenél Eogain rasten vor Empörung, als einer ihrer Edelsten derart gedemütigt aus Tara zurückkehrte. Zumal dies keine gewöhnliche Rückkehr war, sondern eine schmähliche Flucht unter Lebensgefahr. Die beiden Häuptlinge des Cenél Eogain, Fergus und Domnall, und Ainmire, König der nördlichen Uí Néill, riefen zum Krieg gegen Diarmait. Sie fanden Unterstützung bei den Uí Maine von Connacht, die wiederum Curnan rächen wollten.

Gewalt zeugt Gewalt, und die Hinrichtung eines Prinzen, gegen alles Gesetz und alle Sitte, schrie ebenso nach Vergeltung wie Diarmaits schnöde Verletzung des Asylrechts. Und so wuchs sich Colums Weigerung, das königliche Urteil im Streit um das Buch anzuerkennen, zum Rachefeldzug gegen Diarmait aus. Jeder auf Seiten der Connachter und nördlichen Uí Néill schien einen ausgezeichneten Grund für diesen Kampf zu besitzen, während es der königlichen Streitmacht an Eifer fehlte. König Diarmait selbst schien gespalten und unschlüssig:

»Was geht mich eigentlich der Streit zweier Kleriker um eine Buchabschrift an?« fragte er mich den einen Tag übellaunig. Doch er erwartete keine wirkliche Antwort. Diarmait wusste ebenso gut wie alle anderen, dass das Ausmaß und der Gegenstand des Konflikts längst über den ursprünglichen Rechtsstreit hinausgewachsen waren, den ich gegen Colum begonnen hatte.

Das große Fest von Tara endete früher als geplant, denn der königliche Haushalt musste zum Krieg zu rüsten. Den Ort und die Zeit bestimmten die vereinten Heere der Connachter und nördlichen Uí Néill: Sie warteten, ausgeruht und schlachtendurstig, bei Cúl Dreimne im Grenzland zwischen Connacht und den nördlichen Uí Néill auf die königliche Streitmacht, die bereits erschöpft vom weiten Anmarsch war, als sie endlich auf dem Vorland an der Nordwestküste Connachts eintraf. Diarmaits Aussicht, die Schlacht um das Buch zu gewinnen, wie man diesen Krieg bald vereinfachend nannte, stand von Anbeginn schlecht.

Die Schlacht um das Buch, so die offizielle Lesart der südlichen Uí Néill, war ein von dem Beklagten Colum angestrengtes Gottesurteil, nichts weiter. Der finstere Zorn, der sich über Jahre in Connacht und im Norden gegen Diarmait angestaut hatte und jetzt wie eine Sturmflut über den Hochkönig hereinzubrechen drohte, wurde von ihm geflissentlich übersehen. Da sich Diarmait weiterhin weigerte, öffentlich als Herausforderer der nördlichen Uí Néill oder gar Connachts aufzutreten, kam mir, dem Widersacher Colums, diese Rolle zu. Ich habe sie nur widerstrebend angenommen. Eine noch deutlichere Abneigung gegen den bevorstehenden Waffengang spürte ich beim königlichen Druiden Bec, dem ebenso wie mir die Aufgabe zu Teil wurde, Diarmaits Streitmacht geistlich zu unterstützen: Ich sollte mit der Kraft meiner Gebete Gottes Beistand herbeiflehen, während Bec mit Hilfe seiner Magie die Krieger des Königs schützen sollte.

Vermutlich hat Colum auf der Gegenseite sowohl christliche Gebete, als auch druidischen Zauber benutzt, um seinen Leuten zum Sieg zu verhelfen. Es heißt, dass er sich bereits drei Tage vor der Schlacht zum Fasten und Gebet zurückgezogen habe. Unmittelbar vor der Schlacht aber soll er den Streitgegenstand ergriffen haben. Die Abschrift des Psalters an seine Brust gedrückt, soll er dreifach die Heere der Connachter und nördlichen Uí Néill umrundet und gesegnet haben. Dann habe er die Heerführern angewiesen, unter keinen Umständen den Bach zu überschreiten, der zwischen den verfeindeten Parteien floss, denn dort endete der magische Schild, den Colum über die Seinen gespannt hatte.

Viele Legenden ranken sich um die Schlacht und um Colums Rolle in ihr. Ob er wirklich Zauberkünste benutzte, um die Seinen zu schützen und ihnen den Sieg zu verleihen, dafür habe ich keinen gesicherten Beweis. Es ist sehr verführerisch, unsere Niederlage seiner stärkeren Magie zuzuschreiben, aber ich will mich nicht selbst betrügen. Falls dies wirklich ein Gottesurteil war, dann habe ich es eindeutig verloren. Alle Zeichen kündigten die Niederlage an, selbst die Natur kehrte sich gegen die königliche Streitmacht: Am frühen Morgen verbarg sich die Sonne als blutrote Scheibe hinter milchig-weißen Wolken, ein schrecklicher Anblick.

Doch kaum hatte der Kampf begonnen hatte, rissen die Wolken auf und der Bodennebel hob sich. Nun stach die Sonne Diarmaits Kriegern unbarmherzig in die Augen, und es mag diesem ungünstigen Umstand zuzuschreiben sein, dass viele Täuschungen erlagen und vermeinten, den Erzengel Michael zu sehen, wie er als hochgewachsener Krieger mit bloßem Schwert die gegnerische Streitmacht anführte. Der Tag war hochsommerlich und schwül, und Beklommenheit stahl sich in die Herzen von Diarmaits erschöpften Kriegern, noch bevor der Kampf voll entbrannte. Aber von welchem Kampf spreche ich? Alle, die Cúl Dreimne erlebt haben, wissen, dass dort kein echter Kampf, sondern ein Gemetzel stattfand. Tatsächlich war es so, dass unsere Gegner wie Schnitter in ein Feld in die Reihen von Diarmaits Kriegern vordrangen, kaum dass diese den besagten Bach überschritten hatten. Colums Stammesgenossen bezeichnen ja selbst das Töten von Diarmaits Kriegern als Mahd.

Während des gesamten Kampfes betete ich, wie vermutlich auch Colum, mit ausgestreckten Armen die Kreuzwache, und ließ die Arme erst sinken, als ein Bote Diarmaits mir die Hand auf die Schulter legte: »Gib auf, Finnian mocu Telduib, es ist sinnlos. Sie sind bereits alle tot.« Nach dieser entsetzlichen Nachricht fühlte ich mich verpflichtet, dass Schlachtfeld abzuschreiten. Ich sah die Toten, Diarmaits gesamte Streitmacht von dreitausend Mann, blutig geschlagen und zerstückelt, in verrenkten Stellungen am Boden liegend. Diarmait, der Seite an Seite mit seinen Männern gekämpft hatte, hatte offenbar tapfer den Tod gesucht, aber nicht gefunden. »Dies ist das am teuersten erkaufte Buch, von dem man je gehört hat und je hören wird«, sagte er bitter. Er war blasser als gewöhnlich und Blut und Schweiß rannen ihm in die Brauen. »Verflucht sei der Tag, an dem du und Colum mir unter die Augen gekommen seid!« In meinem Herzen musste ich dem verzweifelten Hochkönig beipflichten. Doch wie so oft peitschte der Teufel mit dem Schwanz und verführte zur Sünde wider die Wahrheit und bessere Einsicht. Laut erwiderte ich Diarmait:

»Zu Unrecht fluchst du mir, König! Fluche Colum, der ein Gottesurteil in einen magischen Wettstreit verwandelt hat und mit Hilfe von Zauberei gekämpft hat. Sein Stolz, seine Rechthaberei und seine heidnischen Künste haben zum Tod von dreitausend Unschuldigen geführt. Solches Verhalten ist eines christlichen Klerikers unwürdig und du, der Hochkönig, darfst es nicht dulden.«

Diarmait blickte mich scharf an und fragte mit beißendem Hohn:

»Und was befiehlst du mir diesmal gegen Colum zu unternehmen?«

»Verstoße ihn aus der Gemeinschaft der Christen!«

Zwölftes Kapitel: Tailtiu

Mir aber ist's ein Geringes,
dass ich von euch gerichtet werde
oder von einem menschlichen Gerichte.
Auch richte ich mich selbst nicht.
(1. Korinther, 4, 3)

Dixit Colum:
Auch ich schritt das Schlachtfeld von Cúl Dreimne ab. Ja, Schlachtfeld im Sinne des Wortes, denn wir hatten Diarmaits gesamte Streitmacht niedergemetzelt. Das freilich hatte ich nicht gewollt. Ich hatte Gerechtigkeit erhofft, Strafe für den sinnlosen und grausamen Mord an Curnan. Aber ich hatte die sinnlose Grausamkeit nur vertausendfacht. Von weitem erblickte ich Finnians hagere Gestalt, aber er sah nicht in meine Richtung, und ich wich ihm aus. Ich zwang mich, so vielen Toten und Sterbenden ins Gesicht zu sehen wie nur möglich. Es waren nicht wenige Frauen und Halbwüchsige unter ihnen, denn die Kriegsgefolgschaft gilt auch für sie. Jeder Haushalt muss dem König eine bestimmte Menge von Kämpfern zu stellen, und das Gesetz fragt nicht nach ihrem Alter oder Geschlecht. Im Kampf fallen die Schwachen und Unerfahrenen vor allen anderen.

Ainmire kam mir strahlend entgegen: »Du hast es geschafft. Du hast ein Wunder vollbracht.«

»Was für ein Wunder?« zweifelte ich, auf die Toten weisend. »Dies erscheint mir als schreckliches Missverständnis.«

»Verstehst du eigentlich selbst, was du willst?« erwiderte Ainmire. »Wolltest du nicht siegen? Hast du nicht selbst unsere Häuptlinge und Krieger so von der Notwendigkeit dieses Krieges überzeugt, dass sie vor Kampfwut brannten wie Cú Chulainn? Hör zu, Vetter: Es ist mir egal, ob dich jetzt dein Klerikergewissen peinigt. Für mich zählt allein, dass Diarmait geschlagen ist. Um ihn vollständig zu besiegen, bedarf es nur noch einer geringen Anstrengung: Lass ihn verfolgen, töte ihn am besten und werde Hochkönig! Alles ist in deine Hand gegeben. Es ist hohe Zeit, dass wieder einer von uns dieses Amt erhält. Einer aus dem Norden. Wir sind die Sieger. Wir werden dich zum König erheben. Deine Abstammung ist vornehm genug, du gehörst zu den wählbaren Prinzen. Du wirst ein weit gerechterer Herrscher sein als Diarmait es je war. Du wirst endlich durchsetzen können, was uns allen nutzt.«

Mein so praktisch und weit denkender Vetter. Ich sah ihn entgeistert an.

»Ich werde zuletzt durchsetzen, was euch allen nutzt, Ainmire«, antwortete ich schließlich. »Sei unbesorgt. Ich werde richten und Könige salben. Aber nicht durch einen weiteren Mord. Es ist mir nicht erlaubt, Diarmaits Blut zu vergießen. Ihm ist ein anderes Ende vorherbestimmt. Er ist ein mehrfacher Mörder, aber er wird nicht durch meine Hand fallen.«

Aus Ainmires rundem Gesicht wich das Lächeln.

»So lassen wir ihn entkommen?«

Ich nickte. Ainmire wurde allmählich zornig.

»Was für ein Kämpfer bist du eigentlich, Colum? Du verspielst mit deinen Flausen den Sieg. Aber wie dir beliebt … Wer wagt es heute, etwas gegen Colums Willen zu tun? Unsere Leute verehren dich wie einen Gott, da Gott offensichtlich auf deiner Seite steht. Nur wisse eines: Diarmait wird handeln, wo du zögerst. Vernichtest du diesen Mörder nicht vollständig, wird er dich vernichten. Denk an meine Worte!«

Auch wenn es inzwischen nicht mehr gilt, so galt es doch damals in Cúl Dreimne: Ainmire liebte mich und handelte vollständig uneigennützig. Seine Warnung, das verstand ich auch, war begründet. Aber wie sollte ich Ainmire klar machen, dass ich weder ein Krieger, noch ein Herrscher sein konnte? Dass mir diese Wege durch göttliche Gebote verschlossen waren? Aber welcher war eigentlich mein Weg? Da ich Ainmire keine Antwort zu geben vermochte, schwieg ich. Ich war verwirrt, fühlte mich zerrissen und rastlos und sehnte mich nach nichts so sehr wie nach Daires Stille. Könnte ich dem Wispern des Windes in den Blättern des heiligen Haines lauschen, so schien mir, dann würden sich alle meine Fragen von selbst beantworten.

Aber ich sollte den mir von allen Zufluchtsstätten teuersten Ort lange nicht wiedersehen, und dann auch nur für kurze Zeit. In dem auf die Schlacht von Cúl Dreimne folgenden Herbst und Winter reiste ich viel umher, war zu Gast geladen bei allen großen Familien der nördlichen Uí Néill und taufte, beginnend mit Ainmire und meinem eigenen Stamm, einen Häuptling nach dem anderen. Unsere Leute drängten in Scharen nach dem neuen Glauben, denn seit unserem »wunderbaren« Sieg hielten sie Christus für den größten aller Krieger. Hatte er nicht Tod und Unterwelt überwunden? Hatte er nicht meine Gebete erhört und Diarmaits Streitmacht vernichtet? Und alle wollten von mir getauft werden, denn, so verbreiteten meine Anhänger das Gerücht, in Ériu gebe es zwar viele Kleriker, aber keiner fände bei Gott so Gehör wie ich. In jenen Monaten wurde ich sehr reich. Denn die Neubekehrten übereigneten mir ausgedehnte Ländereien, Vieh und Schmuck, damit ich für ihr Seelenheil bete. Die Häupter vieler vornehmer Familien baten mich um meine Wahrsagung. Es waren immer die gleichen Fragen: Wann muss ich sterben? Wie werde ich sterben? Werde ich den nächsten Kampf überleben? Werden meiner Kinder und Enkel nach mir herrschen? Mit meinen Prophezeiungen hielt ich sie in der Furcht des Herrn. Mit dem plötzlichen Reichtum war es fast wie mit dem Sieg von Cúl Dreimne: Das hatte ich nicht gewollt, zumindest nicht so. Je reicher und einflußreicher ich aber wurde, als desto ärmer empfand ich mich geistig.

Gott vergebe mir auch diese Sünde, aber ich war bei allem wie abwesend. Ich sah mir selbst beim Leben zu: Ich ging herum, ich sprach und scherzte, wie man es von mir erwartete, ich taufte und las Messen, erwarb die Zuneigung der Armen durch reichliche Almosen und gute Werke. Ich hielt Tisch- und Hausgemeinschaft mit den Mächtigen des Landes, aber ich mied das Gebet, die aufrichtige Zwiesprache mit Gott. Meine Gedanken waren zerrissen und unstet, und ich fürchtete, ohne Antwort zu bleiben. Meine Welt war seit Cúl Dreimne aus den Fugen geraten und meine Zuversicht erschüttert. Mit dieser Unrast im Herzen wagte ich nicht vor Gott zu treten. Aber Gott hatte mich nicht vergessen.

Eines Morgens erwachte ich noch vor Tagesbeginn und wusste sofort, dass ich nicht allein in der Kammer war. Axal war mir erneut gesandt worden. Ohne größere Umstände gebot er:
»Du musst sofort abreisen! In Tailtiu hält Diarmait Gericht über dich.«
So stimmte also das Gerücht, das uns bereits erreicht hatte: Diarmait hatte so viele und so angesehene Kleriker wie möglich zusammengerufen, um mich als Magier anzuklagen und aus der Gemeinschaft der Christen auszuschließen. Merkwürdig daran war, dass er Tailtiu zum Gerichtsort bestimmt hatte, eine der am stärksten verehrtesten heidnischen Kultstätten in seinem Machtbereich, wo sich noch immer in jedem Frühjahr zahlreiche Menschen einfanden. Doch vermutlich lag genau hierin der Grund für Diarmaits Wahl: Tailtiu lag zuverlässig im Machtbereich der südlichen Uí Néill. Die Anwesenheit vieler Menschen zur Frühlingsfeier, wenn auf dem Hügel der Göttin das heilige Feuer neu entfacht wird, musste einen gewissen Eindruck, wenn nicht gar Druck auf die dort versammelten Kirchenführer ausüben, einen Druck, im Sinne des Königs gegen mich zu entscheiden.

»Du überkommst mich stets, wenn ich zwischen Schlaf und Erwachen bin«, beschwerte ich mich über den göttlichen Boten. »Wie ein Dieb in der Nacht. Tailtiu ist der letzte Ort, an den ich mich freiwillig begeben werde. Denn dort erwartet mich nichts außer Ungerechtigkeit und vielleicht der Tod.«

»In Tailtiu erwartet dich deine wahre Bestimmung«, erwiderte Axal. »Du wirst reisen, freiwillig oder unter Zwang. Gehst du freiwillig?«

Im fahlen Zwielicht sah Axal unerbittlich aus, aber ich lehnte mich gegen ihn auf:

»Nein!«

Axal ergriff eine Reitpeitsche und schlug mich hart ins Gesicht. Er schlug drei Mal zu, denn drei Mal widersetzte ich mich ihm. Der Schmerz brannte wie Feuer, und ich spürte, dass ich stark blutete. Dann gab ich nach. Axal seufzte:

»Die Schmerzen, die ich ob deiner Züchtigung spüre, sind viel stärker als deine eigenen, Colum. Denn ich bin zu deinem Schutz bestellt, nicht zu deiner Strafe. Warum zwingst du mich, dir Schmerzen zuzufügen? Du weißt, dass ich in allem über ungleich größere Kräfte verfüge als du, und wenn du dich gegen mich auflehnst, ist es, als lehntest du dich gegen Gott selbst auf. Wie du weißt, ist das vollkommen unsinnig.«

Da Axal auch meine unausgesprochenen Gedanken kannte, fügte er hinzu:

»Du brauchst deinen Diener nicht zu wecken. Diese Reise musst du allein antreten. Ich werde heute dein Wagenlenker sein.«

Tatsächlich stand schon ein Wagen bereit, und ehe ich mich versehen konnte, flogen wir dahin. An diese rasende Fahrt erinnere ich mich wie an einen Traum. Wir berührten kaum mit den Rädern den Boden. Gebüsch und Bäume wichen wie von selbst zurück, die Luft schien dünner und leistete kaum Widerstand. Wie im Märchen erreichte mein himmlischer Bote unseren Bestimmungsort in unglaublich kurzer Zeit.

»Hier trennen sich unsere Wege«, sagte Axal und wusch mir als letzten Dienst das verkrustete Blut vom Gesicht. »Unsere Wege trennen sich nie wirklich, dann unsichtbar bleibe ich neben dir. Aber ich darf nicht weiter eingreifen. Dir sind genügend Möglichkeiten gegeben. Nutze sie!«

Axal schien sich hier zu irren, denn welche Möglichkeiten besaß ich noch? Der erste Bekannte, der mir in Tailtiu über den Weg lief, war ausgerechnet Diarmaits Ziehsohn Áed. Er genoss es sichtlich, mir schlechte Nachrichten zu übermitteln:

»Du hast Mut, dich hierher zu wagen! Wenn du allerdings gekommen bist, um deine Sache zu vertreten, so kommst du zu spät: Gestern hat dich die Versammlung der ehrwürdigen Kleriker aus der Gemeinschaft der Christen ausgeschlossen, ganz so, wie es mein Ziehvater beantragt hat. Wie es scheint, verliert der Held von Cúl Dreimne in Tailtiu nun doch seinen Kopf. Ich habe ein Lied zu diesem Anlass gedichtet, sozusagen in dankbarer Erwiderung für deine Wahrsagung über Diarmaits und mein Ende!«

Ehe ich etwas einwenden konnte, legte Áed los, die schönen blauen Raubtieraugen spöttisch auf mich gerichtet:

Letzte Nacht
lag ich wach.
Endlich träumte mir:
Starke Stürme
aus dem Osten
rissen mir die Mütze fort
von meinem Rebellenkopf.

Um den Traum zu deuten
ging ich zu den Leuten,
die weit weiser sind als ich.
Deine Sache, sagten sie,
steht sehr schlecht.
Diarmaits Rache

wirkt auch ohne Recht.
Und verwirkt ist bereits
dein Rebellenkopf.

Áed schlenderte pfeifend davon, sich herausfordernd in den Hüften wiegend. Der nächste Bekannte, auf den ich stieß, war Brendan von Birr, ein ehrwürdiger Greis, der mich erleichtert begrüßte: »Gelobt sei Gott, dass er dich zur rechten Zeit hier herführte!«

Brendan ließ sich zu keinen weiteren Erklärungen herbei, sondern führte mich direkt in den Gerichtssaal, wo ich ein weiteres Mal König Diarmait im Kreise seiner Rechtsberater und seines Gefolges erblickte, diesmal jedoch ergänzt um zahlreiche Kleriker. Diarmaits missmutige Feindseligkeit war beinahe mit Händen greifbar, doch auch von meinen christlichen Amtskollegen schlug mir unverhohlene Ablehnung entgegen. Einzig Brendan, der neben mir stehen geblieben war, strömte nichts als Güte und Freundlichkeit aus. Auch Diarmaits Druide Bec lächelte mir aufmunternd zu.

»Ehrwürdige Väter und Brüder«, wandte sich Brendan an die Versammelten, »es hat mich gestern sehr bekümmert, dass wir über Bruder Colum zu Gericht saßen, ohne dass er nach guten alten Rechtsgrundsätzen die Möglichkeit erhielt, sich zu rechtfertigen. Umso dankbarer bin ich nun, dass Gott meine inbrünstigen Gebete erhört und uns Colum geschickt hat. Denn nur göttlicher Gnade verdanken wir seine Gegenwart.«
»Ich teile deine Begeisterung durchaus nicht, Brendan von Birr«. Diarmait wäre beinahe Brendan ins Wort gefallen, der doch als Ältester unter den Versammelten besondere Achtung verdiente. »Wir haben gestern stundenlang die schweren Vergehen Colums erörtert und geprüft. Wir haben ihn des Schadenzaubers für schuldig befunden, denn durch seine Magie sind dreitausend Krieger des Königs wie Heu dahingemäht worden. Nebenbei

bemerkt, es gibt Zeugen, die ihn mit der blanken Waffe in der Hand auf dem Schlachtfeld gesehen haben, und dies nicht nur in Cúl Dreimne, sondern auch bei zwei weiteren Gelegenheiten. Wie ihr, ehrwürdige Väter und Brüder, selbst erkennen könnt, trägt Colum Narben im Gesicht wie ein alter Haudegen. Mich als weltlichen Herrscher geht es zwar nicht allzu viel an, aber ihr als Geistliche dürft keinen unter euch dulden, der offen das fünfte Gebot gebrochen hat. Im Übrigen habt ihr euer Urteil über Colum bereits gefällt und ihn aus der Gemeinschaft der Christen verstoßen. Wahrhaftig ein mildes Urteil! Denn für Schadenszauber allein könnte er für vogelfrei erklärt und sofort verhaftet und hingerichtet werden.«

»Sollte dies ernsthaft zur Debatte stehen«, warf Brendan schnell ein, »dann möchte ich vorsorglich erklären, dass Colum unter meinem persönlichen Schutz steht. Zudem muss ich daran erinnern, dass uns nichts daran hindert, ein vorschnell gefasstes Urteil wieder aufzuheben, zumal, wenn uns neue Umstände bekannt werden. Zuallererst aber sollte Colum selbst sprechen.«

Nun waren aller Augen auf mich gerichtet. Ich begann meine Rede, indem ich an die Worte des ersten Paulusbriefes an die Korinther erinnerte und mit dem Apostel das menschliche Gericht zurückwies: » … Der Herr ist es, der mich richtet. Darum richtet nicht vor der Zeit, bis der Herr komme, welcher auch wird ans Licht bringen, was im Finstern verborgen ist, und den Rat der Herzen offenbaren.« Mit eigenen Worten fügte ich hinzu: »Ihr vermögt nicht, in mein Herz zu blicken. Denn sonst würdet ihr begreifen, wie bodenlos und unstillbar meine Trauer um die Toten von Cúl Dreimne ist. Die Umstände, die mich dazu getrieben haben, dieses Gottesurteil zu fordern, setze ich als bekannt voraus. Aber mein Gewissen ist frei von der Sünde des Schadenzaubers.«

Ich werde nie erfahren, ob meine Rede irgendetwas in meinen Zuhörern bewirkte, denn bevor noch jemand sprechen kannte, trat Finnian von Cluain Iraird hervor, mein alter Lehrer und Herausforderer. Die Anstrengungen, die ihn unser Rechtsstreit gekostet hatte, waren ihm anzusehen. Finnian sah krank und gebrochen aus, aber er sprach jetzt mit fester Stimme:

»Falls es eine tadelswerte Untugend an Colum gibt, dann ist es sein unbeugsamer Stolz. Einem so Hochgeborenen fällt freilich christliche Demut besonders schwer. Dies fiel mir schon auf, als Colum vor vielen Jahren mein Schüler wurde. Ich habe ihn dieser Untugend wegen nie gemocht, und ich gestehe, dass es mir bis heute schwerfällt, Zuneigung für Colum zu empfinden. Doch meine starke Ablehnung ist eine weitere Untugend, die ebenfalls zu Cúl Dreimne geführt hat. Wenn wir von Schuld sprechen, so bekenne ich, durch meine Schwächen und Untugenden mindestens ebenso schuldig wie Colum geworden zu sein. Meine größte Untugend lautet Eitelkeit. Aus Eitelkeit hätte ich Colum die Abschrift des Psalters verweigert, wenn er mich darum gebeten hätte. Ich wollte diesen Buchschatz für mein Kloster allein. Colum wusste das, wollte aber auch nicht auf das Buch verzichten. Die Eitelkeit eines alten Mannes und der sture Hochmut seines Schülers sind die wahren Ursachen für Cúl Dreimne und einen Streit, in den außer dem Hochkönig die beiden Zweige der Uí Néill hineingerissen wurden. Ich kann nur alle um Vergebung bitten. Wenn ihr Colum richtet, dann müsst ihr mich zur selben Strafe verurteilen.«

Finnians rückhaltlose Offenheit griff allen sichtlich ans Herz. Brendan ergriff wiederum das Wort:

»Diarmait, verzeih mir, aber bezüglich Colums Wunden irrst du. Sie sind viel zu frisch, um von Cúl Dreimne oder irgendeiner anderen Schlacht zu herzurühren. Ich bin kein Wundarzt, doch selbst ich erkenne, dass Colum solche Wunden erst heute empfangen hat. Bedenkt auch, Väter und Brüder, an welchem Ort ihr

euch befindet und zu welcher Zeit! Säßet ihr bei mir in Birr zu
Gericht, fiele euer Urteil sachlicher aus. Denn Birr ist ein neutraler
Ort, die Mitte Érius. Dort braucht man auf nichts Rücksicht zu
nehmen außer auf die Wahrheit. Hier in Tailtiu aber ist Diarmait
Herrscher, und ihm wart ihr zu Gefallen, als er euch gestern zum
Urteilsspruch drängte. Lasst euch nicht zur Sünde des Fehlurteils
verleiten! Colum hat aus dem Korintherbrief zitiert, ich fahre damit fort: 'Wisset ihr nicht, dass die Ungerechten das Reich Gottes
nicht ererben werden?' Über Colum richtet besser nicht, denn er
ist einer, der Gemeinschaft mit Engeln hält und in ihrer Gesellschaft reist, wie ich mit eigenen Augen gesehen habe.«

Falls etliche Zweifel daran hegen mochten, so wagten sie sie
nicht zu äußern. Finnian und Brendan hatten bewirkt, dass das
Urteil der Exkommunizierung aufgehoben wurde, Diarmait zum
Trotz. Ich dachte, dies allein wäre bereits das Ergebnis meiner
wunderbaren Reise nach Tailtiu. Aber ich hatte mich geirrt. Denn
als ich den Gerichtssaal eben verlassen wollte, zupfte jemand
sachte an meinem Ärmel und hielt mich zurück: »Auf ein Wort,
Colum!« Ich blickte in das Gesicht von Mo-Laise, des Abtes von
der Insel Inis Muiredaich. Ich folgte dem mir fast Unbekannten
eine ganze Weile schweigend. Erst als wir völlig allein und ungestört waren, entschloss sich Mo-Laise zu sprechen:

»Inis Muiredaich liegt nicht weit entfernt von Cúl Dreimne, und
darum vielleicht habe ich von den Vorgängen dort eine Meinung,
die stark von den Schilderungen Diarmaits und seiner Zeugen
abweicht. Ich glaube dir in fast allem, Colum. Ich glaube dir aber
nicht, wenn du mit den Worten des Apostels Paulus behauptest,
dich nicht selbst zu richten. Denn ich erkenne, wie stark du dich
selbst verdammt hast.«

Die Vorsicht gebot mir zu schweigen, und Mo-Laise, der die
Ursache meiner Zurückhaltung begriff, erwiderte: »Ich bin gleichaltrig mit dir, Colum, und dir zudem an Herkunft weit unterlegen.
Wer wäre ich, um dir Ratschläge zu erteilen? Und doch sehe ich
deine Qualen und kann dir vielleicht helfen. Aber nicht hier, auf

Diarmaits Boden, will ich zu dir sprechen, sondern in Connacht und auf meiner Insel, auf heiliger, freier Erde. Ich bitte dich: Kehre nicht erst zu den deinen zurück, sondern folge mir.«

Und so folgte ich Mo-Laise fast durch ganz Ériu, bis wir seine Insel kurz vor Sonnenuntergang erreichten: Von der westlichen See umschlossen, hob sich Inis Muiredaich dunkel vor dem sinkenden Feuerball des himmlischen Lichtes ab.

»Die Menschen in Connacht glauben, dass hinter unserer Insel die Inseln der Anderwelt liegen. Sie treiben solange ruhelos durch die westliche See, bis sie durch das Kreuz und das Feuer gereinigt und an einen dauerhaften Ort gebannt sind. Auch Inis Muiredaich soll ursprünglich eine solche Insel gewesen sein.«

Mo-Laise war sonst ein stiller, bedachtsamer Mann. Aber der erhabene Anblick der abendlichen See hatte ihn gesprächig gemacht.

»Siehst du, auch ich erhielt eine königliche Schenkung. Die Insel trägt den Namen des von mir bekehrten Häuptlings Muiredach. Er gab mir die Burg und das Land«, sagte Mo-Laise stolz, als wir uns nach der Überfahrt der Klostersiedlung näherten, die wie Daire von den mächtigen Wällen und Ringmauern einer älteren Wohnburg geschützt wurde. Innerhalb lagen die schlichte Kirche, die Gästehäuser und Unterkünfte der Brüder sowie die Werkstätten.

»Sieh dich nur gründlich um«, lud mich Mo-Laise ein. »Teile unser bescheidenes Leben. Dann reden wir.«

So teilte ich das gleichförmige Leben seiner Mönche, dessen Ablauf einzig die Gezeiten und die kanonischen Stunden bestimmten. Ich umrundete täglich die winzige Insel und sah von einer felsigen Anhöhe stundenlang auf die unbegrenzte See, die sich unter mir hob und senkte wie der atmende Busen eines riesigen Lebewesens. Ich sann lange über die Worte der Genesis nach: »Und die Erde war wüst und leer, und es war finster in der Tiefe;

und der Geist Gottes schwebte auf dem Wasser.« Es gab Zeiten in Inis Muiredaich, wo ich den Geist Gottes auf den Wassern spüren konnte. Die Unrast wich allmählich von mir, ich wurde leer und ruhig und fand zum Gebet zurück. Nach Ablauf einer Woche war ich bereit, mit Mo-Laise zu reden.

»Die Demütigung einer öffentlichen Beichte ist mir stets erspart geblieben«, sagte ich zu ihm. »Doch gegen eine vertrauliche Ohrenbeichte habe ich nichts einzuwenden. Sei du mein Seelenfreund.« Der Abt von Inis Muiredaich nickte. Er wusste, dass ich ihn seiner Verschwiegenheit wegen zum Beichtvater erwählt hatte und auch deshalb, weil ihn keinerlei Bluts- oder sonstige Bande mit den Uí Néill verknüpften. Also sprach ich lange zu Mo-Laise, der mir ohne Unterbrechung zuhörte. Wir waren Fremde füreinander, und wenn ich Inis Muiredaich verließ, würden wir einander niemals wiedersehen. Ich sprach anfangs zusammenhanglos, dann immer bestimmter über die Verfehlungen meiner Vergangenheit, über meine Zweifel, über meine Unzulänglichkeiten.

»Finnian von Cluain Iraird hatte recht«, schloss ich. »Seine Eitelkeit und mein unbeugsamer Stolz haben zum Blutbad von Cluain Iraird geführt. Und wenn ich auch dank Brendans Unterstützung und Finnians rückhaltlose Aufrichtigkeit als freier Mann Tailtiu verließ, bleibt doch mein Gewissen belastet mit dem Tod der dreitausend. Es erscheint mir als bitterer Hohn, dass die Meinen mich gerade dafür bewundern. Wie kann ich ihre Bekehrung auf ein Massaker gründen? Ich bin bereit, mir für den Rest meines Lebens die Buße aufzuerlegen, die du mir bestimmst.«

Wir führten unser Gespräch unter freiem Himmel, während wir langsam an der Innenmauer des Steinwalls hin- und hergingen. Statt einer direkten Antwort streckte Mo-Laise die Hand aus und griff nach einem Büschel Springfarn, der zwischen den Steinen spross. Er zog die Pflanze vorsichtig mit ihrem kleinen Wurzelballen hervor.

»Mauern bieten Schutz vor den Stürmen und dem Wetter«, sprach er, »aber sie beengen. Um kräftig zu gedeihen, benötigt dieser Farn mehr Erde, als er je zwischen diesen Steinen finden wird. Du, Colum, wirst ebenso auf ewig gefangen sein, wenn du in Ériu bleibst. Blutsbande fesseln. Wenn du wirklich deiner Berufung folgen willst, musst du deine Heimat für immer verlassen. Wenn du Christus mehr als alles andere liebst, musst du, wie es in Bibel gesagt ist, um seinetwillen alles aufgeben, auch deine Heimat und die Uí Néill. Du musst vergessen, dass du als einer ihrer Prinzen zur Welt kamst, und wenn du es auch nicht vergessen kannst, musst du allen Privilegien entsagen, die sich daraus ergeben. Kein Mensch außer dir vermag deinen unbeugsamen Stolz zu brechen. Also musst du dich selbst aus Ériu verbannen und zum Exilierten um Christi willen machen. Die lebenslange Heimatlosigkeit um seinetwillen ist die stärkste Strafe und stärkste Buße, die wir kennen. Und doch ist sie nur ein Geringes im Vergleich mit den Opfern dessen, der Gottes Sohn war, ausgestattet mit jeglicher Macht, und der doch freiwillig für uns den Opfertod starb. Für unser Volk ist das Exil das Größte aller Bußopfer. Wer es sich auferlegt, gewinnt deswegen höchstes Ansehen, höher als das eines Königs. Aber um so reich zu werden, musst du dich zuvor eigenhändig entblößen und allem entsagen.«

Für einen Augenblick trat mir das Schicksal meines Dieners Diarmait vor Augen, den die Seinen auf See ausgesetzt hatten.

»Du befiehlst mir also, wie ein Verbrecher für immer meine Heimat zu fliehen und meinem Volk fernzubleiben?«

Mo-Laise lächelte: »Nicht ich befehle dir, Colum, denn wer bin ich schon außer dein Seelenfreund, dein Beichtvater? Dein eigenes Gewissen verlangt nach Buße. Und ich rate dir sehr: Zieh dich von der Welt zurück, sonst wirst du stets in ihre Händel verstrickt bleiben. Such dir deine eigene Insel, und such sie fern von den Uí Néill.«

ZWEITER TEIL: ALBA

Erstes Kapitel: Peregrinatio

Aus der Tiefe rufe ich, Herr, zu dir:
So du willst, Herr, Sünden zurechnen,
Herr, wer wird vor dir bestehen?
(130. Psalm, 1 und 4)

Dixit Diarmait:
Wie hätte es wohl meinem Herrn Colum leicht fallen können, im
zweiundvierzigsten Jahr seines Lebens allem Vertrauten zu entsagen und sich selbst zu entwurzeln? Daher verstrich ein ganzes
Jahr zwischen seiner Rückkehr von Inis Muiredaich und unserer
Abfahrt aus Daire. Was sich genau in Inis Muiredach zugetragen
hat, wird Colums Geheimnis bleiben. Wir, seine Anhänger und
Brüder, wissen nur, dass er seit seiner Rückkehr darauf rüstete,
Ériu für immer zu verlassen. Aber er wäre nicht der kluge Fuchs
gewesen, für den ihn alle hielten, wenn er alles dem Zufall überlassen hätte. Wie ich aus seinen Andeutungen erfuhr, legte Colum
die Peregrinatio, die Pilgerschaft und das Büßerexil um Christi
Willen, auf eigene und eigenwillige Weise aus.

»Vater und Mutter um Christi Liebe verlassen, das geht noch
an«, erklärte er mir. »Ériu verlassen ist schlimmer. Wie könnte ich
die Menschen aus dem Land der Uí Néill je aufgeben? Das geht
über meine Kräfte.« So fand er einen Ausweg, indem er erklärte,
an die äußerste Grenze des Herrschaftsgebiets der Uí Néill gehen
zu wollen, also fast schon ins Ausland, aber eben doch nicht ganz.
Das bedeutete damals, in das Grenzgebiet der Dalriada überzuwechseln, eines Uí Néill-Zweiges, der eine gälische Kolonie an

der Südwestküste Albas begründet hatte. Dann fanden Besprechungen statt, Boten reisten hin und her, und am Ende erhielt Daires Bootsbauer den Auftrag, einen großen *Currach* für dreizehn Männer herzustellen und zur Überfahrt nach Dunadd vorzubereiten, wo Conall mac Comgaill als Herrscher der Dalriada residierte. Auch wenn mein Herr Colum ihn als seinen Vetter bezeichnete, hätte er es nicht gewagt, sich ohne Conalls Genehmigung im Land der Dalriada niederzulassen.

An einem frischen, klaren Morgen in der nachösterlichen Woche stachen wir von Daires kleinem Bootshafen aus in See. Nicht nur Brüder aus Colums Haushalt hatten sich eingefunden, sondern auch zahlreiche Laien aus Conalls und Eogans Sippen. Männer und Frauen beider Sippen standen an den Ufern des Foyle, als wir langsam den Meeresarm des Foyle hinuntertrieben, und wehklagten wie um einen Toten. Selbst die uns begleitenden Möwen schienen in die allgemeine Klage einzustimmen. »Das sind traurige Rufe, die ich vernehme«, sagte Colum, der blass und ins sich gekehrt am Bug saß, ohne uns anzublicken. »Die Wehklagen meiner Stammesgenossen erdrücken mein Herz. Kein Tag meines Lebens wird vergehen, an dem mir nicht das Herz vor Heimweh bricht.«

Colum starrte in die Bugwelle, den ungefärbten Wollumhang mit der Linken fest zusammenhaltend. Er tat, als könne er nicht erwarten, die Küstenlinie Eriús im blaugrauen Dunst entschwinden zu sehen, doch ich kannte meinen Herrn lange genug, um zu wissen, dass er genau diesen Augenblick mehr als alles sonst fürchtete. Als er kam, stöhnte Colum unwillkürlich auf. In diesem Augenblick der tiefsten Verzweiflung erhob sich sein Mutterbruder Ernán, der zu den zwölf Auserwählten gehörte, die Colum nach biblischem Vorbild ins Exil folgten. Ernán, der schon bei der Geburt meines Herrn Colum zugegen war, nahm ihn nun mit väterlicher Zärtlichkeit in den Arm und sprach zu ihm in der Mundart von Laigin, die nur er und Colum verstanden.

Colums Schmerz fand zwölffachen Widerhall, denn zwölf Männer hatte unser Abt unter jenen vielen erwählt, die ihn ins Exil begleiten wollten. Mit Ausnahme von Ernán, mir sowie einem Brito genannten Waliser waren alle Abkömmlinge des Niall, und alle stammten aus dem Norden Érius. Sie waren Colum mehr oder weniger eng verwandt, doch mein Herr hatte sie nicht allein ihrer Blutsverwandtschaft und ihrer Stammestreue wegen ausgesucht. Denn von ihren Kenntnissen und Fähigkeiten würde unser Überleben abhängen. Unter den von Colum erwählten Blutsverwandten waren sein Vatersbruder Brendan mit seinen Söhnen Cobthach und Baithín, den wir auch Conín, das Hündchen nannten, weil er wie ein Hund an dem fünfzehn Jahre älteren Colum hing. »Vater und Mutter werde ich aufgeben«, hatte Baithín schon als Kind mit großer Bestimmtheit erklärt, »denn die Kirche ist meine Mutter und Colum mein Vater.« Colum versah an ihm Ziehvaterschaft und hatte Baithín von Anfang erzogen und gelehrt, was er selbst wusste. Oder fast alles, denn ich bin bis heute überzeugt, dass mein Herr Colum mit keinem Menschen sein gesamtes Wissen geteilt hat.

Baithín wuchs unter Colums Obhut prächtig heran und wurde von allen als sein Hauptschüler und künftiger Erbe akzeptiert. Er stand jetzt in seinem 27. Lebensjahr und war ein hochaufgeschossener ernster Mann, der offenkundig seinem Ziehvater nachzueifern versuchte. Baithín fehlten freilich Colums kräftige männliche Schönheit, sein augenzwinkernder Humor und sein angeborenes politisches Talent. Scandal, der Großsohn des Énna und Urenkel des Niall, sowie Cairnan, ein Urgroßenkel Énnas, gehörten zu Colums zahlreichen Vettern, obwohl ich nie richtig verstanden habe, in welchem genauen Verwandtschaftsverhältnis sie zu unserem Abt standen. Ich vermute, dass Colum der Einfachheit halber alle nahen und ferneren Blutsverwandten als Vettern bezeichnete. Ferner nehme ich an, dass er in seinem Abschiedsschmerz taub für die leidenschaftlichen Gefühle war, die ihm Oran entgegenbrachte, und dass er blind war für die Eifersucht, die Oran gegen Baithín hegte. Diese für meinen Herrn Colum so ungewöhnliche Blindheit gegenüber den Gefühlen anderer sollte Oran zum Verhängnis werden. Doch ich greife wie stets vor.

Als Ernán sich damals im Boot von Colum abwandte, trat Oran an ihn heran: »Schenk den Klagen der Gälen nicht allzu viel Beachtung! Richte dein Aufmerksamkeit mehr auf dein Ziel als auf das, was hinter dir liegt!«

Colum wandte sich unwirsch um: »Es ist leicht für dich, Oran, so zu raten, doch für mich fast unmöglich so zu handeln. Einen Menschen von seinem Stamm und Stammesland zu trennen kommt der Spaltung der Seele vom Körper gleich.«

Orans heiße Liebe für Colum blieb unerwidert, und in dieser Zurückweisung lag die Wurzel für Orans Verderben. Doch noch waren wir nicht so weit. Wir segelten bei kräftigem Wind nordöstlich auf Dunadd zu, vorbei an großen Inseln oder Halbinseln, genau vermochte das niemand zu sagen. Das Land war uns gänzlich unbekannt. Als wir Dunadd erreichten, staunten wir nicht wenig. Denn eine so große, prachtvolle Burg am Rande dessen, was wir unter uns »die Grenzen der Zivilisation« nannten, hatten wir nicht erwartet. Conall, einer von Colums vielen Vettern aus dem Uí Néill-Stamm, war augenscheinlich ein dem Schönen zugetaner Häuptling. Jedenfalls warteten uns ausgesucht hübsche Jünglinge auf. Sie führten uns höflich in vorbereitete Unterkünfte, die schwer nach Mädesüß dufteten, dessen weiße Dolden dick die Böden bedeckten. Colum musste unwillkürlich lachen: »Eine der heiligen Druidenpflanzen! Ich hätte nicht gedacht, dass Vetter Conall noch immer nach Altvätersitte die bösen Geister vertreibt!«

Abends lud König Conall uns zu Tisch. Als Ehrengast hatte er Colum zwischen sich und seine jüngste Tochter platziert, einem scheuen Mädchen von blendender Schönheit mit ebenmäßigen, klaren Gesichtszügen, deren weißblonde Haare in drei sorgfältig gelegten Flechten hochgesteckt waren. Die grünen, in ihre Flechten gebundenen Bänder sollten wohl ihre länglichen hellgrünen Augen noch besser zur Geltung bringen, doch davon bekamen wir wenig zu sehen, denn sie schlug nur widerstrebend die von dunkelblonden Wimpern verschatteten Lider auf. Ihre Schönheit musste von einer früh verstorbenen oder verstoßenen Mutter stammen, denn der untersetzte Conall war fast in allem das genaue Gegenteil. Mit Fistelstimme fragte er Colum: »Vetter, man preist weit und breit deine Heiligkeit. Wir hier am Ende der Zivilisation verstehen wenig davon. Wir würden uns gern unser eigenes Urteil bilden. Darum frage ich dich: Was hältst du von meiner Tochter?«

Unser Abt betrachtete mit langem Blick erst das errötende Mädchen, dann den grinsenden Vater. Uns, die Mönche Colums, überkamen je nach Stand und Stimmung unterschiedliche Empfindungen. Einige erröteten, weil eine Frau ins Spiel gebracht wurde, andere konnten ihren Zorn nur mühsam beherrschen, weil sie eine Beleidigung Colums witterten. Ich aber griff heimlich zu dem Dolch, den ich im Stiefelschaft trage. Es war mir als Mönch verboten, eine Waffe zu tragen, aber ich weiß, dass Colum von meiner Regelverletzung wusste. Da er sie stillschweigend duldet, fuhr ich nach Art gälischer Krieger fort, gegen eine Überrumpelung gewappnet zu sein. Doch Colum war schlagfertig:

»Deine Tochter ist fraglos die schönste Frau, die ich je gesehen habe«, erwiderte er schließlich wie von oben herab. »Vorausgesetzt, man mag den hellen Typ. Ich persönlich ziehe den dunklen vor.«

Vor Überraschung fiel Conall das Messer aus der Hand, mit dem er sich gerade ein großes Stück vom Hirschbraten abgeschnitten hatte. Doch er fing sich schnell: »Ich fragte dich offen heraus, Vetter: Würdest du nicht gern mit meiner Tochter schlafen?«

»Natürlich«, sagte Colum. »Sie ist atemberaubend schön. Welcher Mann würde sie nicht begehren?«

Conall lehnte sich zurück, laut auflachend:

»Hört ihr ihn? Hört ihr den Mann, dessen außergewöhnliche Tugend überall gepriesen wird?«

Colum schwieg eine Weile, dann erwiderte er sehr ernst und sehr laut:

»Bin ich kein Mensch? Bin ich kein Mann? Ich würde lügen, Vetter, würde ich bestreiten, dass die Schönheit deiner Tochter mir nicht offenbar ist. Ich bin doch kein Kastrat, Conall! Wofür hältst du mich? Auch bin ich kein Heuchler und täusche nicht vor, dass mir das Keuschheitsgelübde leicht fällt. Wir Mönche sind entsagende Männer, die einen mit mehr, die anderen mit weniger Erfolg. Und schließlich bin ich kein Gotteslästerer, der sich auf dieselbe Stufe wie Christus stellt. Denn nur Gottes Sohn war gegen das Begehren gefeit. Ich aber bin ein gewöhnlicher Sterblicher und bekenne mein Begehren.«

Und zu Conalls Tochter vorgebeugt, fügte er leise hinzu:

»Mädchen, lass dich nie zum Werkzeug der Intrigen deines Vaters machen!«

Conall lachte wiederum auf:

»Gut pariert, Vetter. Ja, so hat man dich mir beschrieben, als wortgewandt und schlagfertig. Ich war sehr neugierig, den Mann kennenzulernen, der in Cúl Dreimne Diarmaits Streitmacht durch Zauberei besiegte, aber es ablehnte, sich zum König aufrufen zu lassen, und der in Tailtiu beinahe exkommuniziert wurde, doch seinen Kopf aus der Schlinge zog. Was bringt dich nach einer so steilen und aufregenden Laufbahn in diese öde Gegend?«

»Einzig der Umstand, dass sie entfernt liegt. Das meiste, was du von mir gehört hast, Conall, beruht auf Mißverständnissen und Übertreibungen. Ich komme demütig und als Büßer, denn dreitausend Menschen starben durch meinen Stolz und meinen Starrsinn. Gib mir eine Insel in deinem Reich, damit ich mit diesen Brüdern und Mönchen, die mir treu gefolgt sind, in Buße und Zurückgezogenheit den Rest meines Lebens verbringe.«

Conall hob erstaunt die Brauen. Die Maske spöttischer Heiterkeit ließ er fallen. Conall sah nun müde und erschöpft aus.

»Deine Insel sollst du erhalten, Colum«, erwiderte er, »aber ob es dort ruhig zugehen wird, scheint mir fraglich. Denn das, vor dem du fliehst, trägst du in dir. Den erhofften Frieden findest du erst, wenn du allem entsagt hast, selbst dem Bedürfnis, im Namen der besten Grundsätze auf andere Einfluß zu nehmen. Ich müßte mich sehr in dir getäuscht haben, wenn du dazu fähig wärest. Aber finde das selbst heraus. Mich drücken andere Sorgen!«

Da Colum hierauf nicht einging, fuhr Conall fort:

»Also die Insel. Sie ist winzig, aber nicht unbedeutend, denn die Pikten, unsere ungeliebten und kriegerischen Nachbarn, verehren sie als heilig. Druiden, so heißt, haben dort gelebt, und nach ihrem heiligen Baum ist die Insel der Eibe benannt. Gegenwärtig scheint sie unbewohnt zu sein. Ich kann dir nichts Genaueres sagen, denn die Insel der Eibe liegt im Grenzland zwischen uns und Piktland. Grenzland ist Schwertland. Gegenwärtig sind die Gälen nicht einmal in der Lage, das von ihren Vorfahren Eroberte zu halten, geschweige unseren Besitz auszudehnen. Um es deutlich zu sagen: Die Pikten holen sich ihr Land nach und nach zurück, und König Bridei ist stärker denn je. Zähle also nicht auf meine Hilfe, falls ihr Schwierigkeiten mit ihnen bekommt. Als weltabgewandten Büßer kann ich dich nicht gebrauchen, Colum. Aber ich brauche deine politische Erfahrung, deinen Mut und den Respekt, den gelehrte Männer wie du selbst diesen Heiden einflössen. Ich erhoffe mir, dass durch dich der Einfluß der Gälen im Grenzland wieder gestärkt wird.«

Das freilich waren schlechte Nachrichten. Keiner von uns hatte geahnt, dass es so schlimm um die gälische Kolonie in Alba stand. Nur Colum, der fast immer seine eigenen, geheimen Informationen besaß, blieb unbeeindruckt.

»In diesem Fall, Vetter, genügt es nicht, dass nur du mir die Erlaubnis zur Landnahme erteilst. Denn wenn die Insel der Eibe wieder König Brideis Besitz ist oder von ihm beansprucht wird, werde ich nicht umhin können, auch ihn um Erlaubnis zu bitten. Sonst endet unsere Pilgerreise bald mit dem roten Martyrium, das ich ablehne, weil es zu einfach ist. Findet meine Reise zu Bridei dein Einverständnis?«

Conall begriff schnell. Er nickte:

»Du kannst in meinem Namen sprechen, Vetter. Es ist weniger demütigend für mich, wenn du die Reise zu Bridei antrittst. Ja, wir brauchen Aufschub und wir brauchen Frieden. Aber mach ihm nicht zu viele Zugeständnisse. Sei nachgiebig, wo es unvermeidbar ist, und standhaft, wo immer du kannst.«

»Ich werde mein Bestes tun«, versprach Colum. Danach begann er Conalls Unterstützung einzufordern: Werkzeug und Boote, Saatkorn und Getreide, Pflanzensamen verschiedenster Art. Beharrlich wie ein Kaufmann und gründlich wie ein Bauer feilschte er darum. »Ich gebe dir noch einen Schimmel dazu«, versprach Conall. Colum schüttelte den Kopf: »Was soll ich mit einem Pferd auf einer so kleinen Insel?«

»So klein ist die Insel denn auch nicht, Vetter«, lachte Conall. »Das Pferd wird euch gute Dienste leisten, wenn Lasten von einem Ende der Insel zum anderen befördert werden müssen. Es wird dir auf deinen diplomatischen Reisen dienen. Schlag diese Hilfe nicht aus!«

So stach, als wir schließlich Dunadd verließen, eine kleine Flotte mit unserem *Currach* in See, und noch mehr Güter sollten auf dem Landweg folgen. Conall und seine schöne, scheue Tochter erschienen, um uns Lebewohl zu sagen. Des Königs letzte Worte klangen rätselhaft:

»Also gutes Gelingen im rabenreichen Alba!«

Hieß das nun, dass er die Insel der Eibe als Teil des Piktlandes betrachtete? Doch Colum gab diesen Worten einen gänzlich anderen Sinn, den ich erst Monate später begriff.

Auf der Weiterfahrt von Dunadd zu der uns bestimmten Insel wirkte Colum gefaßt, und seine ruhige Zuversicht übertrug sich auf die übrigen, mit Ausnahme von mir. Für mich wird lebenslang jede Reise zur See einer Höllenfahrt gleichkommen. Der bloße Anblick des Meeres und der Geruch von Tang und Salzwasser sind mir im Innersten zuwider. Ich folge aber Colum aus demselben Grund wie alle anderen Brüder: Weil wir niemanden besitzen, der uns mehr bedeutet. Als der Steuermann, den uns Conall mitgegeben hatte, schließlich auf ein kleines Eiland im Nordwesten deutete, war meine Erleichterung unendlich. Regenschauer und Sonnenschein hatten einander am Tag unserer Ankunft in schneller Folge abgelöst, und nun spannte sich ein mächtiger Regenbogen über der Insel der Eibe. Alle nahmen das als günstiges Omen. Wir schienen den Ort unserer göttlichen Bestimmung erreicht zu haben. Doch kaum hatten wir den Fuß auf die Insel gesetzt, als die gehobene Stimmung schnell einem unheimlichen Gefühl der Beklommenheit wich. Anfangs nahmen wir es noch nicht richtig wahr, denn wir waren mit tausend Arbeiten gleichzeitig beschäftigt, mit dem Entladen der Boote und dem Sichern unserer kostbaren Fracht. Dann lenkte die neue Umgebung unsere Aufmerksamkeit ab. Aufgeteilt in kleine Gruppen, begannen wir die Insel gründlicher zu erkunden, ihre Küste ebenso wie die Felsen und bewaldeten Hügel im Inneren. Es war offensichtlich, dass die Insel der Eibe schon seit längerem unbewohnt war. Wir entdeckten aber unweit unserer Anlegestelle ein Geviert aus Erdwällen, von dem wir annahmen, dass es für die piktischen Druiden einen heiligen Bezirk bezeichnete. Im Inneren dieser Umfriedung wuchsen viele alte Eiben. Colum schlug vor, hier unsere ersten Hütten zu errichten, ohne die heiligen Bäume zu fällen. Er erinnerte uns an Daire.

Doch die ersten Nächte, die wir an dieser Stätte, noch unter freiem Himmel, verbrachten, erschütterten seine Zuversicht und unseren Tatendrang. Trotz all unserer Gebete, trotz Weihwasser und Weihräucherungen konnte niemand an diesem Ort auch nur ein Auge zutun. Allen griff namenlose Furcht ans Herz, und von den leise im Nachtwind schwankenden Wipfeln sank mit dem nächtlichen Tau unsägliche Traurigkeit und eine Sehnsucht so tief wie die Finsternis auf uns herab. Dem musste ein Ende gesetzt werden, und alle erwarteten, dass unser Abt den unerklärlichen nächtlichen Schrecken bannte.

»Brüder meines Herzens und meines Blutes«, sprach Colum am vierten Morgen unseres Aufenthalts nach dem Morgengebet in die erwartungsvollen Gesichter, »nicht in meiner Macht liegt es, diesen Fluch zu bannen, der über die gesamte Insel der Eibe und besonders über diesen Ort verhängt wurde. Ich wünschte, wir würden in dieser Erde Wurzeln schlagen!«

Dann wandte er sich ohne weitere Erklärung jäh ab, und jeder ging seinem Tagwerk nach. Oran jedoch legte Colums dunkle Worte auf eigene Weise aus. Wir bemerkten sein Fehlen erst nach Stunden, als es zu spät war. Da hatte Oran in dem unheiligen Geviert ein Grab ausgehoben, sich hineingelegt und die Pulsadern durchtrennt. Bevor er vollständig das Bewusstsein verlor, hatte er sich noch auf den Bauch gewälzt. So fanden wir ihn verblutet und erstickt. Zwar war er nicht den dreifachen Tod gestorben, den einst die Druiden ihren menschlichen Opfern bereiteten, aber sein Freitod kam einem solchen Menschenopfer sehr nahe.

Entsetzt sprang Colum in die Grube und drehte den Toten herum. Oran war mit einem Lächeln gestorben, in der Gewissheit, mit seinem Opfer Colums Wunsch vollkommen erfüllt und endlich seine volle Aufmerksamkeit gefunden zu haben. Denn Oran war der erste Tote, den wir auf der Insel begruben, und er verband unsere Wurzeln für immer mit ihrer Erde. Aber Colum ertrug Orans Lächeln nicht und befahl uns, ihn schnell mit Erde zu bedecken. Dann sprach er die Totengebete für den Mann, den er im Leben so wenig beachtet hatte, und als er sie beendet hatte, zerriss er seine Tunika, kniete auf dem Grab nieder und bekannte vor uns allen mit lauter Stimme seine Versäumnisse und Verfehlungen:

Alles, was ich hätte denken sollen und nicht gedacht habe,
alles, was ich hätte sagen sollen und nicht gesagt habe,
alles, was ich hätte tun sollen und nicht getan habe,
alles, was ich nicht hätte denken sollen, aber gedacht habe,
alles, was ich nicht hätte sagen sollen, aber gesagt habe,
alles, was ich nicht hätte tun sollen, aber getan habe,
für Gedanken, Worte und Taten bitte ich, Gott, um Vergebung.

Reue und Buße bildeten von nun an den Mittelpunkt von Colums Dasein. Von da an litt niemand mehr auf der Insel der Eibe unter Schlaflosigkeit und keiner wurde von nächtlichen Schrecken heimgesucht. Ob dies freilich durch Colums unermüdliche Buße oder durch Orans Selbstopfer geschah, wer vermöchte es je zu ergründen?

Noch zu Colums Lebzeiten rief Orans Tod die phantastischsten Legenden hervor. In der mildesten Fassung hieß es, Colum habe von seinen Mönchen ein Selbstopfer verlangt und Oran für seine Bereitwilligkeit das Reich Gottes verheißen. In der verzerrtesten Fassung lässt sich Oran für dieses Versprechen lebendig begraben, aber lebt noch, als Colum drei Tage später sein Grab öffnen lässt und Oran ihm verkündet: »Es liegt kein Wunder im Tode, und die Hölle ist nicht so, wie man immer annimmt!«

Colum, der Orans Worte angeblich als zu starke Herausforderung des eigenen Glauben empfand, soll dem Märlein zufolge gedrängt haben, dass Oran so schnell wie möglich wieder beerdigt werde: »Staub, Staub auf sein Gesicht!« Unendlich weit sind aber diese Geschichten von der Wahrheit des Mannes entfernt, der in Tailtiu nicht einmal unter Todesgefahr öffentlich bereute, aber auf der Insel der Eibe ohne jeden Zwang die Schuld für den Tod eines Bruders auf sich nahm.

Zweites Kapitel: Die Mission

Die Heiden müssen verzagen,
und die Königreiche fallen;
das Erdreich muss vergehen,
wenn er sich hören lässt.
(46. Psalm, 7)

Dixit Colum:
Am Pfingstsonnabend hatten wir an der Insel der Eibe angelegt.
Die fortgerückte Jahreszeit trieb uns zu höchster Eile und Anstrengung: Im Gegensatz zu den Worten des Predigers, der jeglichem seine Zeit lässt, mussten wir gleichzeitig jäten und säen,
Bäume fällen und bauen, wollten wir nicht im Winter verhungern
oder erfrieren. Ich legte bei allen Arbeiten Hand an, soweit es
meine geringen Kenntnisse und Fertigkeiten im Handwerk er-
laubten. Ich schleppte mit Baithín die entrindeten Balken und
Bohlen, die meine beiden Häuser bilden sollten: Das kleinere
würde mir und meinem Diener als Schlafstube dienen, das größere, unweit davon gelegen, als meine Schreibstube. Es erhebt sich,
abgekehrt von der Wetterseite, am Hang eines Felsenhügels inmitten unseres Klostergeländes. Wenn ich von der Schreibarbeit
aufsehe, blicke ich auf die Ebene, auf der wir unsere Felder be-
stellen. Dies Haus steht vorn auf Stelzen, um den Höhenunter-
schied des Felsens auszugleichen, den meine Brüder schon bald
den »Felsturm des Abtes« nannten. Aus Stein bauten wir ein großes Rundhaus für die Mönche, dessen spitzes Rieddach kräftige
Holzpfosten tragen. Wir errichteten, im festen Vertrauen auf das

Überdauern und Wachsen unserer Gemeinschaft, unsere Kirche: Kein kleines Bethaus, sondern ein großräumiges Langhaus. Mit demselben Vertrauen in Gott und unsere Gemeinschaft bauten wir ein Gästehaus aus Fachwerk von Bohlen und Weidenruten.

Wir mühten uns auf den Feldern und an den Bauten, solange es das Wetter und Tageslicht duldeten, dann fielen wir nachts in bleiernen Schlaf. Da unsere Kräfte bis aufs äußerste angespannt waren, erlaubte ich den Mönchen, nachts durchzuschlafen, hielt aber selbst die Vigilien. Von Einkehr und Kontemplation war jener Sommer weit entfernt. Doch selbst noch in tiefster Erschöpfung gingen mir Conalls Abschiedsworte nicht aus dem Sinn. Sie staken wie Widerhaken in meinem Gedächtnis: Alba, voll von Raben ... Dies war zwar eine gängige Redewendung, sie enthielt aber eine nur an mich gerichtete Sonderbedeutung. Als ich sie schließlich begriff, verlieh das meinem Drang, König Bridei einen Besuch abzustatten, zusätzlichen Ansporn. Denn zu Bridei musste ich so oder so und unbedingt noch vor Einbruch des Winters. Längst dürfte ihn die Nachricht von unserer Niederlassung auf der Insel erreicht haben. Auch wenn wir bisher keinen der Einwohner, die auf den benachbarten Inseln und dem Festland fraglos vorhanden waren, zu Gesicht bekommen hatten, so hatten sie gewiss wiederholt den Rauch auf unserer Insel beobachtet. Zu meinem Erstaunen waren bisher weder eine Kontaktaufnahme, noch ein Angriff erfolgt.

Es war also aus mancherlei Gründen höchste Zeit, mein Versprechen an Conall zu erfüllen und die lange Reise zu Brideis Residenz vorzubereiten. Und obwohl die Gemeinschaft kein einziges Paar Hände entbehren konnte, schickte ich Lugaid den Starken, einen kräftigen Mönch, nach Achad Bó zu Cainnech, denn ich brauchte im Piktland die Hilfe des Freundes. Cainnech, der die Dringlichkeit dieser Reise sofort aus meinen wenigen Zeilen und den Worten des Überbringers herauslas, ließ, obwohl mit seinem eigenen

Mönchshaushalt beschäftigt, alles stehen und liegen. Mein Bote Lugaid berichtete mir schmunzelnd, dass Cainnechs Eilfertigkeit so groß gewesen war, dass er sogar seine zweite Sandale anzuziehen vergaß.

Ich umarmte den zuverlässigen Freund aus lang zurückliegenden Studentenjahren gerührt, als er trotz stürmischen Wetters auf unserer Insel eintraf. Wir gönnten uns nur einen Abend, um zu erzählen, was jedem seither widerfahren war. Cainnech berichtete von seinen Jahren der Wanderschaft in Britannien. Am nächsten Tag aber bestellte ich Lugaid und Diarmait, Baithín und Scandal zu mir. Mitleidig blickte ich in ihre müden, abgezehrten Gesichter und erklärte ihnen so sanft wie möglich, dass sie trotz der Anstrengungen des Sommers nun die Anstrengungen einer langen Reise, ertragen müssten, denn König Brideis Residenz lag ungefähr genauso entfernt wie Daire von Dunadd. Zudem würden wir diese Reise nur zu Teilen mit dem Boot bewältigen können, da der Patricksfelsen, wie man Brideis Sitz auch nennt, oberhalb des Loch Ness liegt, im äußersten Nordosten des Großen Tals, das den Bergrücken Albas tief kerbt. Zwischen den Seen des Großen Tals würden wir unser Boot zu Land befördern müssen: Vom Loch Linnhe zum Loch Lochy, vom Loch Lochy zum Loch Oich und vom Loch Oich zum Loch Ness. Eine elende Schinderei stand uns da bevor.

Wir verließen die Insel der Eibe nur zwei Tage später und segelten erst südlich, dann nordöstlich an der großen Insel Mull entlang, bis wir Loch Linnhe erreichten. Mull wird überragt vom Ben Mór, der mich stark an den Schweinerückenberg in meiner Heimat erinnert, einen abschüssigen Tafelberg mit breitem, felsbesetzten Rücken. Auf dieser Fahrt erkannte ich, warum mir Alba vertraut und fremd zugleich vorkam. Seine Landschaft besteht aus den gleichen Pflanzen wie meine Heimat. Die gleiche Heide, die gleichen Hochmoore, die gleichen Mischwälder und grauen

Findlinge. Doch die Zusammensetzung dieser Bestandteile war mir fremd. Alles in Alba schien eine Steigerung im Vergleich zu meiner lieblichen Heimat: Die Berge sind hier höher und steiler, die Seen tiefer, die Menschen verschlossener. Ich sehnte mich nach den lieblichen, fruchtbaren Hügeln am Loch Gartan. Laut sagte ich zu meinen Reisegefährten:

»Wo immer wir hingehen, wird Christus mit uns sein. Fürchtet euch nicht vor dem Unbekannten!«

Cainnech, der sich bei jeder bietenden Gelegenheit mit den Einwohnern unterhielt, erwiderte: »Die Menschen hier glauben, dass der Loch Ness ein heiliger See ist. Er ist abgründig tief. Sein bodenloses Heiligtum bewacht ein Seeungeheuer. Alle glauben, dass es uns Fremde verschlingt, falls wir ihm keinen Respekt zollen!«

Doch statt dem albischen Monster furchtsam Opfer zu bringen, schlug ich dreifach das Kreuz, als wir vom Ufer des Loch Ness abstießen. Die Fahrt verlief in fast völligem Schweigen, denn meine Gefährten blieben ängstlich und blickten immer wieder unruhig über die Schulter auf den langgedehnten, unter der Sonne stahlblauen See, dessen Oberfläche sich bald hier, bald dort kräuselte. Die rot und golden verfärbten Wälder dampften vor Feuchtigkeit, die schrägen Sonnenstrahlen kämpften gegen diesen Bodendunst an. Aber nichts Aufsehenerregendes geschah, wie immer auch nachgeborene Mönche meine Überquerung des Loch Ness ausgeschmückt haben. Das Ungewöhnliche, ich wusste es, stand mir erst bei König Bridei bevor.

Wir ließen das Boot am Seeufer zurück, bewacht von Lugaid, Scandal und Baithín. Den steilen Aufstieg zur hoch über dem See aufragenden Residenz machten nur wir übrigen drei. Sie besitzt die denkbar günstigste Lage, denn von der Anhöhe nordwestlich des Ness-Flusses überblickt man das gesamte Umland. Ich staunte, als wir die Burg aus der Nähe sahen. Sie musste bereits Jahrhunderte alt sein und war stark vernachlässigt, aber noch immer von zahlreichen Menschen bewohnt. Die Palisaden, die sich einst auf den mächtigen Steinmauern erhoben hatten, waren längst verfault. Entweder war König Bridei sehr sorglos oder so überzeugt von seiner Macht, dass er sich einen Angriff gar nicht vorzustellen vermochte. Er schien nicht einmal Wachen aufgestellt zu haben, denn wir wurden erst bemerkt, als wir das Hauptor durchschritten hatten. Man führte uns sogleich in die große, nur von einem prasselnden Feuer aus Buchenscheiten erhellten Halle. Bridei saß, vor der Herbstkühle durch einen dicken Mantel geschützt, davor und blickte uns entgegen. Er war ein stattlicher Mann von mittlerer Größe und in mittleren Jahren, aber keineswegs von mittlerem Verstand. Cainnech übersetzte. Währenddessen betrachtete mich Bridei mit unverhohlener Neugier:

»Willkommen, Colum, Abkömmling des Niall! Du kommst überraschend, aber nicht unerwartet. Denn du wärest nicht so tief ins Piktland vorgedrungen, wenn ich es nicht erlaubt hätte. Es ist gut, dass du freiwillig kommst. Oder schickt dich Conall, weil er sich selbst nicht hier hertraut?«

»Ich komme aus eigenen Stücken und um guter Nachbarschaft wegen. König Conall weiß von meiner Reise.«

Jetzt erst wies mir Bridei einen Platz an seiner Seite und bedeutete meinen beiden Gefährten, sich ebenfalls niederzulassen.

»Gute Nachbarschaft?« wiederholte Bridei nach einer Weile meine Worte. »Sie ist schnell erbeten und nicht einfach gewährt, denn es steht schlecht zwischen Pikten und Gälen. Um es genau zu sagen: Es steht schlecht um die Gälen in Alba. Meine Stärke dagegen hat so zugenommen, dass ich mit Leichtigkeit Conall und seine Kolonie für immer davonjagen könnte. Man erzählt seltsame Dinge von dir. Dreitausend Kämpfer eures Königs sollst du niedergestreckt haben. Bist du ein Aufrührer, bist du auf der Flucht oder bist du Conalls letzte Waffe?«

Nachdem Cainnech all diese Fragen übersetzt hatte, antwortete er Bridei, ohne meine Antwort abzuwarten. Schließlich sprach wieder Bridei, durch Cainnech:

»Dein piktischer Freund«, Cainnech wies auf sich selbst, »erzählte, dass dein Ziehvater und geistlicher Lehrer ein Pikte war und dass er dich zum Christentum bekehrt hat. Was sagst du selbst?«

»Ich kann nicht sagen, dass der Kampf zwischen Gälen und Pikten mich nicht berührt«, erwiderte ich langsam, um Zeit zu gewinnen. »Denn ich lebe ja im Grenzland zwischen ihnen und habe mir bewusst diese schwierige Lage gewählt. Ich bin weder Flüchtling noch Verbannter, sondern kam freiwillig, als Büßer, gefolgt von meinen Brüdern, die wie ich Gott und den Menschen dienen wollen. Unser Gott ist ein Herrscher des Friedens. Meine Hoffnung ist, dass unsere beiden Völker einträchtig zusammenleben. Viel Nutzen für dein Volk wird von der Insel der Eibe ausgehen, wenn wir dort dauerhaft siedeln. Wir werden die Söhne eurer Häuptlinge unterrichten, euren Armen helfen und eure Kranken pflegen.«

Statt hierauf einzugehen, setzte Bridei sein Verhör fort:

»Wie du selbst gemerkt hast, war die Insel der Eibe verflucht. Die Druiden, die sich dorthin zurückgezogen hatten, wurden vor drei Jahrzehnten von Gälen angegriffen, einige getötet. Bevor die Überlebenden flüchteten, haben sie die Insel für immer verflucht, um sie unbewohnbar zu machen. Wie ist es dir gelungen, trotzdem dort Fuß zu fassen?«

Da offenbar Bridei über unsere Schritte bestens unterrichtet war, hatte er vermutlich auch von Orans Selbstopfer gehört. Ich entschied mich für Offenheit:

»Ein unter derart starkem Hass ausgesprochener Fluch kann nur durch Blut aufgehoben werden. Jemand aus unserer Gemeinschaft hat sich geopfert.«

Dies schien Bridei zu genügen. In seiner heidnisch verdunkelten Welt gehörten Blut- und Selbstopfer zu den Selbstverständlichkeiten. Ich wandte mich nun meinerseits an den König:

»Höre, Bridei! Hier steht nicht zur Frage, auf welche Weise ich mich auf der Insel niederließ, sondern ob du mich dort künftig duldest. Ich will nicht bauen, wo du niederbrennst. Ich brauche dein Einverständnis. Gibst du es mir?«

»Du bist zu eilig, Colum. Mein Einverständnis erhältst du erst, wenn du mich überzeugt hast.«

»Was muss ich tun, um dich zu überzeugen?«

Bridei strich sich über die zu Zöpfen geflochtenen dunkelbraunen Schläfenhaare. »Erzähle mir von deinem Gott!«

»Ein unendliches Thema«, erwiderte ich, denn ich war nicht darauf vorbereitet, Bridei zu bekehren. »Wie könnten wir wohl ihn mit unseren menschlichen Hirnen und Herzen je vollständig fassen? In dieser Welt des Trugs und Scheins, der Veränderlichkeit und Vergänglichkeit ist er die feste Achse, der unwandelbare Mittelpunkt über und außer der Zeit. Gott ist die Ewigkeit. Er hat in seinem Sohn Jesus Christus, den er zu unserer Erlösung geschickt hat, menschliche Gestalt angenommen, damit wir ihn begreifen können. Christus ist darum das Licht und die Hoffnung der Welt. Christus, unser Erlöser, ist Mensch und Gott in einem: Als Mensch ist er gefoltert und gekreuzigt worden, als Gott hat er von Anbeginn von diesen Leiden gewusst. Der heilige Geist Gottes aber erhellt uns. Er besitzt die Gestalt einer Taube.«

Bridei kratzte sich hinter dem Ohr: »Ein dreifacher Gott in einem, der bald als sein Sohn, bald als Taube erscheint? Das fassen wohl nur die, die bereits glauben. Vielleicht fällt es mir leichter, wenn ich die Macht erkenne, die dein Gott besitzt. Denn er wird es sein, der in Wahrheit auf der Insel der Eibe Einzug hält, wenn du dich dort niederlässt. Brocan, mein Druide und mein Lehrer, hat ein Rätsel für dich, das selbst seine Kräfte übersteigt. Ich bin gespannt, wie du damit fertig wirst.«

Bei diesen Worten trat Brocan, der in der finstersten Ecke der dunklen Halle unser Gespräch die ganze Zeit mitangehört hatte, hervor: ein knochiger, hochgewachsener Mann mit buschigen, eisgrauen Brauen über hellen Augen. Seine Bewegungen brachten die Glöckchen und metallenen Amulette zum Klingen, die an sein weites Gewand geheftet waren. Zu Cainnech gewandt, sprach Brocan:

»Ich besitze eine Sklavin aus Ériu, die an einer seltsamen, für mich unerklärlichen Störung leidet. Ich will sehen, ob Colum ihr helfen kann.«

Er winkte uns in ein Nebengemach, in dem sich eine einfache Liege sowie ein Stuhl befanden. Auf dem in die Mitte des sonst leeren Raumes gerückten Stuhl saß unbeweglich und gerade aufgerichtet Badb. Obwohl ihr Haar stark ergraut war, war ihr Gesicht erstaunlicherweise nicht gealtert. Badb hatte uns weder eintreten gehört, noch nahm sie uns offenbar wahr. Ihre Rabenaugen starrten entrückt auf einen fernen Gegenstand von großer Schönheit oder großem Entsetzen. Ich musste mich beherrschen, nicht ihren Namen zu auszusprechen oder sonst wie erkennen zu lassen, dass ich sie kannte. Brocans scharfer Blick ließ nicht von mir ab. Der Druide wich mir nicht von der Seite. Ich ergriff die kleine Öllampe, die die einzige Lichtquelle dieses Zimmers bildete, und näherte sie Badbs Augen. Doch sie zuckte mit keiner Wimper, und die Flamme ließ die Pupillen völlig unverändert. Nicht einmal ihre Haut schien die Wärme des Lichts wahrzunehmen.

»Sie nimmt uns nicht wahr«, beschrieb Brocan das Offenkundige. »In diesem Zustand könnte Feuer sie verbrennen und Eis sie erfrieren lassen, ohne dass sie es verspürt. Darum ist dieser Raum fast leer, damit sie sich nicht verletzt. Aber sie bewegt sich ja kaum. Wo man sie hinführt, dahin geht sie willig. Wohin man sie setzt, dort bleibt sie sitzen, stundenlang. Ihr Körper nimmt Nahrung auf, verdaut sie und scheidet sie aus, doch nur, wenn sie gefüttert wird.«

Ich betrachtete Badb mit wachsendem Grauen: »Was habt ihr bloß mit ihr gemacht?«

Brocan schoss das Blut ins Gesicht: »Wessen verdächtigst du mich? Du urteilst wie alle Gälen: Vorschnell. Sie war bereits in diesem Zustand, als ich sie erwarb. Gälen haben ihr das angetan, eure eigenen Leute, und weit Schlimmeres als du heute siehst. Ihr Leib war übersät mit Blutergüssen und Schnittwunden, jede Rippe hat man ihr gebrochen. Sie war ein seelenloses Häufchen Elend. Da sie aber die Tätowierungen einer Druidin trägt, habe ich sie ihren Peinigern abgekauft, die im Übrigen froh genug waren, sie los zu werden, denn sie wussten mit ihrer entseelten Beute nichts mehr anzufangen. Ich habe diesen geschundenen Körper gepflegt und geheilt. Ich habe gehofft, sie werde eines Tages wie aus tiefem Schlaf erwachen und könnte mir dann als Gehilfin dienen. Aber ihre Seele konnte ich nicht heilen.«

»Ihre Seele hat sich von ihrem Körper getrennt«, erwiderte ich. »Um sie zurückzuholen, musst du diese Frau ihrem Volk zurückgeben. Gib sie in meine Obhut!«

Brocan lachte höhnisch. »Dein Rezept klingt unsinnig. Ich soll sie ausgerechnet den Gälen zurückgeben, die ihr das angetan hat? Niemals!«

»Von Brocan kannst du nicht viel Verständnis für diese Idee erwarten«, mischte sich König Bridei nun ein, »denn er gehört zu jenen Druiden, die das Massaker der Gälen auf der Insel der Eibe überlebt haben. Nur mit knapper Not ist er damals dem eigenen Tod entkommen.«

»Trotzdem«, beharrte ich, »er wird es bereuen, wenn er nicht freiwillig tut, was ich ihm geraten habe.«

Weiter gab es an diesem Abend nichts zu besprechen. Bridei wies uns ein Nachtquartier zu, und ich lag die ganze Nacht hindurch Badbs wegen auf den Knien. Ich flehte zu Gott, mir die Kraft zu geben, wenigstens diesem einen Menschen helfen zu können. Ich gelobte, dafür mein Seelenheil zu opfern, falls Gott ein solches Opfer gefiele. Müde und zerquält nahm ich am kommenden Morgen von Bridei Abschied:

»Nun, König Bridei, hast du dich entschlossen? Übereignest du mir und meinen Mönchen die Insel?«

»Du hast mich noch nicht überzeugt«, beharrte der König auf seiner Forderung. »Um mich zu überzeugen, musst du Brocans Sklavin heilen. Dann bin ich gern bereit, an deine Macht und die deines Gottes zu glauben!«

»Du liebst Duelle unter Druiden, nicht wahr, König?«, fragte ich, den in mir aufsteigenden Zorn mühsam unterdrückend. »Ich habe

Brocan gesagt, dass er uns seine Sklavin überlassen muss. Wenn er sich weiterhin weigert, wird er es mit dem Leben bezahlen. Unser Gott aber nimmt die aufrichtige Reue des Sünders selbst noch in der Minute des Todes an. Darum vermag ich Brocan vom Tod zu erretten. Sieh her!«

Ich ergriff einen der hellen Flusskiesel, mit denen der Innenhof der Festung ausgelegt war. Diesen Stein segnete ich, wie man in meiner Heimat Heilsteine segnet. Ich schlug das Kreuz. Bridei sah mir aufmerksam zu.

»In dem Augenblick, in dem Brocan bereut und die Sklavin freigibt, vermag ihn dieser Stein zu heilen. Tauch den Heilstein in Wasser und gib Brocan von dem Wasser zu trinken. Ich aber will zu Fuß zu den Mönchen gehen, die am Fluss erwarten. Dort erwarte ich deine Entscheidung, Bridei!«

Ohne uns weiter umzusehen, verließen wir den Herrscher Albas. Ich zwang mein Herz zur Ruhe und Gewissheit.

»Brüder meines Blutes und meines Herzens«, sagte ich, plötzlich innehaltend, zu meinen Begleitern, »die Gabe des Gesichts überkommt mich: In diesem Augenblick berichtet Bridei seinem Druiden von unserem Gespräch, und jetzt wiederholt Brocan seine Weigerung. Er spricht mit brennendem Hass, und um seinen Zorn zu kühlen, greift er nach dem Wasserglas, das vor ihm steht. Er trinkt. Das Glas bricht in seinem Mund. Ein Splitter dringt in seine Kehle. Brocan röchelt, er droht zu ersticken …«

Überwältigt von den auf mich einstürmenden Bildern hielt ich inne. Aber ich sah und hörte weiterhin deutlich und eindringlich, was um Brocan geschah. Ich spürte seine Todesangst, und wie sie ihm Nachgiebigkeit abrang. Brocan winkte seinem Diener, Badb wurde hervorgeholt. Bridei selbst tauchte den geweihten Heilstein in das Trinkwasser und ließ eine Handvoll davon in Brocans Mund rinnen, worauf der Druide augenblicklich den verhängnisvollen Splitter erbrach. Hier riss die Vision ab, und wenige Augenblicke später erblickten wir bereits zwei junge Reiter, die auf uns zusprengten. Sie bestätigten aufgeregt, was ich bereits wusste.

»Ihr heiligen Männer, wartet!« schlossen sie ihre Bericht, »denn unser König will nun seine Entscheidung kundtun, und der Druide Brocan wird eigenhändig die Sklavin übergeben!«

Das geschah zwar, aber Brocan, der schnell seine körperlichen Kräften und seinen Hass zurückgewonnen hatte, wollte den Kampf sofort wieder aufnehmen: »Unter Todesqualen hast du mir ein Zugeständnis abgepresst, Colum«, fauchte er wie ein gereiztes Raubtier, »darum überlasse ich dir die Sklavin. Doch ihr werdet nicht zu eurer Insel zurückzukehren, bevor du mich nicht auf Knien um Vergebung anflehst, Colum! Denn ich werde einen starken Wind entfesseln und dichten Nebel aufziehen lassen.«

Der Druide zog ein knöchernes Pfeifchen hervor und setzte es an die Lippen. Sehr schnell erhob sich ein Südwestwind, der bald so stark wurde, dass er es uns tatsächlich unmöglich machte, zu Wasser zurückzukehren, und ebenso schnell quollen dichte Nebelschwaden aus den Wäldern hervor, die unsere Rückkehr zu Land verhindern sollten. Wer weiß, was noch geschehen mochte, wenn es uns nicht bis Mittag gelänge, an das entgegengesetzte Ufer des Loch Ness zu kommen. Ich zögerte darum nicht lange:

»Auf die Knie und sofort den 46. Psalm angestimmt«, befahl ich meinen Mönchen. Mit diesem vor Triumph donnernden Gesang sind wir damals in die Schlacht von Cúl Dreimne gezogen. Ich selbst aber warf mich zu Boden, schloss die Augen und passte meinen Atem dem zum wütenden Sturm anwachsenden Wind an, um ihn niederzuringen. Als meine Brüder mit aller Stimmgewalt den Herrn priesen, »der den Kriegen steuert in aller Welt, der Bogen zerbricht, Spieße zerschlägt und Wagen mit Feuer verbrennt«, da ließ der Sturm so plötzlich nach, wie er sich erhoben hatte, und die Nebel wichen. Wir erhoben uns.

Bridei klatschte uns begeistert Beifall. »Das war ein großartiges Schauspiel«, rief er. »Zur Belohnung gehört dir und deiner Gemeinschaft die Insel der Eibe für immer und immer. Vorausgesetzt, du tust, was du versprochen hast: Unsere Kranken zu heilen, unseren Armen zu helfen und unsere Kinder zu lehren. Wenn du dein Versprechen erfüllst, werden dir auch bald unsere Seelen gehören.«

Ich verneigte mich leicht gegen Bridei und tiefer gegen den geschlagenen Brocan, dem der Hass die Augen abgewandt und die Zähne zusammengepresst hatte.

»Brocan«, sagte ich ihm zum Abschied, »ich danke dir für das, was du an der Druidin Badb getan hast, auch wenn sie jenem Volk entstammt, durch das du gelitten hast. Durch mich und meine Anhänger soll niemand von der Insel vertrieben oder dort getötet werden, das verspreche ich dir.«

Doch Brocan, erstarrt in seiner Kränkung, drehte sich wortlos um. Ich aber ergriff Badbs schmächtigen, seelenlosen Körper und trug ihn behutsam an Bord unseres *Currachs*. Meine Brüder sahen mir neugierig zu, Baithín zog erstaunt die Augenbrauen hoch, doch mein strenger Blick ließ alle folgsam die Blicke senken. Ich setzte Badb in den Bug und kauerte mich neben sie. Baithín und Scandlan stießen das Boot ab. Wir brauchten nicht zu rudern, denn nun trieb uns der Wind gehorsam genau in die gewünschte Richtung. Der Himmel war wieder klar, und die strahlende Herbstsonne tauchte den tiefen, schmalen See erneut in strahlendes Blau. Ich weiß nicht, wie lange ich das Bild der prachtvoll vergoldeten Herbstwälder auf mich wirken ließ, bis mich Badbs rabenschwarzer Blick anzog. Ja, sie, die zu mir Zurückgekehrte, suchte meinen Blick.

»Colum«, fragte Badb leise und krächzend, denn sie hatte ihre menschliche Stimme lange nicht mehr benutzt. »Colum?«

Ich nickte und drückte stumm ihre Hand. Badb begann sich umzusehen, ihre Augen vom Erstaunen geweitet.

»Wo sind wir? Wohin bringst du mich?«

»Wir sind mitten in Alba, voll von Raben. Und wir fahren zur Insel der Eibe. Doch wenn du willst, bringe ich dich nach Ériu.«

Badb bedachte dies eine Weile, dann schüttelte sie den Kopf.

»Ériu? Ich besitze dort nur Geister und die unvergängliche Erinnerung an ein Blutbad. Nicht einmal Gräber besitze ich. Was Gemmán und mir gehörte, ist zerstört und wird bald von Gras überwuchert sein. Lieber bring mich zu deiner Insel!«

Drittes Kapitel: Wardans Ankunft

Dixit Badb:

Für jemand, den die Götter so jäh entwurzelt und in die Fremde verpflanzt hatten wie mich, bildet eine Gemeinschaft von frommen, ihrer Heimat und Familie freiwillig entsagenden Büßern nicht die schlechteste Gesellschaft und ein Ort wie die Insel der Eibe nicht den unwirtlichsten Aufenthalt. Colum ließ mir abseits der Klostergemeinschaft eine Hütte errichten, und er gab mir eine der dunklen, aus grobem Tuch geschnittenen Kutten, wie sie seine Mönche an gewöhnlichen Tagen trugen, dazu ein wollenes Untergewand und einen dicken Umhang aus ungefärbter weißer Wolle, der an der Schulter mit einer einfachen Bronzehaftel zusammengehalten wird. Von weitem sah ich nun wie einer seiner Mönche aus.

Meine Hütte diente als Schlaf- und Wohnstätte und gleichzeitig zur Lagerung von Heilmitteln, die ich aus Kräutern und Mineralien herstellte. In diese Apotheke kamen bald Mönche, Novizen und zunehmend Besucher der Insel mit ihren vielfachen Beschwerden, und meine Fertigkeiten als Heilerin mehrten den Ruhm von Colums Haushalt. Mancher Mönch, der in der Hoffnung auf Einsamkeit und Weltabgeschiedenheit zu uns übersetzte, mochte enttäuscht werden, denn die Insel der Eibe entwickelte sich bereits nach einem Winter zum Mittelpunkt eines imaginären geistlichen Reiches, das aus den Inseln und Küstenländern Albas und Érius bestand und in dessen Mittelpunkt Colum residierte. »Liebe deinen Nachbarn wie dich selbst«, befahl er in seiner Klosterregel.

Die Macht, die von seiner Insel ausging, gründete sich auf diese Liebe und Barmherzigkeit, aber auch auf die Gelehrsamkeit. Weltliche und klerikale Pilger legten an der Insel an oder überquerten, von Mull aus kommend, mit einem Fährboot des Klosters den Sund, ebenso Handelsleute, Gelehrte und Häuptlinge. Colums Haushalt bestand bald auch aus Schülern und weltlichen Büßern, die bis zu einem Jahr bleiben durften. Dann mussten sie die Insel verlassen oder dem Mönchsstand beitreten. Die Gesetze der Gastfreundschaft wurden peinlich genau befolgt. Zu Ehren von Gästen befahl Colum seinen Mönchen, die weißen Feiertagskutten anzulegen, und er hob die Fastengebote auf, falls Besucher mittwochs, freitags oder während der Großen Fasten eintrafen. Die meisten Mönche schienen froh über diese häufigen Lockerungen, doch Colum hatte auch die Enttäuschung jener vorausgesehen, die im häufigen Kommen und Gehen der Laien eine Störung erblickten und nach stärkerer Entsagung verlangten. Solche schickte er nach Hinba, einer auf dem Seeweg zwischen Ériu und uns südlich gelegenen größeren Insel. Auf Hinba besteht eine kleine Tochtergemeinschaft von Colums Haushalt und dort leben, zu einer losen Gemeinschaft vereint, die Einsiedler.

Als Oberhaupt wollte Colum eigentlich Baithín über sie setzen, dessen ernste Strenge ihn geradezu zum Prior einer Asketengemeinde auszeichnete. Doch Baithín war auf der Insel der Eibe unabkömmlich, und so bot Colums greiser Mutterbruder Ernán an, an Baithíns statt nach Hinba aufzubrechen. Colum wollte aber Ernán nicht ziehen lassen, denn ihn quälten ungute Vorahnungen. Niedergeschlagen prophezeite er, als er den seit Kindertagen vertrauten Verwandten zum Abschied segnete: »Ich besitze nicht die geringste Hoffnung, Ernán, dich in diesem Erdenleben wiederzusehen.« Tatsächlich ließ das raue Leben auf Hinba den alten Mann schon nach wenigen Tagen schwer erkranken. Man brachte ihn zur Insel der Eibe zurück, damit er, seinem letzten und einzigen Wunsch gemäß, in Colums Gegenwart sterbe. Zwar erreichte er noch die Insel und befand sich bereits auf dem Weg zur Klostersiedlung, aber die Auszehrungen der Krankheit und die Anstrengungen der Reise ließen ihn vor der klösterlichen Getreidedarre zusammenbrechen. Colum, der, von einem Mönch benachrichtigt, Ernán entgegeneilte, erblickte ihn, wie er es vorhergesagt hatte, bereits als Toten. Zur Erinnerung an dieses aufwühlende Ereignis ließ er dort, wo sein Mutterbruder starb und wo er selbst zu jener Zeit gestanden hatte, je ein Kreuz errichten. Beide scheinen nah beieinander zu stehen, und doch macht ihr Abstand schmerzlich die ewige Trennung deutlich, die die Götter für Colum und Ernán vorgesehen haben. Nach Ernáns Tod musste Colum doch Baithín nach Hinba entsenden.

Ich selbst bin natürlich nie dort gewesen, denn das schickt sich nicht für eine Frau. Colums Regel schrieb den Asketen Nacktheit vor. Er folgte mit dieser Bußübung wie in vielen anderen Einzelheiten unseren druidischen Regeln, denn auch wir glauben, dass man sich bei bestimmten Mysterien den Göttern aus Demut und Ehrfurcht entblößt nähert. Auch hatte Colum die Gewohnheit der gelehrten Dichter beibehalten, einen Stein als Kopfkissen zu benutzen. Das erzählte mir Diarmait, den alle stets als Colums treuen Diener bezeichneten. Er entsprach ganz den Anforderungen, die Colum in seiner Regel für den Knecht eines Klerikers erhoben hatte: »Dein Diener soll verschwiegen sein, glaubensstark und nicht redselig.« Ich ahnte, dass Diarmaits Schicksal bewegt verlaufen war, bevor er sich Colum anschloss, und dass sich über diesen stillen Gefolgsmann weit mehr sagen ließe als dass er seinem Herrn treu ergeben war. Aber auf der Insel der Eibe sprach niemand über die eigene Vergangenheit oder die eines anderen, und niemand war berechtigt, Fragen danach zu stellen außer dem Abt in der Ohrenbeichte, wenn er die Gewissensbefragung neuer Mitglieder der Gemeinschaft vornahm. Colum erlangte auf diese Weise eine einzigartige Macht über die Männer, die er stets als Brüder seines Blutes und seines Herzens bezeichnete, und mir schien oft, dass ein Mann von geringerer Lauterkeit solche Kenntnisse über sonst verschwiegene Schwächen und Verfehlungen seiner Untergeben übel zu seinem eigenen Vorteil hätte missbrauchen können.

Mir, der Nicht-Christin, ersparte Colum die Beichte. Wir sahen uns selten, und wenn, dann nie unter vier Augen, sondern stets in Diarmaits Beisein. Nie erwähnten wir die Vergangenheit, aber ich war noch immer Frau genug, um Eifersucht auf Colums vollständige Hingabe an seinen Gott zu empfinden. Wiederum fühlte ich mich herausgefordert, meine Kräfte mit diesem Gott zu messen und Colums Hingabe durch Verführung infrage zu stellen. Noch immer wollte ich wissen, was für ein Gott das war, der solche Gewalt über seine Auserwählten erlangt. Ich betrat manchmal die Holzkirche, die Colum und seine Gemeinschaft errichtet hatten. Mir gefiel der sinnliche Geruch von Kiefernharz, Bienenwachs und Weihrauch. Ich sah gern Colum zu, wie er mit kraftvollen, entschlossenen Bewegungen in der Messe das große Mysterium seiner Religion vollzog und Wein in Blut, Brot in Fleisch verwandelte, um den Gottmenschen, den er und seine Brüder anbeteten, auf dem Altar zu beschwören. Ich liebte seine weittragende Stimme, die sich im Wechselgesang des Priesters mit der Gemeinde deutlich von allen Stimmen abhob. Aber ich verstand nicht, was ich sah und hörte. Die Botschaft von Colums Glauben blieb mir verschlossen, sie rührte nicht an mein Herz oder meinen Verstand. Stattdessen begannen meine Götter zu mir zu sprechen.

Erst im Winter, wenn Stürme uns von der Außenwelt abschneiden und Eisregen wie dünne Peitschen auf uns einschlagen, wird die Insel der Eibe erkennbar zur Einsiedelei. Wer Buße und Einsamkeit sucht, findet sie überreichlich an den kurzen, trüben Tagen und in den langen finsteren Nächten. Da Besucher vom Festland ausbleiben, beschränkt sich meine Arbeit auf erkältete oder unter Gliederreißen leidende Mönche. In den qualvoll langen Stunden meines ersten Winters auf der Insel der Eibe begann ich über mein Schicksal nachzudenken. Nun, wo Colum meine Seele wieder mit meinem Körper vereint hatte, wusste ich nicht, ob ich mich darüber freuen sollte. Denn diese Vereinigung hatte mich ebenso plötzlich aus meiner überirdischen Wohnstatt entfernt, wie ich seinerzeit durch das Eingreifen der Göttin, deren Namen ich trage, dorthin befördert worden war. Colum berichtete mir, wie er mich aufgefunden und was er von Brocan über mein Schicksal erfahren hatte. Gespannt betrachtete er dabei mein Gesicht. Aber ich konnte und wollte ihm nicht viel erzählen. Es schien, als hielte die Göttin selbst mir den Mund verschlossen.

Nur so viel sagte ich Colum: »Ein Name und ein Zeichen, merk sie dir gut: Lám Dess, ein Einarmiger, der einen Wolfskopf trägt, ist der Anführer ihrer Bande.«

Die Götter hatten mich vor Lám Dess gerettet, ob aus Strafe für den Verrat priesterlicher Geheimnisse oder zu meiner Rettung, das wissen sie allein. Badb lieh mir ihre Rabengestalt, und in dieser Gestalt diente ich dem Gott Mihr. Ich besitze keinerlei Erinnerung daran, was in dieser Zeit mit meinem menschlichen Körper geschah. Die Zeit verstreicht in der Gegenwart der Götter viel langsamer als auf Erden, denn die Götter leben bekanntlich zeitlos. Ihre Wohnung ist, ebenso wie das Totenreich oder die Anderwelt, ein Ort, an dem ein Sterblicher einen Teil seiner Seele zurücklassen muss, wenn er überhaupt je wieder zu den Menschen zurückfindet. Wie ein Faustpfand bleibt dieser Teil der Seele bei den Göttern, die stärkere Macht über die ihnen verpfändeten Seelen ausüben als über jene, die nicht zu Lebzeiten in enge Berührung mit der göttlichen Sphäre geraten sind. Das wurde mir deutlich, als mich die Götter in der Mitte jenes ersten Winters auf der Insel der Eibe zurückzurufen begannen. In der trübsten, dunkelsten Zeit, als meine Seele fror und mein Körper sich vor Kälte zusammenzog, offenbarten sie mir in meinen Träumen das

Bild des Heiligen Berges, mehrere Nächte hintereinander, so dass jeder Zufall und jedes Missverständnis ausgeschlossen waren. Ich sah ihre Wohnstatt, einen Ort des vollkommenen Friedens und der strahlenden Schönheit, so wie ich sie während der Jahre meines Dienstes gesehen hatte: Nicht mit den Augen einer Sterblichen, sondern mit dem inneren Blick der Seele. Ich sah, wie im Höhenflug, den Heiligen Berg in seiner unendlichen Reinheit und im glänzenden Schimmer seiner Schneegipfel, und hoch oben, im Kranz des Gipfelkraters, sah ich die gleißenden Mauern der hochgebauten Stadt, die dem menschlichen Auge verborgen bleibt und nur der Seele sichtbar wird, im Traum oder in der Entrücktheit. Ich erschauderte, denn kein Sterblicher kann etwas Strahlenderes und Schöneres schauen. Und mich erfasste eine unstillbare Sehnsucht nach der weißschimmernden Schönheit der himmlischen Stadt. Das Ziel also hatten mir die Götter in Erinnerung gerufen, aber ich schien vergeblich auf die Mittel zu hoffen, dorthin zu gelangen. Da griffen die Götter erneut in mein Leben ein.

Das Handelsschiff, das zweimal im Jahr Colums Haushalt mit Wein aus Gallien und Weihrauch aus Afrika versorgte, brachte uns überraschend einen ungewöhnlichen Gast, einen Edelmann aus einem weit entfernten Land, das er in lateinischer Sprache Armenia nannte. Fürst Wardan war ein eindrucksvoller Mann von würdevollem Auftreten und gemessenen Bewegungen, mit den breiten Schultern, sehnigen Armen und schmalen Hüften des ausgebildeten Kämpfers. Lange, dichte, wie mit einem breiten Pinsel gezeichnete schwarze Augenbrauen, die gebogene Nase mit fleischigen Flügeln und die geschwungenen breiten Lippen verstärkten den Eindruck von Würde, Selbstbeherrschung und Stärke. Seine bräunliche Hautfarbe, die gewellten, rotschwarzen Haare und schwarzen Augen unterschieden ihn, mit Ausnahme von mir, von allen anderen Menschen in unserer Gegend.

Colum verbot seinen Brüdern, den fremdartigen Besucher unverhohlen neugierig anzustarren, aber er konnte nicht verhindern, dass sie ihn heimlich beobachten. Der Abt konnte selbst kaum verhehlen, dass er vor Neugier brannte, denn höchst selten bekommt man auf einer den Küsten Albas vorgelagerten Insel einen Reisenden aus so ferner Gegend zu Gesicht. Als Colum gar erfuhr, dass Fürst Wardan weit gereist war und als Pilger die heiligen Stätten und Städte der Christenheit besucht hatte, konnte er seine Neugier kaum noch im Zaum halten.

»Bleib diesen Winter über bei uns«, lud er den armenischen Gast ein, »teile unser bescheidenes Leben und berichtete uns ausführlich von deiner Heimat und deinen Reisen.«

Fürst Wardan lächelte. Er war auf die Neugier seines Gastgebers vorbereitet, und er wusste, dass Colum als Gegenleistung für die Gastfreundschaft von einem Wintergast erschöpfende Auskunft und farbige Berichte erwarten durfte.

»Meine Pilgerreise ist beendet, ich war bereits auf dem Heimweg, wenn auch mit erheblichen Umwegen. In Gallien vernahm ich zum ersten Mal von euch und dieser Insel. Mich führte die Neugier bis hierher, Abt Colum«, erwiderte Wardan lächelnd. Colum fühlte sich sichtbar geschmeichelt, dass sein Ruhm in so kurzer Zeit so weit vorgedrungen war. Bereits einen Abend nach Wardans Ankunft versammelte Colum Baithín, Diarmait sowie einige der ältesten Brüder im Gästehaus, und auch mich hatte er nicht vergessen. Wardan sprach in stockendem Latein, denn Griechisch war ihm als Fremdsprache zwar geläufiger, doch Colum und seinen Mönchen nicht vertraut. Und dies waren Wardans Worte:

Viertes Kapitel: Wardans Bericht

Welcher Gott ist hier verborgen?
Welch göttliches Wesen schwebte einst vom
Himmel herab und geruhte,
in einer dunklen Höhle zu wohnen?
Welcher Gott hält es in der Erde aus, kennt alle
Geheimnisse des ewigen Ablaufs der Dinge,
weiß die Zukunft der Welt, ist bereit,
sich der Menschheit zu offenbaren
und duldet die Berührung mit Sterblichen?
(Lucanus: Pharsalia)

Dixunt Wardan et Badb:
In meiner Heimat glaubt man, dass wir die Gegenwart nur verstehen, wenn wir die Vergangenheit betrachten. Oft scheint mir, dass sich bei diesem fortgesetzten Starren nach hinten und über die Schulter unser Nacken versteift hat. Andere Völker wenden sich in ihrer Ohnmacht an die Götter, wir aber an die Vergangenheit. Unsere gebildetsten Männer sind nicht die Priester, sondern die Geschichtsschreiber. Meinetwegen auch geschichtsschreibende Priester. Unsere Nachbarn haben nichts Vergleichbares vorzuweisen. Sie sind beschäftigt mit Eroberungen und mit der Behauptung ihrer Macht. Wir aber, die von Fremden Beherrschten, besitzen die Muße und den Antrieb, um die Ursachen unseres Elends zu erörtern. Wenn ihr fragt, was mich zu so weiten und gefahrvollen Reisen getrieben hat, dann weiß ich darauf keine andere Antwort, als euren und meinen Blick zurück zu richten.

Für uns besitzt ein Jahrhundert bloß die Dauer eines Wimpernschlags, und der Beginn unseres gegenwärtigen Elends scheint nicht länger zurück zu liegen als gestern. Doch es dauert bereits zwei Jahrhunderte, dass mein Volk zwischen dem Perserreich und Ostrom zermahlen und zerrissen wird. Wie ein Fluss in einem zu engen Bett werfen wir uns hin und her und treten über unsere Ufer. Anfangs bedrängten uns die Perser. Sie versuchten uns den Christusglauben auszutreiben, dessen Saat gerade erst in unseren Herzen aufgekeimt war. Der Glaube an sich war uns nebensächlich, denn wir hatten Jahrhunderte lang zu denselben Göttern gebetet wie die Perser. Aber mit dem Christusglauben war die Freiheit unseres Adels verbunden, und die Unterdrückung des Christentums kam der Entmachtung unserer Stammesführer gleich. Als er gegen die hunnischen Kuschanen verlor, verlangte Schah Jasdegert, dessen Name ewig verflucht sein möge, von den Fürsten Armeniens, ihre Reiterei an die Grenzen zum Kuschanengebiet zu verlegen. Der Adel murrte gegen das kostspielige und gefahrvolle Verlangen und begann zu kochen, als er von der Volkszählung erfuhr, die die Perser durchführten, um dem Land noch stärkere Steuern aufzuerlegen. Zum ersten Mal sollten Hochgestellte wie der Adel und der Klerus, ja selbst Mönche und Eremiten besteuert werden. Empörend war auch, dass der Schah dem christlichen Klerus das Privileg der Rechtsprechung entzog und den Magiern übertrug, den Priestern des persischen Masda-Kults. Die von solchem Machtzuwachs hochmütig gewordenen Magier verlangten vom Schah sogar das vollständige Verbot des Christentums, und als Jasdegert tatsächlich in einem Sendschreiben den Armeniern befahl, vom christlichen Glauben abzulassen und sich zu Masda zu bekehren, war das Maß des Erträglichen überschritten. Unser geistliches Oberhaupt versammelte den Adel in der Hauptstadt Artaschat, wo sie ein Antwortschreiben an den Schah verfassten. Trotzig schrieb unser Kirchenführer Howsep:

»Niemand vermag unseren Glauben zu erschüttern, weder Engel noch Menschen, weder Feuer noch die Streitaxt, weder Wasser noch die schrecklichsten Martern … Deine Sache ist die Folter, die unsere aber, den Martern standzuhalten. Dein ist das Schwert, unser die Hälse!«

Der empörte Schah bestellte daraufhin die armenischen Fürsten ein. Anscheinend wurden sie an seinem Hof solange unter Druck gesetzt, bis sie schwankten und sich zum Masda-Glauben bekehrten, wenn auch nur zum Schein, wie es später entschuldigend hieß. Als die Adeligen, mit zahlreichen Magiern im Gefolge, in ihre Heimat zurückgekehrt waren, empfing sie dort das empörte und bewaffnete Volk. Der Adel beeilte sich nun, sich die Spitze der Aufstandsbewegung zu stellen.

Die Fürsten teilten die armenische Streitmacht in drei Teile. Ein Drittel schickten sie an die Grenzen zur persischen Provinz Aserbeidschan, das zweite Drittel führte der Oberbefehlshaber Wardan Mamikonjan in das kaukasische Albanerland, das letzte Drittel führte Wassak, der armenische Statthalter der Perser. Ihm war es beschieden, von Persern und Armeniern gleichermaßen verdammt zu werden: Der persische Heerführer bezichtigte ihn später, den Aufstand entfacht zu haben, um sein militärisches Versagen zu bemänteln. In die armenische Geschichte ging Wassak gleichfalls als Verräter ein, denn er verriet seine Landsleute, verwüstete die Stammlande seiner Heimat und stiftete allenthalben Zwietracht. Es gab kein Verbrechen, das Wassak nicht im Verlauf seines Lebens begangen hätte, noch gab es eine Qual, die er nicht in den letzten Tagen seines Lebens erlitten hätte. Sein Ende war so unrühmlich wie sein Leben. Denn für den, der durch Verrat herrscht, findet sich kein Grab. Wassak starb wie ein Hund, und man schleifte ihn fort wie den Kadaver eines Hundes.

Die loyalen Fürsten und ihr Gefolge aber vereinten sich unter Wardan Mamikonjan, meinem Vorfahren, und stellen sich der dreifach überlegenen Streitmacht des Schahs in offener Feldschlacht. Es erscholl das Angriffssignal, und beide Seiten warfen sich mit Erbitterung und unerhörter Wut aufeinander. Die Schreie, die aus dieser großen Menschenmenge drangen, glichen denen wilder Tiere oder dem in den Wolken grollenden Donner, und die Felshänge in den entfernten Bergen erbebten vom schrecklichen Lärm. Die Schwerthiebe und das Schwanken der Lanzen zuckten wie loderndes Feuer, wie Blitze, die an einem stürmischen Tag den Himmel durchfurchen. Niemand vermag das schreckliche Gewirr zu beschreiben, in dem sich die Schreie der Menschen, das Klirren der Schilde und das Pfeifen der Pfeile ohrenbetäubend vermengten. Auf beiden Seiten focht man mit der gleichen Verbissenheit, und in dieser blutigen Schlacht traten die Tapferen aus den Reihen hervor, die Helden warfen sich in die Reihen des Gegners. Den Schwächlingen hingegen sank der Mut, und die Feiglinge verzweifelten. Bald schon geriet der Fluss Tchmut in die Mitte der Kämpfenden, und die persische Streitmacht, abgeschreckt durch das schwierige Gelände, begann sich zu lichten. Eine armenische Einheit rückte bis zum Flussufer vor, überquerte den Fluss zu Pferd und focht mit äußerster Kühnheit. Auf beiden Seiten sanken Tote und Verwundete zu Boden. Während dieses erbitterten Hauens und Stechens bemerkte mein Vorfahr, dass eine Eliteeinheit der persischen Armee die linke Flanke der Armenier ins Wanken brachte. Sofort warf er sich in jene Richtung, griff die rechte Flanke der Perser an, trieb sie auf ihre Kampfelefanten, setzte ihnen nach und tötete eine Menge ihrer Leute.

Das Chaos, das diesem kühnen Ausfall folgte, war so groß, dass selbst die Elitekavallerie vollständig aufgerieben wurde. Jetzt bemerkte der persische Befehlshaber Muschkan einige armenische Abteilungen, die sich eilig in Richtung der Berge davonmachten. Da begann er sein Heer, das von den Heldentaten Wardans gelähmt worden war, zu ermutigen und zwang es zum Stillstand. Der Kampf flammte erneut auf und wurde bald schrecklich. Auf beiden Seiten war die Tapferkeit gleich groß, und die Leichen türmten sich zu Hügeln. Verzagtheit ergriff erneut die Einheiten der Perser, als Muschkan dem Lenker der Kampfelefanten, Artaschir, befahl, entschlossen anzugreifen. Zum Klang der großen, gebogenen Hörner marschierte Artaschir mit seiner Sturmeinheit voran, und der tapfere Wardan und seine Mitstreiter konnten, von allen Seiten umzingelt, diesen dichten Wall von Kämpfern nicht mehr durchbrechen. Vergebens versuchte Wardan, sich einen Weg zu bahnen, und fiel zusammen mit seinen treuen Kriegern, die sich bis zum Schluss nicht von ihm abwandten.

Bis zum Abend tobte die Schlacht, und erst der Anbruch der Nacht beendete das Gemetzel. Viele waren bereits gefallen, als die Heere die Schlachtstätte verließen. Hier und dort türmten sich Leichenberge wie gerodete Bäume in einem dichten Wald. Überall erblickte man zerbrochene Lanzen und Pfeile. Die Leiber Wardans und jener Helden, die mit ihm gestorben waren, waren so zerfetzt, dass man sie unmöglich erkennen konnte. Gemeinsam mit den Heiden lagen sie auf dem Schlachtfeld verstreut. Der Tod ihres Anführers bildete das Signal zur Niederlage der Armenier. Sie flüchteten sich in Berghöhlen und suchten nach unzugänglichen Verstecken. Da es Frühling war, tränkten Blutströme die blühenden Felder. Wer die Leichenberge erblickte, dem zerriss es das Herz, und die Eingeweide drehten sich einem um beim Stöhnen der Verwundeten und den Rufen der Verstümmelten, beim Anblick der sich in Schmerzen windenden Verletzten, der Flucht der Kleinmütigen und der Verzweifelten, die sich zu verstecken suchten, der Ohnmacht unmännlicher Männer sowie der Schreie von Ehefrauen, die ihren Gatten auf das Schlachtfeld gefolgt waren, der Klage enger Freunde und dem Stöhnen der Verwandten. Es gab keine Seite, die gesiegt und keine, die verloren hätte. Treffliche hatten mit Trefflichen gekämpft und beide Seiten hatten eine Niederlage erlitten.

So schien es anfangs allen, die lebend das Feld von Awarajr verließen. Doch aus dem Blut der Märtyrer nährte sich der Geist des Aufruhrs, und überall im Land flammte erneut Widerstand auf. Der Schah musste endlich einlenken. Er setzte den allseits verhassten Wassak ab, stellte die Rechte des Adels und der Kirche wieder her und verzichtete auf die Steuererhöhung. Die christlichen Bischöfe durften wieder ihr Amt ausüben, Einsiedler und Mönche zurückkehren. Doch die Milde des Schah war nicht umfassend: Katholikos Howsep und andere Kirchenführer wurden im Iran eingekerkert und gefoltert, ebenso viele Adlige. Der Schnee von fünfzehn Wintern schmolz dahin, bis die Verbannten in die Heimat zurückkehren durften.«

An dieser Stelle unterbrach Colum den Fürsten: »Du erwähntest am Anfang zwei Länder, die dein Land wie Mühlsteine zwischen sich zerreiben. Hat denn das christliche Reich des oströmischen Kaisers euch nicht gegen die Heiden unterstützt?«

Wardan schnaubte mit bitterer Ironie: »Als wir auf dem Feld von Awarajr kämpften, flehten wir unsere christlichen Brüder um Hilfe an. Wir erhielten sie nicht, weder damals, noch zuvor oder später. Noch nie ist ein Römer zu Hilfe geeilt, wenn Armenien sein Blut vergoss. Persien und Byzanz teilten sich unser Land vor zweihundert Jahren. Byzanz erhielt den Südwesten. Es begann ihn noch gründlicher zu verdauen, als die heidnischen Perser ihren Teil. Es belastete uns mit drückenderen Abgaben und Steuern, überall im Land entstanden byzantinische Garnisonen. Im selben Jahr, als Armenien um seine Freiheit und für den christlichen Glauben gegen Persien focht, nahm Byzanz auf der Synode von Chalcedon theologische Spitzfindigkeiten zum Vorwand, um allen Christen seines Machtbereichs seine Doktrin aufzuzwingen. Kaiser Justinian, den sie den Großen nennen, ging am weitesten. Er hob jegliche Eigenständigkeit Römisch-Armeniens auf und machte es zu einer gewöhnlichen Provinz seines Reiches. Er änderte das Erbrecht: Der Gemeinbesitz der Sippen musste nach dem Tod des Familienoberhaupts aufgeteilt werden, was, wie von den Römern erhofft, zur Verarmung der Fürsten führte. Folglich erhoben sie sich und töteten den verhassten Prokonsul Justinians. Des Kaisers Antwort waren Deportationen. Er ließ ganze Adelsgeschlechter mitsamt Gefolge an die balkanischen Ränder seines Reiches umsiedeln.«

»Das Schicksal, zwischen Mühlsteinen zerrieben zu werden, wird Ériu erspart bleiben«, sagte Colum nachdenklich in das Schweigen seines Gastes. »Unser Land liegt am äußersten Rand der westlichen Welt. Alles Übrige aber werden wir eines Tages auch kosten. Möge dieser Tag fern sein. Was aber, Fürst Wardan, hat dich auf deine lange und mühselige Reise geführt?«

»Für einen jungen Adeligen gab es in meiner Jugend nicht viel zu tun. In beiden Landesteilen waren Aufstände unterdrückt worden. Sofern sie nicht verbannt waren, waren unsere Adeligen entmutigt und uneins. Einige hatten jeglichen Widerstand aufgegeben, obwohl oder gerade weil ihre Väter und Brüder vom Kaiser oder Schah ermordet worden waren. Andere sahen die Rettung darin, sich in den jeweils anderen Landesteil zu flüchten. Wer unter den Persern gelitten hatte, dem erschienen die Byzantiner als das geringere Übel und umgekehrt. Unsere Chronisten verglichen die Fürsten mit einem Wolfsrudel, aber das Bild passt nicht. Denn ein Rudel folgt einem Anführer und ist durch sein Jagdziel geeint. Unsere Führer aber gleichen kämpfenden Katzen, die wütend ihr kleines Territorium mit Krallen und Zähnen verteidigen, einander zutiefst misstrauen und mit ihren Händeln die Herrschaft stärkerer Raubtiere erleichtern. Ich beschloss, mir mein eigenes Urteil über die Welt zu bilden. Ich bereiste zunächst den byzantinisch beherrschten Teil meiner Heimat, bevor ich mich nach Konstantinopel und weiter begab. Ich sah Edessa und Antiochia, Alexandrien und Jerusalem. Ich habe den Staub zahlloser Landstraßen geschluckt, und die Flöhe vieler Herbergen genährt. Ich habe Pflanzen und Tiere gesehen, die in meiner Gebirgsheimat nicht gedeihen und von denen wir keine oder nur ungenaue Vorstellungen besitzen. Ich habe fremde Früchte und Speisen gekostet, ich habe im Reich der Byzantiner und in Syrien wunderbare Bauten gesehen und bin noch wundersameren Menschen begegnet, Heiligen und Narren. Sie zu unterscheiden fällt oft schwer. Im Unterschied zu meiner Heimat, wo die Menschen so elementare Dinge beschäftigen wie die Freiheit und Schutz vor Ausplünderung scheinen viele Bürger des byzantinischen Kaisers mit Dämonen und dem Aufspüren von Irrlehren beschäftigt, die sie für die gefährlichsten Bedrohungen ihres Seelenheils halten. Sie sehen sich als Teil eines weltumspannenden Dramas, in dem die Mächte der Finsternis gegen die Mächte des Lichts kämpfen. Das gesamte Himmelreich von der Laufbahn des Mondes bis zur Erde wimmelt nach ihrer Vorstellung von Dämonen, gegen die die himmlischen Heerscharen alle Hände voll zu tun haben!«

Wardan ruhte einen Moment, ohne dass wir ihn durch ungeduldige Fragen unterbrachen, dann setzte er seinen Bericht fort:

»Die Kaiserstadt, Konstantinopel, ist wirklich, was sie einer unserer Dichter nannte: eine alte Hure am Bosporus. Sie wird an ihren eigenen Intrigen zugrunde gehen. Ein höchst merkwürdiger Ort ist Edessa, die reiche Handelsstadt an der Grenze zwischen den verfeindeten Persern und Römern. Ihre Grenzlage hat sie zu einem Schmelztiegel unzähliger östlicher und westlicher Lehren oder Irrlehren gemacht, deren Jünger sich von den Kanzeln wütende Wortschlachten liefern. In jener Stadt, die doch als älteste des Christentums gilt, leben Heiden und Neoheiden, Zoroastrer sowie die Anhänger der bizarrsten Häresien und Geheimlehren. Die einen verehren das Wasser als Quelle des Lebens und halten streng die Gebote des Moses, die anderen beten die Schlange aus dem Garten Eden an und verachten das Kreuz. Auf jede geistliche Frage halten Edessas Einwohner tausend Antworten für möglich und richtig, und eine Sekte ist so weit gegangen, dass sie jegliche

Unterscheidung zwischen Gut und Böse kategorisch ablehnt. Wer sich vor Irrlehren fürchtet, für den ist Edessa eine einzige Herausforderung. Anders Antiochia, der von Kaiser Justinian prachtvoll wiederaufgebaute Bischofssitz. Seine Vornehmen unterhalten sich mit Ausflügen zu den vielen Säulenheiligen, die sich unweit der Stadt niedergelassen haben: Da ist kein Hügel mehr, der nicht eine Säule mit einem Einsiedler trägt! Die Frage der Irrlehre löst sich hier ganz praktisch: Diejenigen Eremiten, die der Blitz auf ihrer Säule trifft, gelten als überführte Irrlehrer. In ihrem unerschütterlichen Glaubenseifer übertreffen sie sogar die koptischen Wüstenväter Oberägyptens, die sich seit den Zeiten des heiligen Antonius zu Tausenden in die leere Reinheit der Wüste zurückgezogen haben, um jeglicher weltlicher Ablenkung zu entfliehen und zur Erkenntnis ihrer Selbst und zu Gott zu finden. Diese Mönche haben sich vollständig der strengen Askese, dem Gebet und harter Arbeit geweiht und halten selbst die Buchgelehrsamkeit und klassische Bildung für gottlosen Zeitvertreib. In ihrer Verachtung der Materie vernachlässigen viele dieser Eiferer bewusst den eigenen Körper und lehnen seine Pflege ab. Um die Wirkung der eigenen Taufe nicht zu mindern, vermeiden sie jede weitere Berührung mit Wasser, und der Gestank, der von ihnen ausströmt, ist so stark, dass sie sich in der Einöde von weitem daran erkennen.

Von Zeit zu Zeit fallen die stinkenden Wüstenmönche über die reiche Hafenstadt Alexandria her. Aufgehetzt von ihrem Patriarchen Theophilos setzten sie vor etwa zweihundert Jahren den berühmten Serapistempel in Brand, und mit ihm brannte die nahegelegene Bibliothek ab, die kostbarste und nicht mit Gold aufzuwiegende Schatzkammer des Menschheitswissens. Und somit erfüllte sich die Weissagung heidnischer Priester, und die Tempel verwandelten sich in Gräber. 23 Jahre nach diesem unsäglichen Frevel fiel der von Bischof Kyrillos aufgehetzte christliche Mob über die kultivierten heidnischen Vornehmen Alexandrias her und ergriff die schöne Hypatia, eine herausragende Philosophin und Lehrerin der Mathematik, redegewandt und klug. Sie rissen ihr die Kleider vom Leib und jagten sie durch die Stadt, um sie dann zu töten und zu verbrennen, mitsamt ihren astronomischen Geräten und Musikinstrumenten. Wenn auch dies lange vor meiner Zeit geschah, so ist schon die bloße Erinnerung eine furchtbare Mahnung. Frömmigkeit und Fanatismus liegen oft dicht beieinander. Dies war die wichtigste Erkenntnis meiner Reise.«

Alle blickten gespannt den Abt an, in Erwartung seiner Verteidigung des Mönchtums und der Askese. Doch Colum erwiderte nur diplomatisch: »Ich muss gestehen, dass der heilige Antonius und sein Freund Paulus, der Eremit, auch in meiner Heimat viele Nachahmer gefunden haben. Aber mein Lehrer war Finnian von Cluain Iraird, ein Mann von großer Gelehrsamkeit und Mäßigung in allen Dingen außer in seiner Leidenschaft für Bücher. Diese Leidenschaft hat er auch mir eingepflanzt, und wir haben einen Prozess und schließlich sogar einen Krieg um ein Buch geführt. Dies magst du, Wardan, deiner Liste religiöser Merkwürdigkeiten hinzufügen! Unser Streitgegenstand war ironischerweise eine Übersetzung aus der Feder eines der größten klerikalen Gelehrten, des Hieronymus. Wie es scheint, verführt der Teufel nicht nur Bücherfeinde zur Sünde, sondern auch Bücherfreunde. Die mönchische Regel, die ich vertrete, vereint die Tradition des Antonius mit der des Hieronymus. Zu drei gleichen Teilen widmen wir die Mühen jeden Tages dem Gebet, der Arbeit sowie dem Studium.«

Wardan ging auf den versöhnlichen Ton ein: »Da du dich als Bücherfreund bekennst und bestätigst, was ich bereits zuvor über deine Gelehrsamkeit hörte, möchte ich dir ein gebührendes Gastgeschenk machen.«

Bei diesen Worten bückte sich der Gast zu dem Bündel hinab, das er neben seinem Sitz bereitgelegt hatte. Er löste es und brachte eine in dünnes Seidentuch eingeschlagene Handschrift zum Vorschein, die er behutsam auf den Tisch legte. Alle beugten sich gespannt vor. »Dies ist ein ganz ungewöhnliches Buch und es hat fast eine ebenso lange Reise hinter sich wie ich«, erläuterte Fürst Wardan. »Es handelt sich um das Diatessaron des syrischen Priesters Tatian, der die vier Evangelien zu einem zusammengefasst hat. Da die armenische Kirche zuerst nach Syrien und dann erst nach Alexandria, Konstantinopel oder Rom blickt, hat diese Arbeit für unsere Kirchenväter große Bedeutung erlangt, denn sie lag unserer Bibelübersetzung zugrunde. Doch in seiner syrischen Heimat scheint das Diatessaron vor einem Jahrhundert aus der Mode gekommen zu sein. Man findet heute selbst in Antiochia nicht mehr ohne weiteres eine Abschrift. Diese stammt von syrischen Mönchen des Tur Abdin, dem Berg der Gottesknechte. In ihren großen, abgeschiedenen Klöstern überdauern die Traditionen der frühen syrischen Asketen. Gleichzeitig ist dort die Buchkunst hochentwickelt. Seht nur, wie reich dieses Evangelium geschmückt ist.«

Wardan schlug langsam eine Seite nach der anderen auf, und alle drängten sich neben und hinter ihm, seufzend vor Behagen über die Schönheit der farbigen Illustrationen. Da waren nicht nur ganze Seiten mit Darstellungen des Kreuzes und den Geschehnissen aus dem Leben Jesu zu bewundern, sondern in den Text eingestreute Miniaturen. Selbst die Seitenränder waren dicht mit Rankenwerk, Schnörkeln oder Fabelwesen verziert. Mein Blick wurde vom Abbild eines Vogels mit menschlichem Kopf gefangengenommen. Fürst Wardan, der meine Faszination gewahrte, erläuterte:

»In Alexandria wurde mir erklärt, dass dieses Sinnbild uralt ist. Schon vor Jahrtausenden haben die Ägypter sich die Seele als Vogelwesen vorgestellt. Vielleicht deshalb, weil sie nach dem Tod den Körper verläßt. Die heidnischen Griechen glaubten, dass die betörenden Sirenen Mädchen mit einem Vogelleib seien. Die christlichen Maler haben beides im Blick: Für sie verkörpert der Seelenvogel die Zerrissenheit der menschlichen Seele zwischen Himmel und Erde, Gott und Teufel. Zugleich stellen sie Luzifers Heerschar, die gefallenen Engel, als Sirenen dar.«

»Ähnliche Vorstellungen sind auch in unserer Gegend weit verbreitet«, sagte Colum, meinen Blick suchend. »Unsere Druiden vermögen Menschen so verzaubern, dass sich der Verstand vom Leib ihrer Opfer trennt. Eine derart verrückte Seele überwindet die Naturgesetze, steigt wie ein Vogel in die Lüfte und legt große Entfernungen zurück.«

Unter Wardans und Colums Blicken brach das Siegel, mit dem die Götter bis dahin meinen Mund verschlossen hatten. Gegen meinen eigenen Willen hörte ich mich sagen:

»Nicht allein Zauber vermag die Seele vom Leib zu trennen und in weite Ferne zu verrücken. Dies kann, durch die Gnade der Götter, auch in Augenblicken größter Verzweiflung und tiefsten Entsetzens geschehen. Ich bezeuge dies.«

Dann erzählte ich, wie mich die Götter zu ihrem heiligen Berg verrückt hatten und wie ich als Rabe dem Gott Mihr dienen mußte. Ich sprach erregt und unter dem Zwang dieses Gottes, und als ich geendet hatte, herrschte betroffenes Schweigen. Baithín zog mißbilligend die Brauen hoch, denn er gehörte einer jüngeren Generation an, die ganz im christlichen Glauben aufgewachsen war und offenkundig die Vorstellung von Vogelmenschen und Seelenvögeln als Anfechtung ihrer Glaubensgrundsätze empfand. Wardan durchbrach schließlich das Schweigen:

»Dies ist eine der merkwürdigsten Geschichten, die ich auf meiner Reise vernommen habe, und ich habe viel Seltsames gehört. Doch zwei Rätsel lassen sich lösen: Den Götterberg gibt es wirklich. Es ist der höchste Berg meiner Heimat, der Massis, den Fremde Ararat nennen. Seit Urzeiten kam ihm Verehrung zu. Juden und Christen halten ihn für den Ort der Versöhnung Gottes mit den Menschen, denn dort machte Noahs Arche fest. Auch den

Gott Mihr gab es. Unsere Vorfahren verehrten ihn als Sonnengott und Gott der Gerechtigkeit. Wir Heutigen nennen Christus die Sonne der Gerechtigkeit. Der heilige Berg ist einer von Mihrs Wohnsitzen.«

Wardans ruhige Worte nahmen der Situation die Peinlichkeit, die persönlichen Enthüllungen meist anhaftet. Für einen Augenblick fühlte ich mich an die gelehrten Dispute erinnert, die Colum und ich vor vielen Jahren in Gemmáns Schule geführt hatten. Aber die angenehme Erinnerung war flüchtig.

Da es bereits tiefe Nacht war, löste der Abt die Versammlung auf, segnete alle Anwesenden und wünschte ihnen eine entspannte Ruhe ohne böse Träume. Ich nahm den Weg zu meiner Hütte. Die Nacht war sternenklar, ein leichter Wind bewegte die entlaubten Wipfel. Der fast gerundete Mond schien mit kaltem Licht und verzerrte grotesk die vertraute Umgebung. Ich ging langsam, denn die Nachtluft wirkte beruhigend auf meine überreizten Sinne.

»Sag mir, Mondgöttin, wie meine Liebe begann«, murmelte ich unwillkürlich und wunderte mich, warum mir diese Zeilen aus einem alten Liebeszauber in den Sinn gekommen waren. »Zauberrad, zieh mir den Liebsten ins Haus.«

Hinter mir knirschte der Kies. Ich blickte mich um und erkannte Colum, der mich mit schnellen Schritten einzuholen versuchte. Zum ersten Mal seit vielen Jahren begegneten wir einander unter vier Augen, noch dazu zu so später Stunde. Colum kam schnell zur Sache:

»Du wirst uns verlassen, nicht wahr?«

Ich nickte. »Wenn das Frühjahr kommt und Fürst Wardan seine Heimfahrt antritt, werde ich ihn bitten, mich mitzunehmen. Denn dies ist der Wille der Götter, den sie mir oft genug in meinen Träumen enthüllt haben.«

Colum schwieg, aber nur für eine kurze Weile. »Ich hätte es mir denken müssen«, sagte er, wie in einem Selbstgespräch. »Seelen, die die Götter entrückt oder verrückt haben, kann man nie wieder heimholen. Das Beispiel unseres Königs Suibne zeigt es: Dreifach holte man den verrückten Vogelmenschen aus seinem Wahn in die Gesellschaft der Menschen zurück, dreifach floh er wieder in den Wahn, in die Einsamkeit und schließlich in den Tod.«

Mit plötzlicher Kehrtwendung vertrat mir Colum den Weg: »Kannst du denn nicht sehen, was geschehen wird? In seine Heimat zurückgekehrt, wird dieser Fürst einen Aufstand gegen die Perser erheben, wie schon vor ihm seine kriegerischen Vorfahren. Aus der Flamme des Aufruhrs wird ein furchtbarer Krieg entspringen, denn diesmal werden die Römer eingreifen.«

»Wieso denn? Wardan sagte doch, dass die Römer noch nie gekommen sind, wenn man sie um Hilfe gerufen hat.«

»Diesmal aber werden sie kommen und den Hilferuf zum Vorwand nehmen, um sich ein noch größeres Stück aus Wardans Heimat zu schneiden. Deine Reise führt dich geradewegs in ein von Aufruhr und Krieg zerrüttetes Land. Ich beschwöre dich: Laß ab von deinem Plan.«

Wir maßen einander abwägend mit Blicken.

»Colum«, erwiderte ich, »du besitzt die Gabe der Hellsicht stärker als ich und du hast vermutlich recht. Aber über Gewalt weißt du noch nicht alles. So wisse, dass man weder den Göttern, noch dem Tod entrinnen kann. Wenn es ihr Wille ist, dass ich Länder und Meere durchquere, um den Tod zu finden, dann kann ich mich nicht widersetzen. Ihre Gewalt ist stärker als die der Menschen. Der Tod findet mich überall. Doch am Ende meiner Reise ist mir der Anblick des heiligen Berges verheißen.«

»Gott sei deiner armen Seele gnädig«, antwortete Colum und schlug das Kreuz über mich. Dann trat er aus meinem Weg.

Fünftes Kapitel: Prophezeiungen

Die Hand darauf:
Der Böse bleibt nicht ungestraft,
aber der Gerechten Geschlecht
wird errettet werden.
(Sprüche 11, 21)

Dixit Diarmait:
In jenem Winter, den der armenische Fürst bei uns verbrachte, forschte ihn unser Abt unermüdlich über Einzelheiten seiner Reisen aus, über seine Heimat und die Nachbarvölker. Am meisten aber fragte er über jene Mönche, die sich mit der Abschrift und dem Ausschmücken von Handschriften abgaben. Benutzten sie dafür in den Ländern des Orients auch Vellum, hergestellt aus Kalbs- oder Ziegenkitzleder? Mit welcher Tinte schrieben sie? Kannten sie überhaupt unsere braunschwarze Tinte aus Galläpfeln, vermischt mit Wasser und Kupfer? Benutzten sie Blätter von Stechpalmen? Wussten sie vom Nutzen des Lampenrußes als Tintenersatz? Verwendeten sie Grünspan für die grüne und Essig mit Bleiblech für weiße Farbe? Erhitzten sie wie wir Weißblech, um Rot zu gewinnen? Kannten sie, die nicht an den Gestaden kalter Meere lebten wie wir, den Nutzen bestimmter Algen und Mollusken, Baumrinden und Moose als Färbemittel? Oder waren die orientalischen Mönche so verwöhnt durch den Gebrauch von Purpurschnecken, Koschenilleläusen, Halbedelsteinen wie Malachit und Lapislazuli, dass sie sich keiner einfacheren Mittel zur Herstellung von roter, grüner und blauer Farbe bedienen

mussten? Wussten sie eigentlich, dass man eine dem Purpur ähnliche Farbe aus Rinde gewinnen kann? Und welche Bindemittel benutzten sie? Eigelb und Eiweiß gewiss, aber auch den Saft von Gräsern oder das Mehl von Gräten?

Mit großer Geduld antwortete Fürst Wardan seinem wissbegierigen Gastgeber, so gut er es selbst wusste, und er ließ sich auch Colums Schreibstube hoch über der Klostersiedlung zeigen. Unser Abt war offensichtlich stolz auf die zahlreichen von ihm, Baithín und einigen jüngeren Mönchen gefertigten Abschriften, die, zwischen Deckel aus Eichenholz und Ziegenleder gebunden, in Ledertaschen an der Wand hingen, unerreichbar für Mäuse und andere Schädlinge, wie wir hofften.

»Ich habe mich oft gewundert«, sagte Fürst Wardan mit Blick auf die bescheidene Kammer, »unter welchen armseligen, ja gewollt widrigen Bedingungen die klösterliche Gelehrsamkeit und Schreibkunst sich entfaltet. Manche Mönche begraben sich lebendig in dunklen, feuchten und engen Zellen. Sie arbeiten stehend und einhändig, denn mit der Linken halten sie zum Segen ihres Werkes ein Kreuz. Ihre Öllampen blaken, ihre Augen tränen und ihre Haut ist blass. Viele erblinden vor der Zeit.«

»Die Abschrift eines heiligen Buches ist eine wichtige Bußübung«, erklärte Colum. »Aber um sie möglichst oft vollbringen zu können, verzehren wir bestimmte, das Augenlicht stärkende Kräuter.«

Manche Mönche, fiel mir bei diesen Worten ein, zeichnet Gott außerdem mit besonderer Gesundheit aus. So war es auch bei unserem Abt, der bis ins hohe Alter seine ungewöhnlich gute Sehkraft bewahrte und trotz der geschilderten widrigen Verhältnisse eine Abschrift nach der anderen anfertigte.

Die gelehrten Erörterungen Colums mit Wardan endeten jäh im Frühjahr, als er uns mit dem gallischen Handelsschiff wieder verließ. Er nahm die gälische Heidin mit, die Colum aus der Hand des piktischen Druiden Brocan befreit hatte und die offenbar selbst eine Art Druidin oder Zauberin war. Ich war insgeheim froh, dass sie die Insel verließ, denn obwohl sie sich stets untadelig betragen und sehr zurückgezogen gelebt hatte, waren ihre bloße Gegenwart, geschweige denn ihre fremde Art geeignet, junge Mönche von ihrer Gottsuche abzulenken und ungefestigten Herzen Zweifel und Sehnsüchte einzuflößen. Zudem ahnte ich, dass mein Herr Colum ihren Abschied kaum verwinden konnte, und sein nur mühsam unterdrückter Schmerz erfüllte mich mit unziemlicher Eifersucht auf die, die so heftige Gefühle bei einem derart heiligen Mann auszulösen vermochte.

Noch am selben Tag, an dem das Schiff die Insel der Eibe verließ, befahl Colum, dass man ihn zu den Einsiedlern von Hinba übersetze. Hinba war seine übliche Zufluchtsstätte, wenn er die Einsamkeit und das Gespräch mit Gott suchte, aber diesmal verhielt es sich anders. Kaum in seiner Klause angekommen, ergab sich Colum ganz seinen Launen. Er war wie rasend, fluchte, schrie und schlug um sich, wenn ich ihn zu besänftigen versuchte. Alles, was ich noch für ihn tun konnte war, ihn so gut wie möglich von der Neugier der übrigen Mönche abzuschirmen, denn auf Hinba bleibt nichts verborgen, und die Nachricht von der Ankunft des Abts hatte sich schnell unter den Einsiedlern verbreitet. Das befremdliche Verhalten ihres verehrten geistlichen Vaters versuchten sie so günstig für ihn wie möglich auszulegen. So galt Colums Raserei auf Hinba bald als Zungenreden, und es wurde allgemein bedauert, dass Baithín zu jener Zeit durch Geschäfte bei einer anderen Mönchsgemeinschaft festgehalten wurde und nicht die angeblich vom Heiligen Geist beseelten Worte seines Lehrers für die Nachwelt aufzeichnen konnte. Aber ich, der drei Tage lang vor Colums verschlossener Zellentür Wache hielt, weiß, dass sein Schluchzen und Toben einzig der Heidin Badb galt, die nicht ein einziges Mal zu uns oder der Insel zurückgeblickt hatte, nachdem sie mit Wardan an Bord gegangen war. Am vierten Tag öffnete Colum die Tür, mit wirrem Haar, doch klarem Blick, bleich und geschwächt, denn er hatte die ganze Zeit über weder Speise, noch Wasser zu sich genommen.

»Wir müssen zurückkehren, Diarmait«, erklärte er. »Zuhause haben sie sonst Schwierigkeiten.« Das war das erste Mal, dass Colum die Insel Eibe sein Zuhause nannte, und ich freute mich. Kaum gelandet, berichteten uns die Brüder Silnán und Luigbe aufgeregt, dass sie einen Dieb gefangen hätten: Einen Mann namens Erc, der heimlich mit seinem Boot den Sund von Mull überqueren wollte, um nachts auf dem kleinen, unserer Insel vorgelagerten Eiland zu plündern, wo Seehunde ihre Jungen aufziehen. Dies hatte er offenbar nicht zum ersten Mal getan, denn seit einigen Monaten stellten wir einen Rückgang der Seehunde fest, ohne ihn uns bisher erklären zu können. Die beiden Brüder hatten Erc eine Weile beobachtet, wie er sein Boot mit Schilf zu tarnen versuchte, und hatten zugefasst, als er versuchte, sich unter dem Boot zu verstecken.

Colum ließ sich schon wenig später den Gefangenen vorführen, und der Missetäter leugnete seine Wilddieberei erst gar nicht. Er bat aber um Nachsicht: »Meine Kinder verhungern, Herr. Mein Gewerbe ist es, Dächer mit Stroh zu decken, und ich besaß auch etwas Landwirtschaft. Wir hatten unser Auskommen. Aber seit König Conalls Stern gesunken ist, ist diese Gegend unsicher und gesetzlos geworden, ein herrenloses Land. Gälische Banden fallen über uns her, über Pikten und Gälen, über Heiden und Christen, Bauern und Mönche, ihnen gilt das nichts. Ihre Anführer gehören zur königlichen Sippe der Dalriada. Sie haben auch uns überfallen. Meine Familie konnte gerade ihr Leben und ihre Freiheit retten und sich in die Berge flüchten. Aber die Bande hat alles davongeschleppt, was nicht niet- und nagelfest war. Sie trieben unsere kleine Herde fort und stahlen selbst unsere ärmlichen Möbel. Wir haben kein Saatgut mehr und nicht einmal ein Huhn.«

Das elende Aussehen des Mannes bezeugte die Wahrheit seiner Geschichte. Colum betrachtete ihn nachdenklich.

»Es ist keine Lösung, Erc«, sagte er schließlich, »wenn du das Unrecht, das dir zugefügt wurde, an andere weiterreichst. So mehrst du es nur. Man bestiehlt dich und du bestiehlst uns. Auch wir sind auf Seehunde angewiesen. Wir brauchen ihr Fett für unsere Tranlampen, und wir brauchen ihr Fleisch im Winter, falls unsere Vorräte erschöpft sind. Ohnehin bedrohen die Blutbäder, die du auf der Seehundinsel veranstaltet hast, das Überleben dieser Geschöpfe Gottes. Aber ich will dir zu einem Neuanfang verhelfen.«

Und er ließ einige Schafe für Erc schlachten, damit er und die Seinen sich satt essen und ihre Kräfte zurückgewinnen konnten, er gab ihnen Saatgut sowie fünf Kühe. »Gib gut auf die Kühe acht«, wies er Erc an, »denn sie werden dir bald großen Nutzen bringen.«

Auch das erwies sich als wahr, denn Erc Kühe vermehrten sich schnell und gut und gaben wunderbarerweise große Mengen Milch. Ihr überglücklicher Besitzer versuchte unserer Gemeinschaft seine Dankbarkeit in jeder nur erdenklichen Weise zu bezeugen, und er bewirtete Angehörige unseres Klosters stets auf das Beste, wenn wir in seiner Gegend zu tun hatten. Schaute aber der Abt selbst bei Erc vorbei, kannte seine Freude keine Grenze. Der einzige Wermutstropfen bei diesen Begegnungen waren die nicht abreißenden Berichte von Überfällen auf die Bewohner der Küstengebiete. Der Name eines gewissen Lám Dess, des Anführers der Bande, tauchte immer wieder auf. Wollte man Erc und seiner Familie glauben, war er ein Teufel in Menschengestalt, grausam und hinterhältig.

»Ich werde dafür sorgen, dass diese Gesetzlosigkeit aufhört«, erklärte Colum am Ende eines solchen Berichts. Er bemerkte Ercs Zweifel, doch dieser schwieg aus Höflichkeit. Wie um Erc zu überzeugen, setzte Colum hinzu: »Habe ich nicht durch unsere Reise zu König Bridei den Angriffen der Pikten ein Ende gesetzt?«

»Das ist richtig«, räumte Erc ein. »Jeder hier im Grenzland ist dir dankbar dafür. Aber manchmal denke ich, dass wir Gälen weit schlimmer sind. Verzeih mir diesen Gedanken. Doch es gibt ein hässliches Gerücht. Es heißt, dass zwar König Conall nicht mehr die Kraft besitzt, den nördlichen Teil der gälischen Dalriada-Kolonie zu kontrollieren, dass er aber das Räuberunwesen duldet, wenn nicht gar stillschweigend fördert, um das Erstarken der Pikten zu verhindern. Er soll nach dem Grundsatz handeln, dass niemand das Land besitzen soll, das er, Conall, nicht besitzen kann. Lieber verbrannte Erde, als Brideis Herrschaft. Die Straffreiheit für Plünderungen selbst von Gälen soll die Belohnung darstellen, die Conall den Räubern gewährt. Dieser Verdacht stützt sich auf den Umstand, dass Ioan mac Conaill und andere Verbrecher aus der Bande des Lám Dess zur Königssippe gehören. Ja, Lám Dess selbst ist ja von königlicher Abstammung. Doch das hindert ihn nicht, ein wildes ruchloses Leben zu führen und anständigen Männern zuzusetzen. Er und seine Mordgesellen schrecken nicht einmal davor zurück, waffenlosen Priestern und Einsiedlern den Schädel zu spalten, aus reiner Mordlust und aus Freude am Schrecken, den sie verbreiten. Raubgier ist für sie nebensächlich. Denn welche Schätze gibt es schon bei einem Eremiten zu holen?«

»Was Conalls Schwäche betrifft, hast du sicher recht«, erwiderte Colum. »Aber er ist kein Spießgeselle des Lám Dess.«

Colum schien sich in dieser Sache sehr sicher. Nachdenklich strich er die langen rotbraunen Haare zurück und fügte mit Entschlossenheit hinzu: »Trotzdem, dies wird ein Land des Friedens und der Sicherheit werden. Ich verspreche es euch.«

Er sollte schon bald Gelegenheit erhalten, sein Versprechen zu erfüllen. Noch im selben Sommer stießen wir auf Ioan mac Conaill, als Colum nördlich unserer Insel reiste und die große Halbinsel Ardnamurchan besuchte, wo Colmán, ein anderer seiner Schützlinge, nahe der Schafsbucht wohnte. Als wir uns Col-

máns Hof näherten, sahen wir bläulichen Rauch aus den Strohdächern der Häuser züngeln. Ioan und seine Männer verluden
vor unseren Augen Colmáns Besitz auf ihre Schiffe. Der Bauer
saß, umringt von seiner Familie, auf den Ruinen seines Anwe-
sens und schluchzte hilflos. Colmáns Frau schien vor Entsetzen
den Verstand verloren zu haben, sie hockte im Gras und riss in
ihrer Verwirrung ein Büschel nach dem anderen aus. Die Töchter
und Schwiegertöchter klagten, ihre Brustkinder im Arm wiegend,
laut über das fortgetriebene Vieh wie über Tote. Das schien freilich nicht übertrieben, denn der sichere Hungertod stand dieser
Familie im kommenden Winter bevor. Colum, obwohl von der
Reise erschöpft, beeilte sich bei diesem herzzerreißenden Anblick,
in Ioans Nähe zu gelangen und dem Verbrecher ins Gewissen zu
reden, der ihn jedoch nicht weiter beachtete. Unser Abt versuchte,
das Fünkchen von Gewissen, was vielleicht unter der Asche seiner
zahlreichen Verbrechen glimmen mochte, noch einmal anzufa-
chen. Für Ioan war Colum nichts weiter als eine lästig summende
Fliege.

»Mönch, sei froh, dass wir bislang die Insel der Eibe und deine
Häuser auf Hinba und Tiree verschont haben. Du verdankst das
einzig deiner vornehmen Herkunft, denn wer legt sich schon mit
den Uí Néill an? Aber es heißt ja, dass du auch mit denen Ärger
hast. Also geh mir aus dem Weg!«

Ioans grobe Worte waren als Beleidigung gemeint, und er sprach
wie nebenbei, während er eilig auf der Planke hin- und herlief,
die an Bord seines Schiffes führte. Colum war Ioan ins Wasser
gefolgt, das ihm schon bis zur Hüfte reichte. Als er einsah, dass
alle Worte verschwendet waren, erhob er die Arme gen Himmel
und begann inbrünstig zu beten. Ioan beachtete ihn nicht weiter,
sondern fuhr kopfschüttelnd fort, Colmáns Habseligkeiten fort-
zuschleppen.

Als Colum sein Gebet beendet hatte, kehrte er ans trockene Ufer
zurück und begann wortlos, eine Anhöhe zu ersteigen. Wir, seine

Begleiter, und die verzweifelte Familie Colmáns, folgten ihm dorthin, denn wir wussten nicht, wohin wir sonst hätten gehen sollen. Oben angekommen, setzten wir uns zwischen Heidekraut und Quarzsteinen im Kreis um Colum, der angespannt auf die See starrte und lange schwieg. Schließlich sprach er zu uns, und seine Worte klangen schrecklich:

»Dieser Erbärmliche, der Christus in Gestalt seiner Diener verachtet, wird niemals zu dieser Bucht zurückkehren, die er soeben vor euren Augen verlässt. Noch wird er je das Ufer, das er ansteuert, erreichen. Denn er und seine Kumpane werden eines plötzlichen Todes sterben. Wie ihr gleich erkennen werdet, wird sich eine Wolke von Nord heranbewegen, und sie wird eine heftige Böe bringen, die Ioan und seine Männer überrumpeln wird. Keiner von ihnen wird überleben, um zu berichten, was geschehen ist.«

Da der Himmel zu diesem Zeitpunkt völlig klar und das Wetter sonnig war, hielten wir die düstere Prophezeiung für das bloße Wunschdenken eines Ohnmächtigen. Haben nicht wehrlose Unschuldige zu allen Zeiten gehofft, durch göttliches Eingreifen gerächt zu werden? Aber in unser verlegenes Schweigen hinein sprach Colum mit Zuversicht:

»Brüder und Schwestern, die Sünder schaffen ihr Verhängnis mit eigenen Händen, seid dessen gewiss! Denn je größer ihre Sünde ist, umso stärker ist die Macht, die die Gerechten als Werkzeuge Gottes über sie erlangen.«

Kurz nach diesen Worten zog wahrhaftig eine sich rasch vergrößernde und verdunkelnde Wolke von Norden her über der See auf. Colum sprach:

»Seht ihr, mit der Sünde ist es ungefähr wie mit dieser Wolke: Am Anfang ist es bloß die Idee von der Sache selbst, die Ahnung eines Wölkchens und die Absicht zur Sünde. Aber die Sünde und das Unwetter wachsen sich schnell aus und gewinnen ihre eigene Gewalt. Und dies ist erst der Anfang.«

Wie es Colum vorhergesagt hatte, brach eine gewaltige Sturmböe aus der dunklen Wolke hervor und vernichtete den Räuber Ioan und seine Leute vor unseren Augen auf offener See zwischen der Insel Coll und Mull. Dort schäumte die See auf und verschlang die Verbrecher in ihrem tiefsten Schlund, während ringsum Stille und gutes Wetter herrschten.

Von Ardnamurchan kehrte Colum zur Insel der Eibe zurück, rief alle Brüder und Laien seines Haushalts zusammen und verhängte den Kirchenbann über Lám Dess und seine Gefolgsleute. Dann begab er sich wieder nach Hinba. Die Nachricht von der Verfluchung der königlichen Räuber verbreitete sich wie ein Heidebrand. Colum war klar, dass sein Handeln einer Kriegserklärung gleichkam. Bereits drei Wochen nach seinem Ausstoß aus der Gemeinschaft der Christen tauchte Lám Dess auf Hinba auf, mit großem Gefolge. Colum erwartete ihn vor seiner Klause, mit nur wenigen Mönchen an seiner Seite. Lám Dess, den Wolfskopf über der Schulter, saß nicht ab.

»Du wirst das zurücknehmen«, herrschte er Colum an.

»Niemals«, sagte mein Herr Colum.

»Du wirst das zurücknehmen«, beharrte Lám Dess, »oder mein Speer durchbohrt dich.«

Colum lachte laut und höhnisch. »Lám Dess, damit kannst du wehrlose Frauen zu Tode erschrecken. Nicht mich.«

»Nein?« Lám Dess fasste seinen Speer fester. Seine gelben Raubtieraugen verengten sich noch mehr. Er sah gefährlich aus. Colum erklärte ihm gelassen:

»Du kannst mich nicht töten. Vielmehr fürchte selbst den Tod, denn deiner unzähligen Verbrechen wegen ist dein Leben verwirkt! Binnen Jahresfrist und auf die Stunde genau trifft dich der Speer eines Mannes, der ihn in meinem Namen schleudern wird. Du hast genau ein Jahr Zeit, deine zahllosen Sünden zu bereuen und Buße zu tun.«

»Höre, Colum«, erwiderte Lám Dess. »Ich warte schon lange auf diese Begegnung. Meiner Sünden wegen hast du mich aus der Gemeinschaft der Christen ausgestoßen. Mit welchem Recht eigentlich? Auch dein Gewissen ist nicht rein, sonst wärst du nicht hier. Hat man nicht auch dich mit dem Kirchenbann belegt? Ungezügelte Männer wie mich und dich, die mit dem Gesetz und ihrem Gewissen nicht zurechtkommen, zieht es in wilde Gegenden wie diese. Mit deinen Zauberkunststücken hast du dir einigen Ruhm erworben, das gebe ich zu. Aber mich beeindruckst du nicht. Ich glaube nicht an deine Magie, und daher wirkt sie auch nicht auf mich. Ich glaube an meine Waffen. Du bist unbewaffnet. Du hast mir ein Jahr gegeben, um Buße zu tun und zu bereuen. Ich gebe dir nur zwei Augenblicke Zeit.«

In diesem Augenblick warf ich mich zwischen Lám Dess und Colum, denn ich begriff mit der Vorahnung des einstigen Kriegers, dass der Einarmige seinen Speer wirklich schleudern würde, und alles, was ich je wünschen konnte, war, meinem Herrn das Leben zu retten. Ich trug an jenem Tag Colums Umhang, denn ich hatte über Kälte geklagt, und Colum hatte mir seinen Umhang umgelegt. Nun rettete mir der Umhang wie eine zuverlässige Rüstung das Leben. Lám Dess' Speer, obwohl mit der Wucht eines erprobten und sehr starken Kriegers geschleudert, prallte an mir ab. Ein Wunder, das mich eben so verwirrte wie Lám Dess. Er verließ mit seinen Männern Hinba ohne weiteres Wort oder weiteren Angriffsversuch. Wir übrigen vergaßen über der Mühsal des Alltags bald diesen Vorfall und Colums Prophezeiung. Auch ich erinnerte mich erst wieder daran, als ein Jahr später, an einem drückend heißen Hochsommertag Colum plötzlich seine gleichmäßige, ruhige Schreibarbeit unterbrach, sich am Tisch streckte und mit dem starren Blick eines Wahrsagers verkündete: »Gott sei dank! Jetzt, jetzt ist es soweit. Endlich, Lám Dess ist in meinem Namen getötet worden. Jetzt fällt er zu Boden, vom Speer durchbohrt. Badb ist gerächt. Gemmán ist gerächt.«

Sein Kopf sank auf die gefalteten Hände. Ich wusste mit dem letzten Satz nichts anzufangen, denn ich konnte mich nicht erinnern, dass die Druidin je den Namen des Lám Dess erwähnt hätte, noch konnte ich mir einen Reim auf Gemmán machen. Alles Übrige wurde bald durch Botenberichte bestätigt. Tatsächlich war Lám Dess in einem Scharmützel, das niemand außer ihm das Leben kostete, von einem Mann getötet worden, der seinen Speer im Namen Colums geschleudert hatte. Von nun an herrschten endlich im Grenzland die Sicherheit und der Friede, die Colum versprochen hatte. Aber seiner Seele blieb die Ruhe versagt, denn nun musste er anderen Heimsuchungen begegnen.

Im vierten Sommer nach unserer Ankunft auf der Insel schien das Schicksal zum letzten Mal Strandgut aus Ériu an unsere Küste zu spülen. Im selben Hochsommer, als wir vom unrühmlichen Ende des Lám Dess erfuhren, hörten wir eines Nachmittags, wie Fremde vom Ufer über den Sund riefen. Wir schickten das Boot des Klosters, um sie herüberzuholen. Aber noch bevor es landete, erschien Colum am Ufer und gebärdete sich wie rasend. Sein Verhalten stand im völligen Gegensatz zu seiner sonstigen Gastfreundschaft und Herzlichkeit, was uns alle in Erstaunen, ja Furcht versetzte.

»Die, die jetzt übersetzen wollen, dürfen niemals den Fuß auf die Insel setzen«, erklärte unser Abt entschieden. Niemand außer mir wagte, nach dem Grund zu fragen. Colum antwortete schroff:

»Im Boot sitzt unser Bruder in Christo, Findchán.«

Dies rief noch größeres Erstaunen hervor, denn Findchán, der selbst einer Mönchsgemeinschaft vorstand, war oftmals bei uns zu Besuch gewesen und stand in gutem Ruf. Wiederum fragte nur ich:

»Aber was hat Findchán getan, dass er die Insel nicht betreten darf.«

Seufzend wandte sich Colum mir zu, wie einem begriffsstutzigen Kind. Offenbar war er sich für einen Augenblick gar nicht bewusst, dass wir übrigen nicht sahen, was für ihn offenkundig war.

»Findchán kommt nicht allein«, erklärte uns Colum. »Neben ihm sitzt einer, der ein Königsmörder ist. Und ein Flüchtling. Und ein Liebhaber von Männern. Und ein zu Unrecht geweihter Priester. Áed Dub mac Suibne hat Findchán derartig betört, dass dieser sämtliche Gelübde gebrochen hat und einen Unwürdigen zum Priester geweiht hat.«

Noch immer konnten sich die meisten Brüder auf diese von Colum ungeduldig hingeworfenen Brocken keinen Reim machen. Als unser Boot in Sicht kam, erkannten wir tatsächlich zwei Männer, die im Mönchshabit dem Fährmann gegenübersaßen. Den älteren erkannten wir sogleich als Findchán. Der Jüngere hatte die Kapuze tief ins Gesicht gezogen, aber auch so verbarg sie nicht seine auffallende Schönheit. Mit erhobener Hand gebot Colum dem erstaunten Fährmann, noch vor dem Ufer einzuhalten.

»Doppelten Fluch über euch«, schleuderte Colum den Ankömmlingen entgegen, »dir, Findchán, weil du als Beichtvater um die Verbrechen Áeds wusstest und trotzdem den landesflüchtigen Königsmörder zum Priester weihtest, nachdem du das Lager mit ihm geteilt hattest. Dir soll die Rechte verrotten, mit der du diesen Verfluchten gesegnet hast. Und Fluch über dich, Áed, denn du hast deinen Ziehvater und König Diarmait ermordet und einen Priester zur Unzucht verführt.«

Die schroffe Rede erzürnte vor allem Áed, der zornig aufsprang, die Kapuze zurückwarf und mit seiner heftigen Bewegung das Boot in gefährliche Schwankung versetzte. Wir konnten nun alle erkennen, dass er seinen Beinamen »der Schwarze« zu Recht trug, denn sein Haar war rabenschwarz.

»Diesen Vorwurf gerade von dir zu hören, Colum, ist in mehrfacher Hinsicht ungerechtfertigt. Ja, es ist alles so gekommen, wie du und nach dir auch des Königs Druide Bec mac Dé in Tara prophezeit habt. König Diarmait ist durch die Hand und im Haus eines Mannes getötet worden, dessen Vater er erschlagen hat. Er starb im Haus eines Mannes, der mein Gefolgsmann ist. Und er starb, wie ihm Bec geweissagt hat und du wohl stets gewusst hast, den dreifachen Tod: Erst habe ich ihn mit meiner Lanze durchbohrt, dann setzte ich das Haus in Brand und Diarmait schleppte sich zum Bierfass, wo ihn der herunterstürzende Dachfirst erschlug, so dass er im Bier ersoff. Du vor allen anderen müsstest mich verstehen, denn du hast Diarmait in seiner ganzen Grausamkeit und Ungerechtigkeit erlebt, auch am eigenen Leib. Diarmaits Verbrechen haben dich so empört, dass du gegen ihn in den Krieg gezogen bist. Aber du warst nicht folgerichtig genug. Du hättest Diarmait nicht nur besiegen, sondern töten müssen. Ich habe vollendet, was du unvollbracht ließest. Was nun meine Liebschaft mit Findchán betrifft, so hast du noch weniger Berechtigung, mir Vorwürfe zu machen. Ich weiß, was Begehren unter Männern bedeutet, Diarmait hat es mir früh beigebracht. Als ich erkannte, dass Findchán verführbar ist, legte ich mich zu ihm, weil ich eine Zuflucht brauchte und mir niemand sonst Zuflucht zu geben bereit war. Später habe auch ich seinen knochigen Körper begehrt. Du verurteilst uns, aber heißt es nicht beim Prediger Salomon: Wenn zwei beieinander liegen, wärmen sie sich; wie kann ein einzelner warm werden? Hast du die Wahrheit dieses Bibelworts noch nicht mit deinem Diener Diarmait entdeckt?«

Dunkle Zornesröte überzog Colums Gesicht:

»Du legst die Bibel nach Gutdünken aus und missbrauchst das heilige Amt des Priesters! Der dreifache Tod, den du Diarmait bereitet hast und den er zuvor anderen bereitete, wird dich selbst treffen. Aber das habe ich dir bereits in Tara prophezeit. Lange Ketten schwerer Verbrechen scheinen schwer durchtrennbar. Dein Leben, Áed, war von Beginn an verdorben, erst ohne deine Schuld, dann durch eigene Schuld. Ich erlaube dir nicht, deinen Fuß auf diese Insel zu setzen, deren Heiligkeit und Reinheit schwer erkauft sind.«

Áed Dub zuckte mit der Schulter, Enttäuschung und Verzweiflung traten in seine schönen Augen: »Man preist deine Gastfreundschaft überall, zahlreichen Flüchtlingen bietest du Asyl. Nur mir nicht?«

Doch Colum hatte sich bereits umgewandt, ohne Áed einer weiteren Antwort zu würdigen. »Die verlorene Seele«, murmelte er im Fortgehen. Dies war das einzige Mal, dass er einem Sünder nicht die geringste Aussicht auf Rettung durch Reue zubilligte und einem Flüchtling die Tür verschloss.

In der folgenden Nacht war sein Schlaf unruhig und kürzer denn je. Mit einem Schrei fuhr er hoch, sich verwirrt und benommen umblickend.

»Was ist dir«, fragte ich besorgt, denn jede Störung seines Wohlbefindens rief meine Besorgnis hervor. »Drücken dich Alpträume?«

»Wenn es nur das wäre«, erwiderte Colum und rückte das Nachtlicht näher. »Höre, Diarmait, in diesem Traum ist mir die Zukunft unserer Insel gezeigt worden. Bloß weiß ich sie nicht zu deuten. Zuerst war da nur die Ödnis des Wassers und Sturm, und ich ritt auf dem Sturm wie auf einem wilden Pferd, das unter mir stampft und sich aufbäumt. Doch wir flogen nicht durch den Raum, sondern durch die Zeit. Was unter mir stampfte und rüttelte, waren die verfliegenden Jahre, denn mein Standort blieb unverändert: Wie ein rüttelnder Falke blickte ich aus den Lüften herab auf unsere Insel, und was sich bewegte, war die vergehende Zukunft. Ich erkannte das zunächst an den veränderten und neuen Gebäuden. Die Siedlung vergrößerte sich zusehends, und bald waren die Bäume der Insel gefällt und ihr Holzvorrat erschöpft. Dort, wo ich die beiden hölzernen Kreuze zum Gedenken an Ernáns Tod errichten ließ, erhoben sich Steinkreuze mit prachtvollem Ornamentschmuck. An die dreihundert ständige Einwohner zählte die Insel nun, und es herrschte ein ständiges Kommen und Gehen zwischen uns und dem Festland, selbst im

Winter. Auf dem Friedhof, den wir nach Oran benannt haben, mehrten sich die Grabplatten für Mönche und Laien, denn für die Einwohner Albas, für Pikten wie für Gälen, galt es nun als besondere Ehre, auf unserer Insel zur letzten Ruhe gebettet zu werden.

Nicht nur als Alba, sondern selbst aus dem Land der Angeln schickten Könige ihre Kinder zu uns, damit unsere Mönche sie ausbilden, und niemand in Alba wurde ohne den Segen meiner Nachfolger in der Abtswürde König. Mein Herz tat einen Sprung vor Freude, dass unsere Gemeinschaft nicht nur überdauert hatte, sondern an Zahl und Bedeutung derart zugenommen hatte. Doch es krampfte sich vor Schmerz zusammen, als ich entdeckte, dass Zwietracht unsere Gemeinschaft bedrohte. Was es genau war, vermag ich nicht zu sagen, denn die Zeit flog schnell dahin, unter mir stampften die Jahre wie rasende Rösser, und Einzelheiten blieben mir deshalb verborgen. Doch ich vermute, dass es Glaubensfragen waren und der damit verbundene Machtanspruch Roms.

Dann traten zu den inneren Gefahren äußere. Das Bild von Blüte und Gedeihen wechselte. Fremdländische Eroberer kreuzten in großen Drachenbooten unsere See, und der Terror, den Lám Dess zu unserer Lebzeit verbreitet hatte, scheint nur ein blasser Vorgeschmack künftiger Gräuel jener heidnischen Mordbrenner aus dem Norden, die den auf Albas Inseln und an seinen Küsten lebenden Menschen bevorsteht.

Selbst unsere heilige Insel blieb nicht verschont, im Gegenteil. Reich geworden durch die Schenkungen königlicher Gönner, forderte unsere Gemeinschaft geradezu die Angriffe der Nordmänner heraus, da die Heiligkeit der Kirche den Heiden nichts bedeutet. Ich sah das Schlimmste, denn für jemand wie mich ist es das Schlimmste, Gewaltverbrechen zusehen zu müssen, ohne sie verhindern zu können. Ich sah die Gemeinschaft der Brüder, zur Morgenmesse versammelt. Diese Wehrlosen überfielen die Nordmänner, wie Wölfe in ein Schafspferch einfallen, und die weißen Festtagsgewänder meiner Brüder färbten sich dunkelrot von ihrem Herzblut. Am Altar aber zelebrierte Blathmac, ein Abt aus königlichem Geschlecht. Ihn verschonten die Räuber zunächst, damit er das Versteck des unermesslich kostbaren Schreins verrate, in den meine Brüder meine armseligen Knochen gebettet hatten. Doch Blathmac blieb treu, er verriet nicht nur nicht das Versteck, sondern forderte mit widerspenstiger Rede auch noch die Grausamkeit der Nordmänner heraus: »Wenn Christus wollte, dass ich das Versteck wüsste, würde mein Mund es doch nie euren Ohren verraten!«

Blathmacs Peiniger zerstückelten ihn wegen solcher Widerrede Glied um Glied. Doch während sie damit beschäftigt waren, konnte ich vier junge Mönche erkennen, die wie durch ein Wunder dem Gemetzel in einem Boot entkamen. Ihre Hände flogen vor Angst, entdeckt zu werden. Dennoch wagten sie die Flucht, denn sie führten den wahren, den kostbarsten Schatz der Insel mit sich, ein fast schon vollendetes Evangeliar, das sie überreich mit den allerfeinsten Miniaturzeichnungen geschmückt hatten, die je die Welt erblicken wird. Und mit der Gabe des umfassenden Gesichts, das mir in jenen Augenblicken verliehen war, wusste ich, dass diese vier Jünglinge nach Ériu entkommen würden. Dort würden sie ihr Werk in Ceanannas Mór vollenden, denn König Diarmaits entfernter Nachfolger hatte die Große Residenz meinem Haushalt übereignet, und für eine Zeitlang würde Ceanannas Mór vor allen anderen meiner Gründungen führen und Sitz meines Nachfolger sein, bevor es seinen Vorrang an Daire abtreten musste.

Dort aber, wo ich mich in meiner Vision befand, zogen dichte Wolken auf und standen undurchdringlich zwischen mir und der Insel. Nur für eine Weile rissen sie noch einmal auf und gaben den Blick frei, und ich erkannte ein neues, aus Stein errichtetes Kloster mit einer großen Kirche, doch die Ordenstracht war mir fremd. Die einst engen Beziehungen der Insel mit Ériu rissen ab, und wieder nahmen dichte Wolken mir die Sicht. Ich habe Aufstieg und Niedergang gesehen, und der Niedergang wäre das bleibende Bild, wenn nicht der Ruhm, der vom Buch jener vier jungen Mönche ausgeht, der Erinnerung an uns Dauer verliehe. Und somit schließt sich wohl der Kreis: Denn unsere Gemeinschaft auf dieser Insel ist aus der Buße für den Streit um ein Buch hervorgegangen, und mit dem kostbarsten Buch, das Ériu je besitzen wird, kehren meine Mönche endlich in meine Heimat zurück. Ach, mir schwindelt der Kopf, wenn ich an die letztliche Bedeutung aller Ereignisse denke, die mir geoffenbart wurden. Die Gedanken, die dieses Gesicht hervorruft, sprengen mir fast den Schädel!«

Colum war erschöpft und griff dankbar nach dem Becher mit kaltem Wasser, den ich ihm reichte. Doch obwohl er jetzt der Ruhe bedurfte, trieb mich die Neugier zu einer weiteren Frage:

»Sag mir, wie dir Eingebungen offenbart werden. Denn sie treten doch nicht nur in deinen Träumen auf, sondern meist am Tag, bei vollem und klarem Bewusstsein. Sind es Stimmen, die zu dir sprechen? Sind es Gesichte? Oder offenbaren sich dir die geheimen und zukünftigen Dinge in einer den Menschen sonst nicht bekannten Weise?«

Erst nachdem ich ihm auf Knien schwören musste, nie darüber zu sprechen, antwortete mir Colum. Seine Worte sagten mir aber wenig, denn ich bin ein einfacher Mann und gehörte nicht zu den Erwählten. Doch ich merkte mir seine Antwort, Wort für Wort:

»Nur wenigen Menschen hat Gott die Gnade verliehen, mit einem Blick, wie aus großer Höhe, den gesamten Erdkreis zu erfassen und den Himmel sowie den Ozean, der die Länder umschließt. Dieser Blick ist kurz, vergleichbar dem plötzlichen Durchbruch eines einzigen Sonnenstrahls durch dichte Wolken, denn der menschliche Verstand ist unfähig, für längere Zeit die Gleichzeitigkeit der unendlich vielen Eindrücke zu ertragen. Nur in Träumen währen Visionen länger, denn im Traum sehen wir weniger hell und deutlich wie im Wachen.«

In den folgenden Jahren musste ich immer wieder an Colums Traumgesicht über die Zukunft unserer Gemeinschaft denken, und auch Colum beschäftigte es ab und an. Beide schöpften wir

Zuversicht aus der Gewissheit, dass unsere Gemeinschaft von langer Dauer sein werde, aber Colum beschäftigte vor allem die Frage, wie er noch zu Lebzeiten den künftigen Streit der Gemeinschaft verhindern könne. »Gegen fremde Eroberer«, so sagte er mir immer wieder, »sind wir machtlos. Unser Schicksal liegt in Gottes Händen. Aber für den Zustand unserer Gemeinschaft, für unseren inneren Frieden, sind wir selbst verantwortlich.«

Auch an dem Tag, als wir vom Tod Conalls erfuhren, erinnerte ich mich, ohne recht zu verstehen warum, an Colums Traum vom Ritt über die Zeit. Vielleicht suchte ich Trost, wie er in der Verheißung vom langen Bestand unserer Gemeinschaft lag. Der Tod Conalls, der keinen Sohn, sondern nur seine schöne Tochter hinterließ, würde zu Streitigkeiten um die Nachfolge in der Dalriada-Kolonie führen. Jedes Kind verstand das. Von jenen Angehörigen der königlichen Sippe, die zum Kreis der wählbaren Nachfolger gehörten, bilden Conalls Vettern Áedán und Éogenán seine nächsten Blutsverwandten. Éogenán war wegen seiner freundlichen Art und seinem in allen Dingen gemäßigten Verhalten mit Abstand der Beliebtere. Eine Wahl wäre mit großer Wahrscheinlichkeit gegen Áedán ausgefallen, der ein aufbrausender und kriegerischer Mann war. Weil Áedán selbst erkannte, wie schlecht seine Aussichten standen und er andererseits ehrgeizig und erfinderisch war, wartete er seine Niederlage nicht ab. Schon zwei Wochen, nachdem uns die Todesnachricht erreicht hatte, brach Áedán mit großem Gefolge zu unserer Insel auf.

Colum betrachtete stirnrunzelnd von seiner Felsenanhöhe aus, wie Áedán über den Sund setzte. »Das gleicht eher der Invasion eines feindlichen Heeres als der Pilgerfahrt eines Adeligen«, murrte er. Dem ungebetenen Gast zeigte er sich so spät wie es die Gesetze der Gastfreundschaft eben noch zuließen. Colums kaum verhohlene Ablehnung war Áedán, der ein scharfes Auge und eine schnelle Auffassungsgabe besaß, natürlich nicht entgangen. Ohne

Umschweife erklärte er unserem Abt, als dieser sich endlich nach der Vesper zu einem Gespräch mit dem Gast herbeiließ:

»Für das, was ich von dir erbitten werde, Abt Colum, musst du mich nicht lieben.«

Colum betrachtete eindringlich die scharfen Gesichtszüge Áedáns, bevor er wie beiläufig fragte:

»Und was willst du erbitten?«

»Einen Handel zu beiderseitigem Vorteil«, antwortete Áedán mit schnellem Seitenblick auf mich. Ich verstand und wollte mich entfernen, doch Colum gebot mir zu bleiben.

»Vor meinem Diener Diarmait kannst du offen reden, Áedán. Er ist zuverlässig und verschwiegen wie sonst keiner.«

Dazu erniedrigt, meine Gegenwart ertragen zu müssen, errötete unser Gast. Doch sein Anliegen war offenbar so dringlich, dass er nach einigem Räuspern doch zur Sache kam.

»Es ist ein offenes Geheimnis, Abt Colum, dass ich bei der Wahl von König Conalls Nachfolger wenig Aussichten besitze. Darum will ich, dass das Wahlverfahren ausgesetzt wird und dass stattdessen du mich zum König salbst!«

Colum, der doch sonst so vieles voraussah, war sprachlos über diesen ungewöhnlichen Vorschlag. Als er sich wieder gefangen hatte, hielt er Áedán vor: »Die Wahl eines Königs und seines Stellvertreters ist uraltes Gewohnheitsrecht unseres Volkes. Alle freien, wahlberechtigten Männer wären empört, wenn ich oder irgendein anderer Priester dieses Recht außer Kraft setzen.«

Doch Áedán war gründlich auf solche Einwände vorbereitet:

»Wir sind nicht in Ériu, sondern in Alba. Wir sind Fremde in einem fremden Land. Wir werden uns eigene, neue Gesetze und Bräuche schaffen. Die Königsweihe wird die Königswahl ersetzen. Dieses Recht soll dir und deinen Nachfolgern vorbehalten bleiben, denn das Volk liebt und ehrt dich mehr als alle Adeligen der Dalriada. Es vertraut deinem Gerechtigkeitssinn und hat dir mit diesem Vertrauen und dieser Liebe eine mächtigere Position geschaffen als Conall sie je besaß. Beruf dich meinetwegen auf die Bibel, auf den Propheten Samuel, der König David weihte. Das Volk wird jeden von dir gesalbten Herrscher anerkennen. Es wird dein Schade nicht sein.«

Ich erkannte, wie Zorn in meinem Herrn aufstieg. »Du wagst es, mir einen solchen Vorschlag zu machen? Hältst du mich für käuflich? Ich soll das Vertrauen der Menschen missbrauchen für deine eigennützigen politischen Interessen?«

Áedán blieb gelassen: »Im Rang stehst du hoch über mir, Colum, und die Uí Néill-Adeligen sind für ihren Hochmut berüchtigt. Du darfst mich verachten. Aber dann verachte auch dich selbst. Denn du wirst mir gehorchen.«

Colum lachte höhnisch auf. »Ich habe deinem Verwandten Lám Dess nicht gehorcht, auch nicht unter der Bedrohung durch seinen Speer.«

Colum und Áedán maßen sich eine Weile schweigend mit Blicken, der eine hasserfüllt, der andere kühl berechnend. Dann fuhr Áedán fort:

»Wenn du dich gegen mich stellst, wird dies das Ende deiner Mönche sein. Dir ist sicher aufgefallen, dass mein Gefolge fast ausschließlich aus bewaffneten Kriegern besteht.«

»Das ist mir aufgefallen«, zischte Colum. »Höre, Áedán. Zeit schafft Rat, sagt das Sprichwort. Dein Vorschlag ist so ungeheuerlich, dass ich ihn einige Tage überdenken muss. Auf Hinba, nicht hier.«

»Willst du fliehen?« erkundigte sich Áedán misstrauisch. »Dann bleiben mir deine Mönche als Geiseln, vergiss das nicht! Warum Hinba? Kannst du dich nicht hier entscheiden?«

»Du scheinst wenig vom Gebet zu verstehen.« Colum spie den Satz geradezu hervor. »Hier geht es zu wie auf einem Marktplatz. Wie könnte ich in diesem Lärm vertrauliche Zwiesprache mit Gott halten und sein Wort verstehen?«

Áedán erwog misstrauisch Colums Worte. Schließlich lenkte er ein: »Gut, zieh dich nach Hinba zurück. Nur du und dein Diener. Ich bleibe einstweilen mit meinem Gefolge hier.«

Ohne den üblichen Segen zur Nacht, ohne ein Grußwort verließ Colum das Gästehaus. Als wir unsere Schlafstube erreicht hatten, sank er auf die Knie: »Ich habe nicht geahnt, Diarmait, dass der Preis für den Fortbestand dieser Gemeinschaft so hoch sein wird.«

Sechstes Kapitel: Axal

Sie erreichten Hinba bei strahlendem Sonnenschein, aber Colum hatte keinen Sinn für die Schönheit der smaragdgrünen Wiesen und Felder. Hinba blieb für ihn eine düstere Ödnis, eine Stätte des Rückzugs und der Buße. Der Ort, an dem ihm der Schmerz um Badb fast den Verstand geraubt hatte; der Ort seines Triumphes über ihren Peiniger und Gemmáns Mörder Lám Dess. Nicht einmal Diarmait durfte ihm in die kleine, vernachlässigte Hütte folgen, die er dort bewohnte. Durch ihre eilig aus unvermörtelten Feldsteinen errichteten Mauern pfiff der Wind selbst an lauen Sommertagen. Das Moos, das zur Abdichtung der Ritzen verwendet worden war, hätte längst erneuert werden müssen. Aber Colum war Unbequemlichkeiten gewohnt. Er wickelte sich nur fester in seinen Umhang und ließ sich auf dem Boden der Hütte nieder. Nichts lenkte ihn noch von seinen Gedanken ab. Was er hier suchte, war Hilfe bei einer schweren Entscheidung. Sofort versenkte er sich ins Gebet. Aber auch nach geraumer Zeit stellte sich keine Erkenntnis ein. Gott schwieg, und Colum fühle sich leer, vertrocknet wie das welke Moos in den Fugen. Er streckte sich nun vollständig auf dem Boden aus, mit ausgebreiteten Armen und geschlossenen Augen. Erleichtert sank er in Trance und wollte sich eben in angenehmen Halbschlaf versenken, als er Axals Anwesenheit spürte.

»Lange bist du mir nicht erschienen«, sagte Colum vorwurfsvoll zu seinem Schutzengel. »Beim letzten Mal zeigtest du dich mir, um mich durch Schläge zu etwas zu zwingen, was ich nicht tun wollte. Ist das auch diesmal deine Absicht?«

»Ja. Es sei denn, du entscheidest dich freiwillig, zu tun, was Áedán von dir verlangt.«

Colum richtete sich jäh auf und rieb sich die Augen, aber Axal war noch immer gegenwärtig. Vorwurfsvoll streckte er ihm ein gläsernes Buch entgegen: »Sieh her! In diesem Buch steht Áedáns Name als der des Nachfolgers Conalls verzeichnet.«

»Das verstehe ich nicht«, begehrte Colum auf. »Éogenán ist der weitaus würdigere Nachfolger. Áedán stammt aus einem Geschlecht von Mördern und Halsabschneidern. Er wird den Frieden mit den Pikten brechen. Ihn zu segnen und zum König zu erheben ist wider mein Gewissen.«

»Éogenán ist Áedáns Bruder und stammt folglich aus derselben Sippe, aus Gulbans Sippe«, stellte Axal. »Dein Abscheu gründet sich auf deinen Hass auf Lám Dess und seine Bande. Und dieses Gefühl entspringt deiner Liebe zu Badb. Gott gab dir zwar die Gabe der Weissagung, aber maß dir nicht zu viel Urteilskraft zu, Colum. Auch wenn du es heute noch nicht verstehst, so musst du tun, was ich von dir verlange.«

»Du hast mich betrogen«, beschwerte sich Colum. »Du hast mir verheißen, dass ich meinen Seelenfrieden finde, wenn ich Ériu verlasse und mich mit meinen Mönchen auf eine Insel zurückziehe. Stattdessen stecke ich jetzt tiefer in weltlichen Händeln denn je zuvor.«

Aber Axal ließ sich nicht ablenken. »Ich habe dir nie Seelenfrieden versprochen. Wirst du nun tun, was von dir verlangt wird?«

Stumm schüttelte Colum den Kopf, und Axal züchtigte ihn erneut mit der Peitsche, so stark, dass die alten Narben aufbrachen.

»Morgen Nacht komme ich wieder und wiederhole meine Frage!«

Doch Colum widersetzte sich dem Engel erneut, und Axal schlug ihn noch härter, so dass er das Bewusstsein verlor. »Obwohl an der Schwelle zum Alter stehend, bist du halsstarrig und töricht wie eh«, stellte der Engel beim Gehen fest.

Erst in der dritten Nacht gab Colum bei. Mit blutenden Wunden und gebrochenem Willen kehrte er zur Insel der Eibe zurück. Áedán, geschmückt mit dem grünen Kilt und dem safranfarbenen Umhang eines gälischen Häuptlings, kniete bereits in der Kirche, um Colums Segen zu empfangen, und Colum behandelte ihn so herablassend wie möglich. Denn das blieb seine einzige Genugtuung. Dann segnete er Áedán. Als sich der Abt entfernen wollte, hielt ihn Áedán am Ärmel fest.

»Sag mir, heiliger Mann, werden auch meine Söhne und Enkel Herrscher sein?«

Kalt blickte Colum ihn an: »Nicht allein für dich willst du Macht, sondern auch für deine Sprösslinge? Dann wisse, dass sie nur unter einer Bedingung dir als Herrscher nachfolgen: Ihr Schicksal wird von nun an mit meinen und dem meiner Nachfolger verbunden sein. Lass es dir eine Warnung sein und warne auch deine Nachfahren: Wenn du oder einer von ihnen jemals mich oder einen meiner Nachfolger oder einen Angehörigen meiner Sippe verrät, wird er die Herrschaft verlieren. Die Schläge, die ich deinetwegen erlitten habe, wird Gott in eine schwere Strafe für diejenigen unter euch wandeln, die sich gegen mich stellen.«

Erschrocken wich Áedán zurück, doch die Neugier trieb ihn dennoch zu einer letzten Frage:

»Sag, Colum, welcher meiner drei Söhne wird nach mir König sein: Artuir, Eochaid der Blondschopf oder Domangart?

Colum blickte kurz auf die drei hochgewachsenen Jugendlichen, die im Chor knieten, und schüttelte den Kopf. Insgeheim gestand er sich ein, dass es ihn befriedigte, als seine Weissagung Áedán Schmerz bereitete: »Keiner der drei wird König. Sie werden alle jung im Kampf sterben oder von Feinden ermordet. Doch wenn du noch jüngere Söhne hast, lass sie jetzt zu mir kommen. Derjenige, den Gott zu deinem Nachfolger bestimmt hat, wird mir direkt in die Arme laufen.«

Áedán ließ die jüngeren Söhne rufen, und tatsächlich kam ein Kind, Eochaid der Kleinere, ohne Scheu auf den Abt zugelaufen und warf sich ihm um den Hals. Colum segnete das Eochaid: »Dieser allein wird überleben, um nach dir als König zu herrschen, und seine Söhne werden Könige nach ihm sein!«

Áedán hatte genug gehört, und er nahm Abschied von Colum: »Leb wohl, Abt, es ist besser, wenn sich unsere Wege so selten wie möglich kreuzen. Denn mir fällt es schwer, deinen Hochmut und die Abneigung zu ertragen, die du für mich hegst, und dir fällt es schwer, die Demütigungen zu verzeihen, die du durch mich und meinetwegen erlitten hast. Doch meine Versprechen erfülle ich: Ich werde dich und deine Gemeinschaft großzügig fördern.«

Siebtes Kapitel: Druim Cett

Am Anfang war das Wort,
und das Wort war bei Gott,
und Gott war das Wort.
(Johannes, 1. Kap., 1)

Dixit Colum:
Viele Jahre schien Áedán Wort zu halten: Unsere Wege kreuzten
sich nicht, und obwohl Heerzüge und Kämpfe des Königs Wohlstand dahinschmelzen ließen, erwies er sich uns gegenüber stets
als großzügig. Keine Mönchsgemeinschaft im Herrschaftsgebiet
Dalriadas erfreute sich so uneingeschränkt seiner Gönnerschaft.
Ich hatte den Eindruck, dass Áedán Schenkungen erstattete, sobald nur in unserem Kloster der Wunsch danach halblaut ausge-
sprochen war. Als mir klar wurde, dass Áedán Zuträger in unserer
Gemeinschaft besitzen musste, hielt ich mein Herz und meine
Zunge noch strenger im Zaum. Ich wollte mich ihm nicht ver-
pflichten. Denn Áedán wollte mich bestechen. Es war nicht nur
Dankbarkeit, die ihn zur Großzügigkeit trieb. Um mein Vertrauen
und meine Gunst zu gewinnen, überließ er mir sogar seinen Sohn
Eochaid. Er gab jenes Kind, das ich als seinen Nachfolger bezeich-
net hatte, in meine Obhut, ähnlich wie meine Eltern mich einst
Cruithnechán anvertraut hatten. Der Knabe war aber eine große
Freude für mich, denn er war von Natur aus freundlich, ausge-
glichen und besaß alle Anlagen, ein gerechter Herrscher von der
Art zu werden, die uns die Chronisten als Vorbild und Beispiel
königlicher Tugenden schildern. Ich begriff, warum Axal mich

gezwungen hatte, Eochaids Vater zum König zu salben. Aber der göttliche Plan war leichter zu verstehen als Áedáns Absichten.

Ab und an schickte er Boten, die nach dem Knaben sahen oder ihn eine Zeit lang mit zum Haushalt seines Vaters nahmen. Doch nie kam der Vater selbst. Das änderte sich erst, als Eochaid das Alter erreichte, wo ein Ziehsohn seiner Sippe zurückgegeben wird. Nun kam Áedán, um Eochaid heimzuholen. Der Anlaß erforderte ein Festmahl, und so ließ ich Diarmait und Baithín alle Vorkehrungen treffen, um Áedán und sein Gefolge würdig zu empfangen. Ich selbst lehnte Wein und Braten ab, denn ich hatte schon vor Jahren jeglichem Fleischgenuss entsagt, auch außerhalb der Fasten. Áedán, der auf dem Ehrenplatz zu meiner Rechten saß, kommentierte meine Mäßigung mit gutmütigem Spott: »Abt Colum, kasteie dich nicht übermäßig! Und erlaube es dir endlich, meine Gunst zu genießen. Wenn du es mir nur gestattet hättest, hätte ich mich erkenntlicher für deine Mühen an Eochaid gezeigt, als ich es durfte.«

»Eochaids Erzieher zu sein, war mir keine Mühe. Es bedarf hier keiner Belohnung«, wehrte ich ab, aber Áedán legte besänftigend die Hand auf meinen Arm. Wir beide wussten, was unausgesprochen blieb: Nicht um Eochaids willen versuchte Áedán, mir zu Gefallen zu sein.

Inzwischen hatte der Wein die Zungen der Tischgenossen gelockert, insbesondere die meiner Mönche, denn sie waren des Trinkens ebenso ungewohnt wie der müßigen Reden. Begierig nahmen sie daher die Gelegenheit wahr, Áedáns Begleiter nach Nachrichten aus der Welt und vor allem aus ihren Heimatgegenden auszufragen. Jetzt, da sich alle gleichzeitig und lebhaft unterhielten, kam Áedán auf den eigentlichen Zweck seines Besuchs zu sprechen.

»Ich wünschte, du würdest nicht zu hart über mich urteilen, Colum! Es ist wahr, ich stamme aus einer gewalttätigen Sippe. Ich selbst habe viele Kriege führen müssen. Meine Hände sind blutig. Aber wenn du um dich blickst, dann wirst du zugeben, dass dauerhafte Sicherheit an die Stelle von Unrecht und Schwäche getreten ist. Meine Untertanen lieben mich nicht, aber sie achten mich als einen starken König, der ihnen Sicherheit gegeben hat. Damit das so bleibt, müssen für Eochaid, dem du die zukünftige Königswürde vorausgesagt hast, die richtigen Voraussetzungen geschaffen werden. Du hältst ihn für einen gerechten Herrscher, aber ich halte ihn für einen schwachen Kämpfer. Darum versuche ich, noch zu meinen Lebzeiten alle Steine aus Eochaids Weg zu räumen. Damit er später nicht stolpert.«

Hier hielt der König inne. Ich betrachtete ihn aufmerksam, wie zum ersten Mal. Áedán war nur wenige Jahre jünger als ich. Er war gereift, gealtert fast, ruhiger und einsichtsfähiger. Sein Haar war ergraut, so wie meines. Mein Zorn auf ihn war mit den Jahren verblasst, wie ein abgetragenes Tuch. Aber das ahnte der König nicht, und ahnungslos sollte er bleiben.

»Es geschieht also Eochaids wegen, dass ich dich noch einmal um einen Gefallen bitte«, fuhr Áedán fort. »Du hast mich zum König gemacht. Jetzt verhilf mir zur Unabhängigkeit. Denn was für ein König bin ich schon? Über mir steht der König der nördlichen Uí Néill. Und über dem thront der Hochkönig aller Uí Néill. Dein Vetter Áed mac Ainmerech ist zu beiden Würden aufgestiegen. Als Kolonie in Alba zahlen wir dreifach Abgaben: den Dalriada in Ériu, dem König der nördlichen Uí Néill und dem Hochkönig. Du kannst dir denken, dass es ohne diese Lasten einem König leichter fällt, deinem Ideal zu entsprechen und gütig und gerecht zu handeln. Mir war das nicht vergönnt. Aber ich will es für Eochaid. Seine Herrschaft soll frei von Kriegen und frei von Steuerlasten sein. Hilf ihm, Colum! Wenn du den Vater auch verachtest, so hast du den Sohn ins Herz geschlossen. Sprich mit Áed mac Ainmerech. Erbitte unsere Unabhängigkeit.«

Das also war es. Das war es all die Jahre gewesen. Denn König Áedáns Traum von vollständiger Freiheit war alt. Sie war nicht erst mit dem Erfolg in seinem Herzen gekeimt. Vielmehr hatte er die Herrschaft gewollt, um danach die Unabhängigkeit zu erringen. Die Unabhängigkeit von was? Von Ériu? Unserer Heimat? Aber Ériu war fern. Eochaids Heimat war Alba. Mir schwindelte. So weitblickend wie Áedán war ich nicht gewesen. Der König hatte schon vor vielen Jahren seinen Blick auf dieses ferne Ziel geheftet. Wie immer, wenn ich im Zwiespalt war, versuchte ich es mit Ausflüchten:

»Du überschätzt meinen Einfluss. Ich habe Ériu unter ungünstigen Umständen verlassen. Über mich hat man sogar den Kirchenbann verhängt. Ich bin hier, um für den Tod von dreitausend Menschen zu büßen.«

Aber Áedán kannte meine Geschichte genau und ließ keine Einwände gelten.

»Gerade deine Buße verleiht dir ein Ansehen, wie es nicht einmal Hochkönig Áed mac Ainmerech besitzt. Du bist schon jetzt eine Legende in Ériu, Colum. Du hast um Christi und deiner Buße willen auf die Königswürde verzichtet, und bei Gott, ich weiß, welches Opfer das ist. Wer, wenn nicht du, könnte für mich beim Hochkönig ein Wort einlegen?«

Ich hätte Áedán erwidern können, dass auch seine Stellung nicht so gering war, wie er vorgab. Er war nicht bloß Herrscher einer gälischen Kolonie in Alba. Er war jetzt Herrscher der gesamten Dalriada, in Alba wie auch in Ériu, ein mächtiger Mann. Er zahlte nicht mehr dreifach Abgaben und Tribute, sondern nur noch zweifach. Doch statt mit Áedán zu rechten und zu feilschen, erhob mich schweigend und trat an die offene Tür unseres Speiseraums. Diesmal konnte ich um keine lange Bedenkzeit bitten oder nach Hinba ausweichen. Áedán, dessen scharfen Blick ich in meinem Rücken spürte, erwartete eine schnelle Entscheidung. Draußen ging unmerklich ein langer Sommertag in den Abend über. Die tiefstehende Sonne kämpfte mit den heraufziehenden nachtblauen Wolken und warf brandrote Pfeile in die sich verstärkenden Widersacher. Seeschwalben stießen in niedrigem Flug nach Insekten. Zwei jüngere Mönche plagten sich mit ihren Tragjochen, an denen schwer die vollen Wassereimer hingen. Mit einem letzten Blick trank ich alle Einzelheiten des friedvollen Bilds, dann kehrte ich an Áedáns Seite zurück.

»Es sei also«, erwiderte ich. »Ich werde Boten zum Hochkönig schicken. Er soll ein Treffen der Könige einberufen, damit wir über dein Anliegen beraten. In Druim Cett.«

»Nie davon gehört«, murmelte Áedán. Ich erklärte es ihm.

Druim Cett ist ein Hügel mit weiter Sicht, Tara vergleichbar und wie dieses geschaffen, um darauf einen König zu krönen oder ihm die Freiheit zu schenken. Er liegt im Stammesgebiet der nördlichen Uí Néill, aber nahe genug zur Grenze des Territorium der Dalriada und auch der Pikten von Ériu. Mithin ein neutraler Ort, wo niemand sich etwas vergeben muss. Ich erwähnte nicht, dass sich Druim Cett unweit von Daire Calgaich befindet, das ich bei dieser Gelegenheit wiederzusehen hoffte.

Der Bote, den ich zu Áed entsandt hatte, kehrte bald zurück. Der Hochkönig sei mit einem Treffen in Druim Cett einverstanden, meldete er. Es würde eine länger währende Angelegenheit werden, denn, so hatte Áed vieldeutig erklärt, es gelte etliche Streitigkeiten zu schlichten. Genaueres teilte er nicht mit. Doch auch ohne dieses Wissen ahnte ich, dass ich meine Insel nicht so bald wiedersehen würde und rüstete darum auf eine längere Reise und ein großes Gefolge. Nach während dieser Vorbereitungen traf Cainnech ein. Auch er war offensichtlich in dringender Mission unterwegs.

»Die Nachricht von meiner Rückkehr nach Ériu scheint sich wie ein Heidebrand zu verbreiten«, scherzte ich, als ich den Freund in die Arme schloss. »Was führt den Abt von Achad Bó zu uns?«

»Himmelschreiendes Unrecht«, erwiderte Cainnech betrübt

und kam gleich zur Sache: »Mich schickt Colmán, der Herrscher der Osraige. Wie du weißt, ist er dem Hochkönig der Uí Néill tributpflichtig. Áed mac Ainmerech hat sogar Colmáns Sohn Scandlan als Geisel gefordert und auch erhalten, aber unter der Bedingung, dass der Knabe nach einem Jahr und einem Tag zu seinem Vater zurückkehren darf. Diese Vereinbarung hat Áed gebrochen, und nicht nur das. Er hält Scandlan wie einen Gefangenen, in Ketten gelegt und eingekerkert. Colmán ist zu Recht empört. Er bittet dich, dafür zu sorgen, dass Scandlan in seine Heimat zurückkehren darf.«

»Und warum glaubt er, dass ausgerechnet ich ihm helfen kann?« fragte ich Cainnech.

»Viele vertrauen dir, Colum. Aber Colmán ruft dich als seinen Landsmann an, eingedenk der Abstammung deiner Mutter. Er glaubt, dass niemand so gut wie du zwischen Laigin und den Uí Néill vermitteln kann.«

Während der Überfahrt nach Ériu musste ich an diese Worte denken. Ich betete, dass ich weder Áedáns, noch Colmáns Hoffnungen enttäuschen würde. Denn nüchtern betrachtet schien mein Erfolg höchst unwahrscheinlich. Drei, dachte ich unwillkürlich. Es sind immer drei. Nicht nur die Heilige Dreifaltigkeit. Auch der Widrigkeiten sind immer drei. Drei Aufgaben muss ich in Druim Cett erfüllen. Zwei nur kenne ich. Worin besteht wohl die dritte?

Als sich die Küstenlinie Érius aus dem Dunst abzeichnete, schienen alle Zweifel verflogen. Ich fühlte mich zuversichtlich und stark und glaubte, dass ich, sobald meine Füße wieder Heimatboden beträten, alle Aufgaben meistern und alle in mich gesetzten Hoffnungen erfüllen würde. Doch das erwies sich als Täuschung. Ich musste bald erkennen, dass keine Rückkehr in das Land meiner Erinnerung möglich war. Heimat ist kein Ort außerhalb der Zeit. Wir dürfen nicht hoffen, sie nach über zwanzig Jahren der Abwesenheit wiederzufinden. Wir können nicht einmal hoffen, uns selbst wiederzufinden. In den Augen der Jungen, die herangewachsen waren, ohne uns je erblickt zu haben, spiegelt sich unser verzerrtes, gealtertes Abbild. Unsere Taten und Namen bedeuten ihnen nichts.

Das musste ich bitter in Druim Cett erfahren, als ich dort mit den Meinen Einzug hielt. Am Fuße des Hügels hatte bereits Áed sein Lager aufgeschlagen. Zu seinem Gefolge gehörten seine beiden Söhne Domnall und Conall. Sie waren fast gleichaltrige Halbbrüder, denn als Domnalls Mutter im Kindbett starb, trauerte mein Vetter offenbar nicht lange, sondern nahm eine neue Frau, Medb, mit der er Conall zeugte. Die Gerüchte, die mir schon vor meiner Reise zugetragen wurden, besagten, dass diese zweite Gattin meines Vetters zutiefst ehrgeizig und ihr Sohn Conall sehr fähig sei. Er habe, so hieß es immer wieder, alle Eigenschaften eines Hochkönigs. Vielleicht. Wie ich bald feststellte, war er auch heißblütig und zu leicht lenkbar. Domnall dagegen, so hieß es, des Königs Lieblingssohn, sei verwöhnt und feige. Vielleicht. Es gab da noch einen ältesten Sohn, Domnalls Bruder Máel Cobo, dessen Existenz die Königin ebenso zu ignorieren trachtete wie die Zuneigung ihres Gatten für seinen Sohn Domnall.

Heimlich erschien Königin Medb in meinem Lager, bevor ich Druim Cett erreicht hatte. Sie war als einfache Bäuerin verkleidet und verschaffte sich Zugang zu mir unter dem Vorwand, meinen Segen erflehen zu wollen. Sie sprach erst, nachdem ich alle anderen, selbst Diarmait, fortgeschickt hatte.

»Deine Sprache und dein herrisches Benehmen verraten dich, Medb«, sagte ich zu ihr, als wir uns unter vier Augen gegenüberstanden. »Du bist in Wahrheit eine Königin, genau wie die, deren Namen du trägst. Warum nimmst du so viel auf dich?«

Königin Medb war trotz ihrer schlichten Kleidung und ihres Alters noch immer eine anziehende Frau, und sie war sich ihrer

Reize sehr bewusst. »Genau wie die, deren Namen ich trage«, erwiderte sie, »gewähre ich denen, die mir treu dienen, Begünstigungen.« Hier hob sie kokett ihren Rocksaum. Ich musste laut auflachen. Das war mein erster Fehler, denn Medb verstand keinen Spaß.

»Verschone mich mit deiner Gunst, Königin Medb«, bat ich, noch immer lachend. »Ich kenne den *Táin* mindestens so gut wie du. Falls du mich mit der Gunst deiner Lenden belohnen willst, dann wisse, dass die Annahme dieses Gefallens nicht nur mein geistlicher Stand verbietet, sondern auch mein Alter. Für welchen Gefallen willst du mir denn deine Gunst gewähren?«

Königin Medb schüttelte den Kopf: »Bilde dir nichts ein, alter Mann! Ich bin nicht deinetwegen hier, sondern wegen meines Sohnes Conall. Könige bitten dich, ihren Nachfolger zu segnen. Wenn dich der Hochkönig, dein Vetter, um diesen Gefallen bittet, dann segne Conall!«

Ich entließ Königin Medb ohne feste Zusage. Conall, Domnall – das waren für mich bloße Namen, bevor ich Druim Cett erreichte. Dort erst erhielten diese Namen Gesichter, und das von Conall war feindselig. Als ich mit meinem Gefolge an seinem Lager vorbeizog, wurden wir alles andere als freundlich empfangen. Zunächst bemerkte ich die Gegnerschaft nicht. Denn erst flogen nur einzelne Erdbrocken und kleine Kiesel. Dann aber folgten faustdicke Steine, begleitet von den Schmährufen »Verräter, Mitläufer!« Das konnte ich nicht mehr überhören. Vermutlich bezog sich das auf meine Dienste für König Áedán mac Gabrain. Die immer heftiger und immer gezielter geschleuderten Steinwürfe taten ihre Wirkung. Einige Mönche traf es schwer, sie bluteten. Die anderen versuchten, ihnen aufzuhelfen und läuteten empört ihre Pilgerglocken gegen Conall und sein Gefolge. Es stimmt nicht, dass ich Conall wegen seines Angriffs auf wehrlose Mönche verfluchte, wie man schon bald überall erzählte. Über die Zusammenkunft der Könige zu Druim Cett werden viele Legenden erzählt, und diese ist eine davon. Nein, verflucht habe ich den jungen Krieger nicht. Aber in erster Linie bin ich Abt, und so habe ich meine Mönche nicht zurechtgewiesen, als sie Flüche gegen die Angreifer schleuderten. Und da diese Männer sämtlich reinen Herzens und reiner Lebensweise waren, erwiesen sich ihre Flüche als äußerst wirksam.

Als wir schließlich Áed mac Ainmerechs Lager erreichten, hatte der Zwischenfall sich bereits herumgesprochen. Domnall begegnete uns mit großer Liebenswürdigkeit und Ehrerbietung. Er schien sich aufrichtig für die grobe Behandlung zu schämen, die uns von seinem Halbbruder zuteil geworden war. »Domnall mac Áedo, du wirst nach deinem Bruder Máel Cobo als Hochkönig herrschen«, verkündete ich ihm. Auch ich war nur ein Sterblicher, und verletzter Stolz war für mich stets eine der schlimmsten Heimsuchungen. Medb, die unversehens aufgetaucht war und meine Worte vernommen hatte, fuhr wie eine gereizte Katze auf mich los: »Das wagst du, Abt Colum? Damit hast du deutlich gezeigt, dass du deiner eigenen Sippe übel willst. Hast du in Alba den Verstand verloren? Wie kannst du diesen Hosenkacker Domnall segnen und Conall, der alle Tugenden eines Königs besitzt, verfluchen?«

»Ich habe Conall nicht verflucht, Königin Medb. Was jedoch seine herrscherlichen Fähigkeiten anbetrifft, so fehlt ihm nicht nur die Tugend der Gastfreundschaft.«

Aber Medb, jetzt mit hochroten Flecken im Gesicht, beharrte auf ihrer Anschuldigung: »Du reiherhalsiger Priester, ich habe genau gesehen, wie du den Reiherfluch über Conall gesprochen hast!«

Wie zum Beweis versuchte Medb die Körperhaltung nachzuahmen, die ein Druide einnimmt, wenn er einen Herrscher verflucht. Sie konnte aber nicht das Gleichgewicht halten und wäre fast vornüber gestürzt. Nicht nur meine Mönche kicherten. Mir stand plötzlich Badb vor Augen, wie sie, jung, gelenkig und mutwillig, vor vielen Jahren in Gemmáns Schule diese Pose einnahm, um mich herauszufordern: »Erst war ich ein Reiher, doch ich wurde zum Fuchs …«

Der Zorn, der mich bei Medbs Worten überwältigt hatte, verflog bei der Erinnerung an die entfernte Geliebte. »Hüte dich, dass du nicht falsch Zeugnis redest«, warnte ich Medb nur und ließ sie stehen, wo sie stand. Der Zwischenfall wäre bald in Vergessenheit geraten, wenn nicht am selben Tag die Königin zusammen mit ihrer Magd verschwunden wäre. Nach Wochen stellte es sich zwar heraus, dass sie empört und umgehend abgereist waren. Doch damals sprach man von Verschwinden. Und weil nach ihrem Verschwinden plötzlich im Brachland unweit des Hügels zwei Reiher auftauchten, die man dort noch nie beobachtet hatte, glaubten viele, dies seien die verzauberte Medb und ihre Magd, die Opfer meiner Rachsucht.

Meinen Vetter bekümmerte freilich die vermeintliche Verwandlung seiner Frau in einen Reiher wenig. Er schien ihre jähen Zornesausbrüche gewohnt und wusste, dass sie nach gewisser Zeit wohlbehalten wieder auftauchen würde. Mit Áed traf ich noch am Abend meines Ankunftstages in Druim Cett zusammen. Feist und schwitzend saß mein Vetter in seinem geräumigen Zelt, denn obwohl die Luft lau war, legte er nicht den mit kostbaren Brokatborten eingefassten schweren Umhang des Hochkönigs ab. Ein Prachtstück von Fibel hielt das elegante Gewand an der Schulter zusammen. Die Fibel übertraf alles, was Herrscher in Ériu je an Schmuck getragen hatten, und unsere Herrscher sind bei Gott putzsüchtig. Áed blickte ab und an wohlgefällig auf seine Fibel, aber ich wusste bereits, dass dieser unverhohlene Stolz auf den königlichen Schmuck zur unversiegbaren Quelle für den Spott unserer scharfzüngigen Dichter geworden war, vor allem jener, die Áed nicht gut behandelt hatte.

Verglichen mit seinen beiden Söhnen empfing mich Áed lau. Er war in gereizter Stimmung. »Es ist nicht recht«, maulte er, »dass uns Áedán mac Gabrain warten lässt. Er ist der Rangniedrigere.«

Da ich nicht wusste, was Áedáns Reise nach Ériu verzögert hatte, versuchte ich ihn in Schutz zu nehmen. Doch Áed wischte Einwände beiseite: »Ich verstehe, dass du Áedán nach dem Munde redest, denn du bist auf seinen Schutz angewiesen, da, wo du dich niedergelassen hast. Und es gefällt mir, dass Áedán dich zum geistlichen Berater seiner Sippe erwählt hat. Doch vergiss nie die Belange der Uí Néill! Zuallererst bist du einer von uns.«

Da war er wieder, der Anspruch des Stammes auf seine Angehörigen. Blut, das beanspruchte dicker zu sein als jeder freiwillige Schwur und jede höhere Pflicht.

»Zuallererst«, wies ich meinen Vetter zurecht, »bin ich ein Diener Gottes. Vergiss das nie!«

Dann versuchte ich herauszufinden, was mein Vetter König Áedán vorwarf. Es folgte eine langatmige Beschwerde über die zahlreichen Raubzüge, die die Dalriada von Alba aus in früheren Jahren unternommen hatten und vereinzelt auch jetzt noch in Ériu unternahmen. Áed würfelte absichtsvoll Vergangenheit und Gegenwart durcheinander. Er ließ auch unerwähnt, dass die Gälen Albas noch stärker unter den Plünderungen gelitten hatten als ihre Landsleute in Ériu.

»Siehst du nicht, Áed, dass sich unter Áedáns Herrschaft die Lage gebessert hat? Nur ein starker Herrscher der Dalriada kann Sicherheit bieten, in Alba wie in Ériu.« In meinem Kopf formten sich bereits die Umrisse des Abkommens, das ich zwischen Áedán und Áed, zwischen Dalriada und Uí Néill zustande bringen wollte. Es sah ungefähr so aus: Áed musste Áedán stärken, indem er ihm und seinen Nachfolgern die Steuern erließ. Diese Steuerfreiheit würde solange Bestand haben, wie die Herrscher der Dalriada die Sicherheit Érius gewährleisteten. Über die Erfüllung der Pflichten beider Seiten würde der Abt von der Insel der Eibe wachen, der auch im Streitfall das Schiedsamt ausüben sollte. So würde unser Kloster zur letzten und letztlich stärksten Klammer zwischen der einstigen gälischen Kolonie in Alba und den Uí Néill.

Doch es brauchte Wochen um Wochen, bis diese einfache Lösung in allen Einzelheiten beschlossen und besiegelt war. Und als das endlich geschehen war, rückte Áed mit einem neuen Anliegen heraus: »Es trifft sich gut«, erklärte er und blickte in die Runde der Versammelten, »dass hier Könige und Stammeshäuptlinge aus der gesamten Nordhälfte Érius und sogar aus Alba versammelt sind. Denn jetzt können wir wirksam gegen ein altes Übel vorgehen, das uns, die Edlen dieser Länder, schon lange drückt. Ich meine die Zunft der Dichter. Ihr Dünkel und Hochmut haben jedes Maß überschritten. Wie Schmarotzer fallen sie über die Höfe und Residenzen des Adels in großer Zahl und mit großem Gefolge her, mit Dienern, Frauen und Hunden. Sie fordern und erhalten Unterkunft und Verpflegung, denn jedermann fürchtet ihre todbringenden Schmähgedichte.« Hier schielte Áed unwillkürlich auf seine Fibel, was bei vielen ein verständnisvolles Lächeln hervorrief. Doch Áed vermied es, über seinen persönlichen Groll zu sprechen:

»Um euch ein besonders grausames Beispiel ihrer Gier zu nennen, möchte ich an den berühmten Dichter Aithirne und den einäugigen König Eochaid mac Lachta erinnern. Dieser Herrscher wurde von Aithirne heimgesucht, der sich bei ihm einquartierte. Doch obwohl Eochaid es an keiner Ehrenbezeugung fehlen ließ, wären alle Mühen umsonst gewesen, hätte er bei dem Abschiedsgeschenk versagt, das Aithirne stets zu fordern pflegte, bevor er sich endlich bequemte, einen Herrensitz zu verlassen. Aithirnes Wünsche waren im ganzen Land gefürchtet, denn sie waren schier unmöglich zu erfüllen. Einmal verlangte er sogar Brombeeren mitten im Winter. Von Eochaid, der bereits ein Auge im Kampf verloren hatte, forderte der grausame Dichter das zweite Auge. Eochaids Furcht vor dem tödlichen Spott des Dichters obsiegte. Und so ging er schließlich zu dem See unterhalb seiner Residenz, stieß sich das einzige Auge aus und warf es dem Dichter zu. Zur Erinnerung an das Blut des Königs, das den See rötete, heißt dieser noch heute Loch Derg, der blutrote See.«

Áed hatte eine alte, allgemein bekannte Legende erzählt, um seine Kampfansage gegen die Dichterzunft zu begründen. Allen war klar, dass er sie nicht länger dulden wollte. »Wir sollten uns um eine Woche vertagen, um eine so wichtige Frage zu entscheiden«, durchbrach ich das betretene Schweigen, das nach des Hochkönigs Worten herrschte. Die Wortführer der Dichter nutzen die kurze Spanne, um mit mir in Kontakt zu treten. Dallán Forgaill persönlich erbat meine Fürsprache. Der einstige Studienfreund war zum führenden Dichter Érius aufgestiegen. Wie zuvor Áed beschwor auch Dallán meine Erinnerung und appellierte an meine Treue:

»Wie könntest du je vergessen, Colum, dass du einer von uns bist? Du bist eingeweiht worden, nicht nur in das Wissen der Dichter, sondern, wenn ich mich nicht irre, sogar in noch geheimeres Wissen. War es nicht Badb, die dir beibrachte, was selbst mir verborgen blieb?«

Ja, wie könnte ich das je vergessen … Áed beschwor meine Pflicht gegenüber dem Stamm und der Sippe, Dallán meine Pflicht gegenüber der Zunft.

»Das Alter kündet sich wohl darin an, dass alle an meinem Gedächtnis zweifeln«, spöttelte ich. »Ständig erinnert man mich in Druim Cett an dieses und jenes, als sei es mir bereits entfallen.«

Die Bedenkfrist verstrich. Zum festgesetzten Tag hatten sich große Scharen von Dichtern aller Ränge sowie Spielleute eingefunden. Sie wirkten bedrückt und mutlos, denn fast alle fürchteten, für immer aus Érius Nordhälfte verbannt zu werden. Der traurige Anblick bestärkte mich in dem Entschluss, ihr Fürsprecher zu werden. Im Übrigen blieb ich auch ihr einziger Fürsprecher. Allein trat ich Áed und seinen Rechtsgelehrten gegenüber.

»Mein König und Vetter«, redete ich ihn an, »ja, du hast recht: Der Hochmut der Dichter ist groß. Und zu groß ist ihre Zahl. Um den Missbrauch der Gastfreundschaft des Adels zu verhindern, brauchen wir klare Bestimmungen. Es muss verhindert werden, dass sich Dichter scharenweise und über lange Zeit bei einem

Gastgeber niederlassen, seine Gastfreundschaft missbrauchen oder ihren Patron ausnutzen. Dies alles zu regeln ist eine Aufgabe für deine Rechtsgelehrten, die ich gern beraten will. Alles Gute im Übermaß kehrt sich in sein Gegenteil. So ist es mit dem segensreichen Wasser, ohne das nichts gedeiht, das aber im Übermaß zur vernichtenden Flut wird. So ist mit dem Wind und dem Sturm, dem Feuer und dem Brand. Was auf die Naturgewalten zutrifft, lässt sich auf die Gaben der Menschen übertragen. Die Druiden haben uns bereits verlassen und ihre Geheimnisse mit sich genommen. Verbannst du die Dichter, dann zerstörst du den letzten Stützpfeiler unseres geistigen Gewölbes und zerschneidest das stärkste Band zwischen der Vergangenheit und dem Heute. Du siehst nur, dass die Dichter ihre Vorrechte missbrauchen. Aber wenn du sie aus deinem Herrschaftsgebiet vertreibst, dann vernichtest du das Gedächtnis und das Gewissen deines Volkes. Zugegeben, in unseren Klöstern wachsen gelehrte Mönche heran, die als Chronisten unsere Taten aufzeichnen und vor dem Vergessen bewahren werden. Denn was dem Vergessen anheimfällt, ist so gut wie nie gewesen. Es sind aber einzig die Dichter, die den vergangenen Taten eine Seele geben, ihnen Farbe und Frische verleihen. In einer Welt, in der alles vergänglich und veränderlich ist, kommen sie der Hoffnung auf Ewigkeit am nächsten. Die Dichter sind zudem unsere besten Erzieher. Denn ihr Tadel und ihre beißenden, im Wortsinn tödlichen Spottverse mäßigen die Sünder und zwingen, wie ich mit eigenen Augen gesehen habe, den Geizhals zur Großzügigkeit und den Schamlosen zur Scham. Umgekehrt beflügelt die Hoffnung auf Lobgedichte die Wohlhabenden zur Mildtätigkeit, die Könige zur Gerechtigkeit und die Krieger zur Tapferkeit. Ja, du selbst, lieber Vetter, wirst nur dank der Verse der Dichter im Gedächtnis späterer Geschlechter fortleben, denn deine Macht, dein Reichtum und sogar deine prachtvolle Fibel sind vergänglich. Selbst deine Anklage gegen die Dichter hast du mit ihren Waffen geführt, denn sie schufen die Legende von König Eochaid und Aithirne, um zu erklären, wie der Loch Derg zu seinem Namen kam.«

Doch Áed gab nicht so schnell bei.

»Wenn alles nur Lug und Trug ist, wozu brauchen wir es?« maulte er.

»Weil«, erwiderte ich augenzwinkernd, »in der Dichtung mehr Wahrheit steckt, als unsere Chronisten je erfassen können. Diese Welt, in der du Hochkönig bist und ich ein Abt, hat Gott einzig aus Worten geschaffen, wie der Evangelist Johannes uns lehrt: Alle Dinge sind durch Gottes Wort entstanden, und ohne Gottes Wort ist nichts gemacht, was gemacht ist. Gott ist daher der oberste Dichter, da er unser Universum aus Worten schuf. Folglich hat in diesem Universum nichts Bestand außer dem Wort. Denn Gott ist das Wort, und er allein ist unwandelbar und unvergänglich.«

Áed runzelte die Stirn. Ich spürte, dass ich ihn ohne große Mühen geistig niederringen konnte, denn er war nie ein Mann der Worte gewesen und wusste wenig von der gewaltigen Schönheit und der schönen Gewalt der Worte. Áed begann unter der Anstrengung des Denkens zu schwitzen. Er redete noch eine Weile hin und her, aber das waren Rückzugsgefechte. Ich ließ meinem Vetter Zeit. Seine königliche Würde war um jeden Preis zu wahren, soviel hatte ich über Politik gelernt. Die Mühsal der Kleinarbeit kam auch diesmal erst hinterher, als ich Stunden über Stunden mit Áeds Rechtsgelehrten zusammensaß und eine Art Zunftordnung für die Dichter Érius ausarbeitete. Sie würde, so hoffte ich, dauerhaft die Rechte und Pflichten unserer Dichter und unseres Adels regeln.

An jenem Tag aber, als ich Áed mit Worten niederrang, feierten mich die Dichter überschwänglich. Niedergeschlagenheit wandelte sich in Erleichterung, Bedrücktheit in Jubel, und ein ums andere Mal vernahm ich das Versprechen, dass sie mich vor allen weltlichen Herrschern preisen wollten, und manche stimmten ihre Lobgesänge bereits in Druim Cett an. Ich gestehe, dass mich da die Sünde der Eitelkeit anwandelte. Doch Baithíns tadelnder Blick setzte der Versuchung ein schnelles Ende, und als Dallán in eigener Person versprach, ein Lobgedicht zu verfassen, wehrte ich ihn ab:

»Erst wenn ich tot bin, soll dir das gestattet sein. Und auch nur unter der Bedingung, dass deine Rede für alle Uneingeweihten dunkel bleibt. Dunkel sollen sämtliche Bilder und Vergleiche deines Werkes bleiben.«

»So geschehe es! Wie erfahre ich aber von deinem Tod, Colum, wenn du in Alba lebst und ich in Ériu bleibe?« fragte der Blinde.

»An drei Zeichen«, antworte ich mit plötzlicher Hellsicht, »ein Reiter auf einem schönen, buntscheckigen Pferd wird dir von meinem Ende berichten. Und seine Worte geben dir die Anfangszeile deines Lobgedichts vor: Nicht ohne Nachricht sind die Uí Néill … Das zweite Zeichen: Du wirst sehend in dem Augenblick, in dem du dein Werk beginnst. Und im Augenblick, wo du es beendest, nimmt dir Gott wieder die Sicht.«

»Dann wird dieses Gedicht sehr lang. Oder der Anblick der Welt ist so enttäuschend, dass ich mich schnell in die ewige Finsternis zurücksehne«, lachte Dallán. Damit schieden wir. Doch die Lösung der schwersten der drei Aufgaben, die mir Gott in Druim Cett stellte, stand noch bevor. Wie könnte ich Scandlan befreien? Gleich nach unserer Ankunft in Druim Cett hatte ich mich nach ihm erkundigt, und mir wurde die Hütte gezeigt, in der Áed seine Geisel gefangen hielt: Hände und Füße im Stock, im Halbdunkel hockend. Der junge Prinz war vor Angst und Durst wie von Sinnen, denn auf Áeds Geheiß gab man ihm nur gesalzenes Wasser zu trinken. Jeden Vorüberkommenden, auch mich, flehte er daher an: »Gib mir zu trinken! Mich dürstet!«

Ich stellte Áed wegen dieser Grausamkeit zur Rede:

»Was du Scandlan antust, erinnert mich an das Verbrechen, das König Diarmait an Curnan beging«, sagte ich zu meinem Vetter. »Deswegen und nicht allein wegen irgendwelcher Buchabschriften habe ich einen Krieg gegen Diarmait erhoben. Und du hast mich unterstützt. Curnan war eine Geisel. Er wurde widerrechtlich ermordet. Scandlan ist eine Geisel. Er wird widerrechtlich gefangen gehalten und gequält. Warum dieser Wechsel, Áed? Hat dich die Macht verdorben?«

Aber Áed blieb harthörig, und ich wusste nicht, wie ich ihn in dieser Sache überzeugen konnte. Es schien, als hätte ich alle Überredungskunst, die mir je verliehen war, bereits für Áedáns und der Dichter Angelegenheiten verausgabt, ebenso wie Áed das Maß seiner Einsichtsfähigkeit und Nachgiebigkeit erschöpft hatte. Ich konnte nur noch auf die Kraft meiner inbrünstigen Gebete hoffen. Am Tag nach Abschluss meiner Arbeit an der Zunftordnung für die Dichter nahm ich meinen Abschied von Áed, denn ich wollte so schnell wie möglich nach Daire Calgaich. Noch einmal erbat ich Scandlans Freiheit, noch einmal wies mich Áed zurück, diesmal gröber denn je zuvor:

»Du bekommst den Jungen nicht eher, bis er in seinem Gefängnis verreckt ist!«

Da sagte ich plötzlich, ohne zu begreifen, warum mir Gott diese Worte eingab:

»Dann leb wohl, Áed. Ob Gott uns ein Wiedersehen schenkt, scheint ungewiss. Aber eines sage ich dir mit Gewissheit: Scandlan sehe ich schon bald wieder. Denn er wird es sein, der mir heute Nacht meine Schuhe bringen wird, wenn ich mich zur Mitternachtsmesse in Daire erhebe!«

»Große Worte!« versuchte Áed mich zu verspotten, aber ich spürte den Zweifel in seinem Lachen. Ich selbst ahnte nicht im Geringsten, auf welche Weise sich meine Prophezeiung erfüllen würde. Doch Gott hatte offenbar Domnall erwählt, um mir zu helfen. Unter vier Augen sagte der Prinz:

»Du hast mir einen großen Dienst erwiesen, Abt Colum, als du mich segnetest. Nun will ich Gutes mit Gutem vergelten. Schick deinen Diener Baithín heute Abend, wenn es dunkel ist, zu Scandlans Gefängnis! Ich selbst werde heute Nacht die Wache übernehmen.«

Domnalls Plan war einfach und darum wirkungsvoll. Er übergab den Prinzen an Baithín, der zwei schnelle Pferde bereitgehalten hatte. Domnall erzählte zu seiner Rechtfertigung eine reich ausgeschmückte Geschichte: Wie ein weißgekleideter Engel des Herrn Scandlan befreit und seinen Bewacher niedergeschlagen habe. Da niemand das Gegenteil beweisen konnte und Domnalls Feigheit weithin bekannt war, ließ man die Erklärung gelten, und selbst ich fragte mich einen Augenblick, ob nicht mein prügelfreudiger Schutzengel zugunsten Scandlans eingegriffen habe. Wie dem auch sei, Scandlan traf rechtzeitig genug in Daire ein, um mir die Schuhe zu bringen und auch diesen Teil der Wahrsagung zu erfüllen. Abgemagert, mit vor Durst aufgesprungenen Lippen und in kotstarrenden Kleidern kniete er vor mir, ein Häufchen Elend und dennoch ein zukünftiger Herrscher. Scandlan schwor:

»Welchen Streit auch immer meine Sippe mit den Uí Néill haben mag, dir und deinen Mönchen werden wir ewig dankbar bleiben! Euch werden wir freiwillig die Abgaben zahlen, die mein Vater dem Hochkönig verweigert hat. Und dieses Versprechen soll gelten, solange die Sonne scheint und der Wind weht und Wellen an Érius Küsten schlagen.«

Ich hob den Jüngling auf und befahl, dass ihm Speise und Trank vorgesetzt würden, soviel er vertragen konnte, und dass am kommenden Morgen die Schwitzhütte für ihn angeheizt würde. Danach schlief der erschöpfte Prinz drei Tage und drei Nächte. Als er wieder zu Kräften gekommen und reisefähig war, zögerte er jedoch, denn er fürchtete sehr die Heimkehr mitten durch das Land der Uí Néill, wo er vogelfrei war und von jedem Bauern erneut in Ketten gelegt und Áed ausgeliefert werden konnte. Ich ließ daher Scandlan als Novizen kleiden, die Kapuze tief ins Gesicht gezogen, gab ihm, als meinen Stellvertreter, einen Schutzbrief, meinen Abtsstab sowie mehrere kräftige Mönche unter Baithíns Führung mit, die Scandlan sicher bis in sein Stammesgebiet geleiten sollten. Sie kehrten mit der Nachricht zurück, dass Scandlans Vater Colmán mir mit einem königlichen Geschenk dankte: Er übereignete mir Dairmach, die Ebene der Eichen, für ein weiteres Kloster unserer Gemeinschaft. Colmán versprach auch, das Gedeihen des neuen Klosters in jeder nur erdenklichen Weise zu fördern und gelobte mir und meinen Nachfolgern Treue und Gehorsamkeit, wie es sein Sohn versprochen hatte: Solange die Sonne scheint und der Wind weht und Wellen an Érius Küsten schlagen.

Achtes Kapitel: Heimkehr

Siehe, ich gehe heute dahin wie alle Welt.
Und ihr sollt wissen von ganzem Herzen
und von ganzer Seele,
dass nicht ein Wort gefehlet hat
an alle dem Guten, das der Herr, euer Gott,
euch verheißen hat;
es ist alles kommen, und keins ausblieben.
(Josua 23, 14)

Dixit Diarmait:
Colum hatte richtig vorausgesehen, dass wir lange in Ériu blei-
ben würden. Der Erwerb Dairmachs verpflichtete Colum, einen
neuen Haushalt zu gründen und ihm beizustehen, bis er Lasrén
als seinen Stellvertreter einsetzen konnte, so wie er einst König
Áeds Neffen Fiachrach in Daire Calgaich eingesetzt hatte, bevor
Colum aus Ériu abreiste. Lasrén erwies sich aber als unzuverläs-
siger Nachfolger. Unser Abt spürte dies bald, und die Sorge um
Dairmach verließ ihn auch nach unserer Rückkehr zur Insel der
Eibe nicht. Im folgenden Winter schreckte er eines Nachts aus
unruhigen Träumen auf. Bitterer Frost hatte uns zu jener Zeit
befallen, und in unserer ungeheizten Schlafstube war es derart
eisig, dass unser Atem beschlug.

»In Dairmach geschieht großes Unrecht«, klagte er und zog seinen Umhang fest um sich, die Hände frierend unter die Achsel-
höhlen gepresst. »Lasrén schindet meine Mönche gnadenlos, und
das bei solcher Kälte und während der vorweihnachtlichen Fasten.

Sie sind geschwächt genug von der Arbeit und der geringen Ernährung. Trotzdem verlangt er von ihnen, dass sie jetzt mit dem Bau des Großen Hauses beginnen!«

Von einem Großen Haus nach dem Vorbild unseres Gemeinschaftshauses war schon im Sommer die Rede gewesen, als Colum noch in Dairmach weilte. Doch Winterzeit ist keine Bauzeit. Ich verstand nicht, warum Abt Lasrén solche Eile vorlegte. Winterzeit ist auch keine Reisezeit. Colum, der jetzt keinen Boten nach Dairmach jagen konnte, blieb nur übrig, im Gebet zu erflehen, Lasrén möge zu Verstand gelangen. Offenbar bewirkte die Kraft seiner Gebete, dass der Abt von Dairmach zur Einsicht fand, denn im Frühjahr hörten wir, dass zur selben Zeit, als Colum in seinem Traumgesicht vom Leid der Mönche in Dairmach erfahren hatte, Lasrén alle Bauarbeiten einstellen und ein zusätzliches Mahl an die erschöpften Männer austeilen ließ. Sie mussten sich nie wieder bei rauem Wetter plagen.

Meinem Herrn Colum gefiel diese Nachricht sehr, denn er hielt nichts von überzogener Strenge und übertriebenem Eifer. In Druim Cett hatte er sich deswegen sogar mit Comgall gestritten, dem geistlichen Berater von König Báetán mac Cairill. Comgall war überzeugt, dass man Gott umso näher gelangt, je mehr man die Bedürfnisse des Leibes nach Speise, Schlaf und Ruhe überwindet. Colum dagegen hielt dies für eine Sünde geistlichen Hochmuts. »Gott hat uns unseren Leib nicht gegeben, damit wir ihn zerstören«, hielt er Comgall entgegen. »Sondern wir sollen Gott so dienen, wie uns unser Leib dient. Ein kranker, vernachlässigter Körper kann nicht dem Geist dienen.«

Sich selbst freilich kasteite Colum schlimmer, als Comgall es je tat. Nächtliche Kreuzwachen, stundenlanges Psalmodieren im eiskalten Meer und strengstes Fasten gehörten zu seinen ständigen Bußübungen und hatten im Verlauf der Jahre seinen Körper ausgezehrt und gezeichnet. Die Anstrengungen der Reise nach Ériu und die Gründung Dairmachs hatten ihn zusätzlich geschwächt. Wenn sich Colum jetzt unter freien Himmel am Strand den Naturgewalten aussetze und mit ausgebreiteten Armen im peitschenden Regen niederkniete, dann zeichneten sich deutlich die Rippenbögen unter dem Hemd ab. Der Anblick schmerzte mich derart, dass ich heimlich begann, der Brennnesselsuppe, die in der vorösterlichen Fastenzeit fast Colums einzige Speise bildete, Butter beizusetzen. Aber natürlich hatte mein Herr die Fettaugen gleich entdeckt. Colum tadelte mich dafür. Dieses eine Mal widersprach ich ihm heftig:

»Du streitest dich mit den Verfechtern bedingungsloser Entsagung und du hebst die Fastengebote für alle Mönche auf, die Schwerarbeit leisten. Nur dir selbst gönnst du weder Ruhe noch Nahrung, erlaubst aber niemand, es dir gleichzutun. Dies ist nicht nur ein Widerspruch in sich, sondern bildet einen größeren Hochmut als der Comgalls, der sein Ideal mit seinen Anhängern zu teilen bereit ist!«

Erstaunt über so ungewohnte Widerrede, betrachtete mich Colum aufmerksam, als nähme er mich zum ersten Mal wahr. Dann lächelte er traurig und versöhnlich:

»Gewiss hast du Recht, Diarmait! Den Hochmut habe ich mein Leben lang nicht überwunden. Er äußert sich jetzt bloß in anderen Formen. Dabei hatte ich gehofft, mit ständiger Buße Vergebung für die Sünden zu finden, die die Frucht meines Dünkels und meines Hochmuts waren. Deine Sorge um mich zurückzuweisen habe ich kein Recht. Also tu ruhig ein wenig Butter in meine Suppen und sage Saxo, dass er das auch für die übrigen tun soll.«

Unser sächsischer Koch, von allen Saxo gerufen, freute sich über diese Anordnung. Hinfort duldete Colum, dass ich für wärmere Zudecken im Winter sorgte und verbot mir nicht länger die geringen und wenigen Erleichterungen, die ich ihm zu verschaffen versuchte. Denn es waren gewiss nicht meine armseligen Dienste, die Colum bis ins achte Lebensjahrzehnt und trotz seiner Entbehrungen gesund erhielten, sondern allein Gottes Gnade.

Als Colum im 72. Lebensjahr stand und sich der Tag unserer Ankunft auf der Insel zum dreißigsten Mal jährte, begann er, von Gott das Ende zu erflehen, denn seine Seele war ermüdet und sein Herz ermattet. Aber seine Frist auf dieser Welt war noch nicht verstrichen. Ihm waren vier weitere Jahre beschieden. Dann, im Mai des vierten Jahres, ließ er den Karren anspannen, und ich fuhr ihn zu den Brüdern, die die Felder im Westen unserer Insel bestellten. Zu einem Fußweg solcher Länge war unser Abt bereits zu gebrechlich. Nachdem er das Werk unserer Brüder gesegnet hatte, begann er offen von seinem Tod zu sprechen:

»Als wir vor einem Monat das Osterfest feierten, ließ mich der Herr wissen, dass er mir meinen sehnlichsten Wunsch erfüllen und mich endlich heimholen würde. Aber ich wollte nicht eure Freude über das Fest der Auferstehung mit dem Kummer um mein Ende verderben, sondern beschloss, noch eine kleine Weile bei euch zu bleiben!«

Diese Worte lösten wie zu erwarten allgemeines Wehklagen und heftige Trauer aus, und unser Abt versuchte, so gut es ging, die Brüder aufzuheitern. Dann wandte er sich nach Osten und segnete er von seinem Gefährt aus die Insel und alle ihre Bewohner. Am folgenden Sonntag überzog sich während der Messe sein Gesicht mit plötzlicher Röte, wie bei einer heftigen Erregung. Als ich ihn später nach dem Grund fragte, erwiderte er, er habe einen Engel erblickt, den der Herr gesandt habe, um binnen einer Woche ein Unterpfand zurückzufordern. »Nichts aber entzückt die Erwählten mehr als der Anblick eines Engels,« fügte er hinzu. Erst im Nachhinein begriff ich den Sinn dieser Worte.

Am folgenden Tag ließ sich Colum zu unserem Kornspeicher bringen. Wie ein guter Hausvater überzeugte er sich mit eigenen Augen von unserem Vorrat, dann segnete er die beiden riesigen Kornhaufen und sagte erleichtert: »Mein Ende wird unbeschwert von Sorge sein, da ich nun weiß, dass die Mönche für ein ganzes Jahr Brot haben.«

Ich konnte den Kummer, den solche Anspielungen mir und den übrigen Brüdern bereiteten, nicht länger zurückhalten. »Zu oft sprichst du von deinem Ende, Colum«, warf ich ihm vor. »Siehst du nicht, wie uns das quält?«

Colum legte mir besänftigend die Hand auf den Arm: »Wie könnte ich es nicht bemerken, Diarmait? Doch du musst dich fassen, wie es die Schrift lehrt. Ich gehe hin den Weg aller Welt, so sei getrost, und sei ein Mann! Denn der Tag meines Todes in dieser Welt ist in Wahrheit der Tag meiner Geburt in das ewige Leben und deshalb ein Freudentag, an dem ihr jubeln sollt! Dieser Tag bricht am kommenden Sabbath an. Am Ende jenes Tages wird der Herr mich zum ewigen Sabbath heimrufen.«

Auf halbem Wege zurück zu seiner Schreibstube rastete Colum ein wenig. Da tauchte plötzlich unser Arbeitspferd auf, ein Nachfahre jenes Schimmels, den uns König Conall vor 34 Jahren geschenkt hatte. Ich wollte meinen Augen und Ohren kaum trauen, als das Tier seinen Kopf behutsam und liebevoll an Colums Schulter rieb und mit Schaum vor dem Maul und tränenden Augen zu klagen begann. Doch Colum schien nicht im Geringsten verwundert und erlaubte mir auch nicht, das Pferd zu vertreiben:

»Gott hat ihm ein klareres Wissen um mein Ende gegeben als dir, mein Freund. Schon der Prediger Salomon lehrte uns, dass es dem Menschen wie dem Vieh ergeht: Wie dies stirbt, so stirbt auch der Mensch. 'Und haben beide einerlei Odem. Und der Mensch ist nichts mehr denn das Vieh. Denn es ist alles eitel.' Denke daran, bevor du das nächste Mal das Wissen der Tiere gering schätzst.«

Seufzend segnete Colum das Pferd und mich. Dann bestand er darauf, allein gelassen zu werden. Noch einmal, wenn auch mit äußerster Mühe, stieg er auf den kleinen Hügel, auf dem er so oft in Einsamkeit meditiert, gebetet oder mit den Engeln gesprochen hatte. Ich folgte mit den Augen seiner hageren Gestalt und sah, wie er die Arme ausbreitete und nochmals die ganze Insel segnete. Danach begab er sich in seiner Schreibstube, um die Abschrift des Psalters fortzusetzen, wie an jedem anderen Tag.

»Fürchtet den Herrn, ihr seine Heiligen! Denn die ihn fürchten, haben keinen Mangel. Reiche müssen darben und hungern, aber die den Herrn suchen, haben keinen Mangel an jedwedem Gut.« Als Colum den elften Vers des 34. Psalms vollendet hatte, las er das Geschriebene laut vor, als wolle er seine Abschrift prüfen, dann nickte er zufrieden, schob mit Entschlossenheit das Tintenhorn und die gespitzten Kiele an die Tischkante und sprach zu mir:
»Ich habe das Ende der Seite erreicht. Von hier an soll Baithín fortfahren!«

Den Rest der Woche ruhte Colum erschöpft auf seinem Lager, das auch jetzt nur aus einer dünnen Schütte Stroh auf blankem Boden und der steinernen Kopfstütze bestand. Unser Abt nahm noch in seinem geschwächten Zustand an allen Stundengebeten teil. Als aber die Glocke zur Mitternachtsmesse in der Nacht zum nächsten Sonntag läutete, erhob sich Colum mit solcher Eile, dass ich ihm nicht folgen konnte. Trotz seiner Schwäche traf er vor allen übrigen in der Kirche ein, und was dort geschah, blieb uns verborgen. Ich kann nur berichten, dass ich ein überaus blendendes, glänzendes Licht aus dem Inneren des Gotteshauses dringen sah. Dieses wohl engelhafte Licht erlosch, als ich die Kirchentür aufstieß. In meiner Hast hatte ich kein Licht mitgenommen, ich mochte aber auch nicht warten, bis die Brüder Lampen brachten. So ertastete ich meinen Weg im Dunkeln. Ich fand Colum mit ausgebreiteten Armen vor dem Altar liegen, die Augen weit aufgerissen, doch blicklos. Ich zog ihn in meine Arme und bettete seinen Kopf an meine Brust. Als die Brüder eintrafen, kehrte Colums Wahrnehmung für kurze Zeit zurück, und er hob matt die Hand, um die ihn entsetzt Umstehenden noch einmal zu segnen. Wie schon in der Woche zuvor, waren wieder freudestrahlender Glanz und eine lebhafte Röte auf sein Gesicht getreten, denn offenbar war er erneut eines Engels ansichtig geworden. Die Röte schwand nicht, als Colum kurz nach Mitternacht seinen Geist aufgab. Als er starb, erglänzte der Himmel wie ein gewaltiges Feuer. Niemand, der dieses Zeichen sah, wird es je wieder vergessen.

Unser Abt liegt nun aufgebahrt auf dem großen, schweren Tisch in seiner Schreibstube, an dem er sich 34 Jahre lang mit den Abschriften heiliger Texte gemüht hat. Draußen rast ein wütender Sturm, ganz so, wie es Colum es uns drei Tage vor seinem Tod angekündigt hat. »Fürchtet das Unwetter nicht«, hatte er erklärt, »denn es ist mein letztes Geschenk an unsere Gemeinschaft. Es wird drei Tage währen. Eure Totenwache wird also ungestört bleiben. Niemand wird in dieser Zeit die Insel betreten oder verlassen können.«

Stürme solcher Stärke sind im Frühsommer höchst selten. Noch merkwürdiger ist der tiefblaue Himmel, über den der Sturm in rascher Folge große weiße Wolken jagt. Obwohl Colum versucht hat, uns den Schrecken des Todes zu nehmen, verspüren wir Trauer und Leere. Niemand jubelt ob Colums Geburt in das ewige Leben, sondern alle jammern oder gehen schweigend umher, erstarrt und wortlos in ihrem unaussprechlichen Kummer. Wir gleichen einer hirtenlosen Herde, einer vaterlosen Familie, einem kopflosen Leib, einem Schiff ohne Steuermann. Uns ängstigen die ungewohnten Zeichen in der Natur, denn der einzige unter uns, der den Elementen, und besonders dem Sturm zu gebieten vermochte, hat uns verlassen. Ich aber bin der kopfloseste von allen, denn mir wurde der Sinn meines Lebens genommen. Ich habe den Gefährten verloren, den Freund und den Herrn. Der lebenslange Dienst, den mir Colum als Buße auferlegt hat, ist beendet bis auf eine letzte Aufgabe: Ich muss den geliebten Leib waschen und wie zum Hohn meiner Gefühle in ein weißes Festtagsgewand kleiden. Tränen strömen über meine Wangen, und ich bin dem Sturm dankbar, dass er mein Schluchzen übertönt. In der Tasche meiner Kutte umschließe ich heimlich das Amulett: eine Kette mit einem silbernen Halbmond als Anhänger, die Hörner nach außen gedreht. Warum mein Herr sich nicht von diesem heidnischen Fetisch getrennt hat, bleibt ein weiteres Rätsel. In unserer Heimat benutzen nur Frauen so etwas für Liebeszauber, um die Hilfe der Mondgöttin zu erflehen. Womöglich hat die Zauberin Badb vor langer Zeit meinem Herrn dieses Amulett geschenkt, im Tausch gegen das prächtige Kreuz an ihrem Hals, das so gar nicht zu einer Druidin passte, wohl aber zu einem christlichen Fürstensohn. Die Ahnung um die Geheimnisse zwischen meinem Herrn und Badb wird aber mit mir sterben, ebenso wie meine unausgesprochene Liebe für ihn. Denn es ziemt sich nicht, dass die Brüder etwas Unheiliges an unserem Abt erblicken, geschweige denn, sein Andenken mit Zweifeln und Fragen zu beschmutzen.

Aber da Colum diese Kette zeitlebens auf der Brust trug, wage ich es nicht, sie wegzuwerfen. Sind wir nicht alle an unsere Vergangenheit gekettet?

Neuntes Kapitel: Israil

Mein Herz ängstigt sich in meinem Leibe.
Todesfurcht und Zittern
ist über mich gekommen,
und Grauen hat mich überfallen.
Ich sprach:
O hätte ich Flügel wie die Tauben,
dass ich wegflöge und Ruhe fände!
Siehe, so wollte ich in die Ferne fliehen
und in der Wüste bleiben.
Ich wollte eilen, dass ich entrönne
vor dem Sturmwind und Wetter.
(Psalm 55, 7-9)

Colum starrte auf das blendende Licht. Er wusste, dass sein Körper starb, und er spürte den Schmerz seines brechenden Herzens. Dennoch nahm der helle Glanz seine ganze Aufmerksamkeit gefangen. Aus dem Mittelpunkt des Lichts trat ihm ein Unbekannter entgegen. Auf Colum hinabblickend, sprach er:

»Man nennt mich Israil. Ich bin es, der die Seelen holt, wenn es Zeit für sie ist.«

»Bringst du mich zum Gericht?« fragte Colum mit der Stimme seiner Seele. Denn sein Körper war verstummt. Der Todesengel lächelte:

»Über dich wurde bereits gerichtet.«

»Jeder ist an allem schuld, doch meine Schuld wiegt am schwersten«, bekannte Colum. »Werde ich Gott trotzdem sehen dürfen?

Mir reicht schon eine kleine Tür. Die entfernteste, die dunkelste und zugigste, die in seinem Haus am wenigsten benutzte. Von dort aus lass ihn mich sehen, auch wenn das Urteil über mich vernichtend war.«

»Du wirst Gott sehen, Colum«, versprach Israil. »Und nicht von der geringsten aller Türen aus. Denn dein Gott und Richter schaut nicht bloß auf die Sünde. Du bist als Sünder und Gerechter erkannt worden. Das ist mehr, als man über die meisten Menschen sagen kann. Sie lieben, sie streiten, sie hoffen, sie scheitern.«

»Sag es mir jetzt, damit ich vorbereitet bin«, bat Colum. »Wie ist das Antlitz Gottes? Ist es furchtgebietend, zornig? Ist es gütig?«

»Gott ist schön, und er liebt die Schönheit. Aber das solltest du wissen, denn die Erde ist sein Geschöpf, und das Geschöpf ähnelt dem Schöpfer. Blick zurück!«

Behutsam strich ihm der Todesengel über die Augen. Da sah Colum Badb atemlos und leichtfüßig auf König Guaires Fest im Tanz dahinwirbeln: »Ich fliege zum Mond und wieder zurück«, rief sie mit glänzenden Augen. Dann sah er Baithín, als er noch sein Schüler war und sich mit gerunzelten Brauen über dem Alphabet abmühte. Colum blickte ihm über die Schulter, und Baithín buchstabierte stockend: »p-e-n-n-a-s ... pennas ... s-i-c-u-t ... sicut ... Flügel wie ... pennas sicut Columbae ... Flügel wie die Tauben ... O, Colum, ich kann lesen! Ich kann endlich lesen!« Das Kind Baithín strahlte und jubelte vor Vergnügen, denn nun fügten sich die Buchstaben zu sinnvollen Worten, und das immer schneller. Danach führte der Engel Colum zurück in die schattige Stille von Daire Calgach und ließ ihn das Wispern seiner Eichenblätter vernehmen. Und er gab ihm das wogende, wechselhafte Meer, und die grauen Klippen über dem Meer, und die von der Brandung erfüllten kühlen Wälder an der Küste, die mächtigen, schattenwerfenden Wolken seiner Heimat und die zärtliche Wärme der Sonne, den Duft des reifen Getreides und des frischen Brots, die verheißungsvolle Lieblichkeit des Frühlings und das gesättigte Goldgrün des Herbstes. Er erblickte den schweigsamen

Diarmait: Ein wohlgestalteter junger Krieger, den ihm der Ozean vor die Füße gespieen hatte, und er sah ihn als ergebenen Diener, wie er ihm Tinten mischte und die Kiele spitzte. Diarmait blickte von seiner Arbeit auf und lächelte Colum voller Vertrauen an. Auch dies war Schönheit.

»Und nun blick nach vorn!« befahl Israil. Er ließ Colum die Wohnstatt Gottes sehen, die hochgebaute, majestätische Stadt auf dem schneebedeckten heiligen Gipfel. Hier war Colum nie zuvor gewesen.

»Wohin bringst du mich?« fragte Colum.

Israil erwiderte: »Dorthin, wohin alle Tauben fliegen: zu Gottes heiligem Berg. Dorthin, wo der Rabe schon auf dich wartet. Denn die Taube folgt stets dem Raben auf ihrer gemeinsamen Suche.«

Israil ergriff Colums Hand, und Colum folgte ihm ohne Widerspruch in das Licht.

NACHREDEN

Erste Nachrede: Adomnán von Iona und Raphoe

Ich weiß deine Werke,
dass du weder kalt noch warm bist.
Ach, dass du kalt oder warm wärest!
Weil du aber lau bist
und weder kalt noch warm,
werde ich dich ausspeien aus meinem Munde.
(Offenbarung, 3. Kap., 15, 16)

Ich gebe es zu, ich bin ungeduldig. Das ist für einen Kleriker ebenso eine Sünde wie für einen Gelehrten, wenn auch in meinem Fall eher eine lässliche. Denn ich habe soeben die größte Genugtuung, den eindeutigsten Sieg meines Lebens errungen, und nun eile ich, um diesen Triumph mit meinen Brüdern zu teilen und sie danach ein letztes Mal zur Rede zu stellen. Doch Colum lässt es nicht zu. Drei Tage, so sagt die Überlieferung, habe der Sturm nach seinem Tod gewütet. Und in nur drei Tagen wird man auf der Insel seinen hundertsten Geburtstag feiern, denn einhundert Jahre sind vergangen, seit er in das ewige Leben geboren wurde. »An diesem größten Festtag unserer Gemeinschaft möchte ich zuhause sein«, sage ich Colum, denn ich habe mir angewöhnt, mit ihm wie mit einem Zeitgenossen zu reden und streiten. »Was tust du mir an? Warum bannst du mich an den Strand von Daire Calgach? Du, der dem Sturm gebietet: Lass mich heim!«

Ich bete das fast stündlich, denn jede Stunde sieht mich erneut am Ufer, und jedes Mal winkt mir der erfahrene Schiffer ab: Wenn schon auf dem Fluss derartig hohe Schaumkronen tanzen, dann ist an keine Überfahrt auf dem offenen Meer zu denken. Willst du mich vor dem Zorn deiner Mönche schützen? Oder zürnst auch du mir? Grollst du mir wegen des Buches, das ich über dich schrieb? Ist es nicht nach deinem Geschmack? Ärgerst du dich über die Worte, die ich dir in den Mund gelegt habe? »Liebet einander aufrichtig! Frieden. Wenn ihr, dem Beispiel der heiligen Väter folgend, diesen Weg haltet, dann wird euch Gott helfen, und ich, der dann bei ihm wohnet, werde für euch Fürsprache einlegen. Gott wird euch nicht nur mit allem versorgen, was für dieses Leben erforderlich ist, sondern auch mit den ewigen Gütern, die jene als Belohnung erwarten, die des Herrn Gebote befolgen.«

Niemand weiß, welche Worte du, mein Amtsvorgänger und Verwandter, wirklich sprachst, als dein Tod nahte. Allein dein Diener Diarmait, in dessen Armen du dein Leben beendetest, wusste es, aber er schwieg und mit ihm starb das Wissen. So war ich, dein Hagiograph, frei. Ich folgte einzig meinem Gewissen und meiner Überzeugung. Ja, ich nutzte dein Ansehen, deine Heiligkeit für politische Zwecke aus. Politische Absichten mögen in Hinblick auf die Autorschaft eines Heiligenlebens überraschen, und das umso mehr, als ich deine Vita nicht zur Erbauung der Welt, sondern zur Belehrung deiner Mönche verfasste. Ich habe dir eine fast unverhüllte Botschaft in den Mund gelegt. Einen Aufruf zur Eintracht und zur Aussöhnung. Dessen bedürfen wir heute mehr denn je.

Denn steil war der Aufstieg deines Haushalts, so steil, dass man im fernen Rom auf unsere kleine Insel aufmerksam wurde. Zu jenem Zeitpunkt waren die Äbte der Insel der Eibe gefragte Ratgeber von Königen und begehrte Erzieher von Prinzen. Nicht nur Gälen und Pikten, sondern sogar Angeln und Sachsen saßen zu unseren Füßen. Wir pflanzten die Liebe zu den Gälen auch in die Herzen englischer Könige: In die Herzen der Brüder Oswald und Oswiu, die die lange Zeit ihres Exils unter dem Schutz von Gälen und auf der Insel der Eibe verbrachten, wo sie die Taufe empfingen. Im Exil zeugte Oswiu mit einer gälischen Prinzessin seinen Sohn Aldfrith, der wie sein Vater das freiwillig auferlegte Exil zum Studium bei den Gälen nutzte. Meine Freundschaft mit Aldfrith entstand in Dairmach, wo ich sein Lehrer ward. Er schien damals nicht abgeneigt, selbst dem Mönchsstand beizutreten, nachdem er ungerechterweise bei der Erbfolge übergangen worden war. In unserer Sprache, der Sprache seiner Mutter, verfasste er etliche ansehnliche Gedichte und trug eine bemerkenswerte Sammlung von Sprichwörtern zusammen. Aber schließlich wurde er doch noch zum König Northumbriens ernannt. Zu jener Zeit war ich bereits sechs Jahre Erbe Colums und Abt auf der Insel.

Die Eingewöhnung dort fiel mir schwer, denn ich war in Dairmach aufgewachsen, in der Liebe und Ehrfurcht zu dir, unserem verehrten Patron. Mein Schicksal war klar und vorbestimmt: Ich war schon als Kind der Kirche und deiner Gemeinschaft geweiht. Dairmach galt damals als Kopf der columbanischen Gemeinschaft, die Insel der Eibe als ihr Herz. Wie du, Colum, stand ich bereits in meinem 42. Jahr, als ich Ériu verließ, aber damit endet die Ähnlichkeit unseres Schicksals. Du hattest ein bewegtes Leben hinter dir, als du deine Heimat um Christi willen verließest, während meines vollkommen ruhig verlaufen war, das stille Leben eines gelehrten Mönchs, dessen größter Ehrgeiz und größtes Vergnügen im Ansammeln von Wissen bestehen. Doch ich schweife ab.

Ich schweife ab, weil es mich schmerzt, über die eigentliche Schwierigkeit meines Amtes zu sprechen. Sie besteht nicht im Verzicht auf das Gelehrtendasein, denn wie meine Bücher bezeugen, ist es mir trotz aller übrigen Geschäfte gut gelungen, Zeit für die Gelehrsamkeit zu finden. Nein, die Schwierigkeit der Erben Colums besteht im unseligen Streit, der seit Whitby unsere Gemeinschaft zu zerreißen droht. Wie bei allen großen Zwisten wirken die Anlässe gering. Werden künftige Generationen sie überhaupt verstehen? Oder uns als fromme Narren belächeln? Denn wir streiten um scheinbar Nebensächliches: Wir streiten darum, wann man Ostern feiert und wie ein Mönch sich die Tonsur schneiden soll. Die Berechnung des Osterfestes hat uns beinahe mit Rom entzweit. Beim ersten Versuch, das Berechnungsverfahren zu verbessern, irrte Rom. Beim zweiten Mal irrten anscheinend wir, als wir auf dem koptischen Verfahren beharrten und nicht wahrhaben wollten, dass die Römer eine bessere Methode entwickelt hatten. So schnell kann man vom Recht zur Sturheit gelangen.

Ja, es entbehrt nicht der Ironie, dass der Streit über das Osterfest zunächst unter gälischen Klerikern entbrannte, zwischen Bischof Finán, den hitzköpfigen Abt unseres Hauses zu Lindisfarne, und dem Kleriker Rónán, der in Gallien und Italien den römischen Standpunkt angenommen hatte. Sie gerieten während der Herrschaft Oswius aneinander, der auf unserer Seite stand, wie sich unschwer denken lässt. Doch seine Königin stammte aus Kent, das der römischen Auffassung folgt. Der Zeitunterschied zwischen dem römischen und unserem Berechnungsverfahren betrug in manchen Jahren sechs Tage, und da Eheleuten in der Passionszeit geschlechtliche Enthaltsamkeit auferlegt ist, gewann das Klerikergezänk für König Oswiu sehr praktische Bedeutung. Er stimmte folglich gern zu, als seine Gemahlin einen Disput zur Klärung vorschlug. Das gelehrte Streitgespräch fand auf der Synode von Whitby statt. Für Rom stritten der sächsische Bischof Agilbert und sein Schüler, der englische Abt Wilfrid, und für uns focht Fináns Nachfolger Colmán, ein in seinen Manieren gemäßigter, in seinen Grundsätzen jedoch unerschütterlicher Anhänger der columbanischen Tradition.

Wilfrid und Agilbert kamen rasch zum Kern der Sache: Sankt Peter, der »Prinz der Apostel«, besäße Vorrang vor dir, Colum, ungeachtet all deiner Wundertaten. Die Insel der Eibe müsse sich dem apostolischen Sitz unterordnen. Die Drohung, uns anderenfalls als Irrlehrer zu brandmarken, war nicht zu überhören. Gedemütigt und empört ob dieser Erpressung verließ Colmán Whitby und legte sein Amt in Lindisfarne nieder, unserer wichtigsten Station für die Mission unter den Angeln und Sachsen. Dies geschah zu der Zeit, als Cummène unsere Gemeinschaft leitete. Abt Cummène war es auch, der als erster begonnen hatte, von Zeugen beeidigte Beispiele für dein wunderbares Wirken zu sammeln. Es sollte eine Rechtfertigungsschrift für unseren Standpunkt und eine Kampfschrift gegen Roms Anmaßung werden.

Denn damals war dein Haushalt sich einig, dass die römische Berechnung des Osterfestes unvereinbar mit den geheiligten Grundsätzen unserer Vorfahren war. Ich setzte Cummènes Arbeit fort, wenn auch mit anderen Absichten. Ich erweiterte das Material, das er zusammengetragen hatte und ordnete es ohne Rücksicht auf die zeitliche Abfolge in drei Büchern. Das erste enthält deine Prophezeiungen, das zweite handelt von deinen Wundertaten und das dritte von deinen Gesichten und Begegnungen mit Engeln. Es lag mir nicht daran, dein Leben nachzuzeichnen, und von den historischen Umständen berücksichtigte ich nur, was mir für die Glaubwürdigkeit unerlässlich erschien. Anrüchige Ereignisse, die Zweifel an deiner Heiligkeit wecken konnten wie die Schlacht um das Buch in Cúl Dreimne oder deine Exkommunizierung auf der Synode von Tailtiu ließ ich aus oder erwähnte sie nur am Rande, als ein bald überwundenes Missverständnis. Nichts sollte deine Bedeutung als Gründer unserer Gemeinschaft schmälern.

Natürlich hatte ich zuvor gründlich die Werke anderer Hagiographen studiert. Man könnte mir mangelnde Originalität vorwerfen, weil ich mich in der Form weitgehend an die Vita des Heiligen Martin von Sulpicius Severus und an die des Benedikt von Gregor dem Großen hielt. Gregors »Dialogen« entlehnte ich sogar einen ganzen Abschnitt. Doch der Erfolg eines Hagiographen beruht auf seiner Überzeugungskraft, und darum muss er den Erwartungen des Lesers entgegenkommen und den Maßstäben Rechnung tragen, die frühere Autoren gesetzt haben. Ich nehme an, Colum, dass du mir nicht deswegen zürnst, sondern wegen meines Abfalls von den Grundsätzen, für die deine Nachfolger bis heute einstehen. Vielleicht wirfst auch du mir zu große Nachgiebigkeit, ja Verrat vor, so wie es viele meiner Brüder auf der Insel der Eibe inzwischen tun.

Lass mich dir also mein Handeln erklären. Wie du weißt, bin ich als Autor keineswegs unvermögend, wenn auch, wie schon erwähnt, wenig originell. Ja, meine Werke besitzen Vorlagen. So wie mir Cummènes Sammlung als Grundlage für deine Vita diente, so diente mir dein Manuskript für mein Buch über die heiligen Stätten. Ich hatte bereits in Dairmach davon munkeln gehört, dass ein adliger Reisender aus dem Morgenland zu deiner Zeit auf der Insel der Eibe überwinterte und du seine wundersamen Erlebnisse an den heiligen Stätten aufgezeichnet habest. Das Manuskript selbst galt als verschollen, ich entdeckte es rein zufällig. Kam es nicht göttlicher Fügung gleich, dass es mir zu einer Zeit in die Hände fiel, als der fränkische Bischof Arculf mein Gast war, der wie dein Fürst Wardan Konstantinopel, Alexandria und das Heilige Land besucht hatte? Was Arculf berichtete, verglich ich mit deinen Aufzeichnungen, doch als ich mein Werk »Über die Heiligen Stätten« verfasste, hatte ich mich bereits entschieden, nichts von deinem Werk zu verwenden oder zu erwähnen, denn zu stark schimmerte die skeptische, bisweilen fast blasphemische Denkweise des Wardan durch deine Zeilen. Vielmehr stützte ich mich auf bekannte und allseits anerkannte Werke wie die des Heiligen Hieronymus und die lateinische Ausgabe des Flavius Josephus.

Da mir die Niederschrift von Arculfs Bericht leicht von der Hand ging, nahm ich eine Abschrift mit an den Hof meines Freundes

Aldfrith, als er mich kurz nach seiner Krönung einlud. Er erlaubte mir damals, sechzig Gälen in ihre Heimat zurückzuführen, die sein Halbbruder Ecfrith als Kriegsgefangene genommen hatte. Diese allseits bejubelte Amnestie bildete den von Aldfrith wohlberechneten Beginn meiner erfolgreichen Laufbahn als Diplomat, denn er verschuf mir das Vertrauen, das man für eine solche internationale Vermittlerrolle braucht. Doch ich schweife allzu gern erneut ab, nun, da ich mich unweigerlich dem Ereignis nähere, das den Gegenstand deines Zorns bilden dürfte.

Ich reiste noch mit einem zweiten Ziel nach England. Keine zwanzig Jahre waren vergangen, seit Colmán das Abtsamt in Lindisfarne niedergelegt hatte. Ich hoffte, die Beziehungen zwischen unserer Gemeinschaft und unserer einstigen englischen Mission wieder festigen zu können, wobei ich auf Aldfrith und seine Gunst baute. Aldfrith besuchte damals mit mir das Kloster Jarrow, dessen Abt Ceolfrith uns mit sichtlichem Stolz die Bibliothek zeigte. Zu dieser ansehnlichen Büchersammlung, die dich gewiss ebenso in Begeisterung versetzt hätte wie mich, durfte ich mein eigenes Werk hinzufügen. Ceolfrith und Aldfrith lobten es sehr und versprachen, für seine Verbreitung zu sorgen. Es blieb nicht aus, dass bei den Gesprächen mit dem Abt und dem König auch der Osterstreit als Haupthindernis einer neuerlichen Annäherung zwischen der gälischen und der englischen Kirche zur Sprache kam. »Ist es nicht ein Jammer«, rief Ceolfrith, »dass sich Columbas Gemeinschaft, der wir so viel hervorragende Gelehrte und vorbildliche Gottesleute verdanken, wegen Nichtigkeiten von der katholischen Kirche absondert und gegen die Allgemeinheit stellt? Verkennt nicht, liebe Brüder, wie folgenschwer euer Starrsinn ist, denn ihr verliert ein Universum.«

Ceolfrith wies mit weiter Geste auf seine Bücher, als sei uns Sektierern der Zugang zum Wissen der Menschheit bereits versperrt. Auch andere Gesprächspartner in Northumbrien machten mir solche Vorwürfe. Aber keiner vermochte so stark an mein Herz zu rühren wie Ceolfrith, in dem ich einen Gleichgesinnten erkannte, einen Mann der Gelehrsamkeit und einen aufrichten Freund des Wissens. Das trotzige Beharren auf alten Gewohnheiten würde deiner Gemeinschaft auf Dauer schaden, das erkannte ich immer klarer. Wir würden unnötig unsere Kraft auf die Verteidigung dessen verschwenden, was sich nicht gegen die Mehrheit der Christenheit verteidigen ließ. Wir würden bald unseren Einfluss als Lehrer und Ratgeber verlieren. Denn was ist das wahre Erbe, das du deinen Amtsnachfolgern anvertraut hast? Besteht es etwa in einer Rechenmethode, gegen die sich die universelle Kirche inzwischen entschieden hat? Oder besteht es in unserem Wissen und unserer Erfahrung als Lehrer und Gelehrte, als Friedensstifter und Vermittler? Sollte ich dein Leben und Werk so verkannt haben?

Von da an begann ich, erst aus taktischen Gründen, bald aber aus tiefer Überzeugung, die gälischen Mönchsgemeinschaften von der Notwendigkeit des Nachgebens zu überzeugen. In Érius Südhälfte bedurfte es dazu keiner großen Anstrengungen. Dort war der Einfluss Roms schon immer stark. Auch in der Nordhälfte gelang mir so mancher Erfolg, mit Ausnahme der Insel der Eibe. Einzig der Respekt vor meiner Abtswürde hielt dort viele Brüder davon ab, mir ins Gesicht zu sagen, dass sie mich für einen Abtrünnigen, einen Knecht Roms, hielten, der sich von Engländern zum Glaubensabfall hatte anstiften lassen. Immerhin werfen mir meine Brüder offen vor, dass ich meine zweite Reise zu Aldfrith so lange ausgedehnt habe, damit ich mit seinem Hof Ostern feiern musste, nach römischen Regeln. Dies, so sagen sie, bilde eine deutliche Bekundung meiner proörömischen Vorliebe. Dass ich im Streit um die Tonsurfrage genau wie sie auf der Johannestonsur bestand, weil sie der druidischen Tonsur gleicht und unserem Volk vertrauter ist, taten sie als Zugeständnis ab, das meinen grundsätzlichen Abfall nur verschleiern sollte.

Die Bitterkeit meines Lebens besteht darin, dass ich überall erfolgreich war, mit Ausnahme der eigenen Mönchsgemeinschaft. Siehst du, ich bin in Dairmach aufgewachsen. Dieses Kloster liegt fast in Érius Mitte. In der Mitte gewinnt man eine andere Sicht als am Rande. Kleriker aus der Südhälfte kommen häufig zu Besuch nach Dairmach, und kanonische Eigenarten werden weniger verbittert verteidigt. Nicht umsonst hat man darum auch Birr für jene Synode gewählt, von der ich gerade zurückgekehrt bin. Birr bildet die Mitte Érius, und jeder Teilnehmer der Synode ist gleichberechtigt mit den übrigen. Keiner vergibt sich etwas, indem er eine längere Anreise als die anderen zurücklegen muss. Als Diplomat weißt du, wie wichtig solche Einzelheiten sind.

Birr also, der größte Erfolg meines Lebens. Denn dort habe ich meine Gesetze durchgesetzt. Schon heute bezeichnet man sie als den »Kanon der Unschuldigen«. Von nun an wird in unserem von Kriegen und Kämpfen heimgesuchten Land mehr Menschlichkeit und Rechtssicherheit herrschen. Frauen und Priester werden nicht nur vom Kriegsdienst befreit, sondern die an ihnen begangenen Verbrechen werden unter Strafe gestellt. Es ist ein Gesetz, das die Schwachen und Wehrlosen schützt und das vollkommen in deinem Geist verfasst wurde.

Gestärkt durch diesen Erfolg möchte ich, falls du mich endlich lässt, zu deiner Insel übersetzen und meinen Brüdern deine Vita in die Hände legen. Es ist mein letzter Versuch, sie zur Aussöhnung mit der römischen Kirche zu mahnen: »Liebet einander aufrichtig! Frieden.« Scheitere ich, will ich mich für immer von der Insel zurückziehen und meine Tage im Kloster Raphoe beenden. Der Kreis schließt sich dann: Du musstest dein Stammesgebiet verlassen, um deine Bestimmung auf einer Insel zu finden, die ich wohl verlassen muss, um in meiner Heimat Zuflucht zu suchen.

Zweite Nachrede: Manus O'Donnell

Ich sehe den Schatten zu. Wie sie wachsen. Wie sie sich übereinander legen, wie Schriften, die man immer wieder auf denselben Bogen schreibt. Längst hat Séan den Kandelaber gebracht, aber der Kerzenschein bannt die Schatten nicht. Schon früh befällt uns die Dunkelheit. Denn wir haben das Fest Adomnáns überschritten, der am 23. September ins ewige Leben geboren wurde. Seine Vita unseres verehrten Vaters Colum liegt vor mir. Adomnán möge es mir nachsehen: Im Lesepult aufgeschlagen steht mein eigenes Werk.

Eintausend Jahre spannen sich zwischen seinem Beginn und der Geburt unseres Helden. Und zwölf Jahre vergingen seit jenem Tag, als ich mich unweit von Colums Geburtsstätte an die Arbeit machte, bis zu jenem anderen Tag, an dem das Ergebnis sämtlicher Mühen vor mir lag. Ich denke wehmütig an den Beginn meiner Autorschaft zurück, als ich, begleitet von gelehrten Franziskanermönchen, zu Godfreys Insel übersetzte. Eine so eng mit der Geschichte unserer Sippe verbundene Insel schien mir der passendste Ort, um Columcilles Lebensgeschichte niederzuschreiben. Denn auch er hatte sich freiwillig auf eine Insel verbannt, um sein Lebenswerk, seine Rechtfertigung vor Gott, zu beginnen. Mein gelehrter Vorgänger nannte Columcilles Exil in seiner lateinischen Schrift *Ioua insula*. Der Heilige muss sie noch als Iowa gekannt gekannt haben, die Insel der Eibe. Irgendwann im Verlauf der Jahrhunderte und von Abschrift zu Abschrift wurde Iona daraus. Der Grund mag so banal gewesen sein wie ein »Fliegenbeinchen«. Jeder Kopist weiß, dass so ein bisschen

Fliegendreck weitreichende Folgen zeitigt. Ein »u« oder ein »w« wird zu »n«. Und schon wurde aus der Insel der Eibe die Insel der Taube. Vielleicht doch kein Zufall? Iona, sagen die Gelehrten, bedeutet Taube im Hebräischen. Welch passender Name für die Insel eines Heiligen, den wir als Taube der Kirche verehren.

Der silberne, fast überirdische Abglanz, der an jenem Tag des Beginns auf dem völlig ruhigen See lag, schien meinen Begleitern als glückliches Omen für unser frommes Werk. Denn es war unsere Absicht, alle Überlieferungen über meinen heiligen Vorfahren zusammenzutragen, die im Gedächtnis unseres Volkes lebendig sind. Ja, meines Vorfahren. Es ist der Stolz unserer Sippe, sich direkt auf die Familie zurückzuführen, der die Taube der Kirche entstammte. Das tausendste Jahr seiner Geburt begingen wir als Feier unserer vornehmen Abstammung. Der Lobpreis Columcilles ist für immer untrennbar mit dem der O'Donnell verbunden. Und Columcilles Psalter, den man auch den Kämpfer nennt, ist die kostbarste, weil wundertätigste Reliquie unserer Sippe. Gewiss, ein etwas anrüchiges Buch, wenn man bedenkt, dass es zum Krieg und Verderben von Tausenden geführt hat. Aber seit Columcille es als magische Waffe benutzt hat, hat es seinen Nachfahren unzählige Male zum Sieg verholfen, wenn sie für eine gerechte Sache stritten. Dem ungerechten Streiter versagt der Kämpfer allerdings den Dienst. Und das war auch der Grund, warum meine Vorfahren und Vorgänger in der Häuptlingswürde nie leichtfertig von dieser Reliquie Gebrauch zu machen wagten. Jeder, der das Buch zur Hand nimmt, tut gut daran, zuvor streng sein Gewissen zu prüfen.

Heute weiß ich, dass das stille Glück des Gelehrten und Schriftstellers alle übrigen irdischen Freuden übertrifft. Die Insel, auf der mein schwerverwundeter Ahn Godfrey entschied, sich noch einmal in die Schlacht gegen die O'Néill tragen zu lassen, um seine Stammesgenossen zum Sieg anzufeuern, ist der stillste Ort, den man sich wünschen kann. Hier trafen wir, beladen mit den Früchten unserer Streifzüge, zusammen, nachdem wir Abende, ja Nächte an blakenden Herdfeuern unter niedrigen Deckenbalken verbracht hatten, um Legenden und Märchen zu lauschen. Adomnáns Arbeit war leichter. Er konnte sich noch auf Zeitgenossen des Heiligen stützen. Wir dagegen schöpften aus seiner und späteren Aufzeichnungen, vor allem aber aus dem Glauben und der Vorstellungskraft des Volkes. Diesen Stoff haben wir zu einem passenden Hemd zurechtgeschnitten: einem Hemd, würdig eines Helden des Táin ebenso wie eines Heiligen.

Vollendet wurde das große Werk in der Festung, die ich, bereits 36 Jahre alt geworden, am Hafen der Drei Feinde errichtete, gegen den Willen der O'Néill, die sich noch immer als Oberherren über Tír Conaill aufspielen möchten. Doch der Ort ist nicht nach ihnen benannt. Die drei Feinde sind drei Flüsse, die an dieser Stelle unruhig ineinanderfließen, umschlossen von sanften, fetten Wiesen.

Wie wechselhaft das Leben war! Jetzt, wo ich fast zahnlos bin wie ein alter Hund, mit gelben Nägeln und braunfleckiger Haut, erkenne ich die Stromschnellen meines Lebens. Ich hätte sie bequem umschiffen können. Aber ich fuhr meist mit voller Fahrt darauf zu. Folglich war es von allem zu viel. Zu viel Kampf, zu viel Hass, zu viel Leidenschaft. Zu viel Getöse. Ich war abwechselnd der Gegner von Vater und Sohn, der Rebell wider die Krone und der Vasall des Feindes. Der zweifach Liebende, den erst der Tod, dann die Schönheit einer Frau betrog. Vom irdischen Ruhm ist kaum etwas geblieben. Folglich war auch alles zu wenig.

Bis auf dieses Buch. Mein Buch, die Rechtfertigung meines Daseins. Und vielleicht noch einige Gedichte. Eine gnädige Nachwelt wird sich meiner als Dichter erinnern oder als Biographen des Columcille. Nicht in unseren Kindern oder unseren Taten überdauern wird, sondern einzig in unseren Worten. Ich muss gestehen, dass ich nicht immer so bescheiden war. Bescheidenheit ist keine Tugend der O'Donnell, wie sie auch nicht die meines berühmten Vorfahren war. Drei Lüste teile ich mich ihm: die Lust des Stolzes, die Lust des Begehrens und die Lust des Wissens, die eine Abart des Begehrens ist.

Insgeheim hatte ich gehofft, dass der Glanz des Heiligen, aufpoliert durch mein Werk, auf die O'Donnell und besonders auf mich zurückstrahlen würde. Indem ich Columcille pries, pries ich meine Sippe, ihre Häuptlinge und deren Stellvertreter. Der Heilige wird meine Eitelkeit bestimmt verstehen. Denn ich war zwanzig Jahre jung, als mein Vater mich während einer Pilgerreise nach Rom zu seinem Stellvertreter erhob.

Danach schien die Zeit stillzustehen. Mein Ehrgeiz war geweckt, konnte sich aber nicht entfalten. Obwohl ich mich in allen Pflichten eines Häuptlings bewährte, gab es für mich nach Vaters Rückkehr kaum noch etwas zu tun. Ich brannte vor Tatendrang und Ungeduld. Ich baute schließlich meine eigene Festung. Die Jahre vergingen, und mein Vater dachte nicht daran, sich auf sein Altenteil zu setzen und mir die Häuptlingswürde zu übertragen. Er fürchtete Krieg unter seinen Söhnen, falls er mich zu Lebzeiten meinen Brüdern vorzog. Und er sollte recht behalten: Kaum war er tot, lag mein Bruder Aodh der Fahlgelbe mit mir im fürchterlichsten Zwist. Im ganzen Land schien sich alsbald ein Bruder wider den anderen zu kehren.

27 Jahre lang musste ich auf die Häuptlingswürde warten. Sie schien für mich gemacht. Ich sah nichts anderes mehr als dieses Ziel. Ich habe sogar um meines Vaters Tod gebetet. Gott hat mich stattdessen bestraft. Denn als ich 40 Jahre alt war, forderte ich in meiner Verzweiflung den Vater offen heraus, zu einer Zeit, als seine Geschäfte schlecht gingen und er leicht besiegbar schien. Stattdessen besiegte mein Vater mich in offener Feldschlacht. Danach beging ich etwas für einen O'Donnell Ungeheuerliches: Ich verbündete mich mit unseren Erzfeinden, den O'Néill, und zur

Stärkung dieses Bundes heiratete ich Siubhán, die Tochter ihres Häuptlings Conn Bacach. Eine diplomatische Ehe, die ohne tiefere Zuneigung und echtes Gefühl geschlossen wurde.

Von Siubhán Ní Néill, deren Frömmigkeit und Gastfreundschaft man landauf, landab pries, hatte ich natürlich gehört, noch bevor ich um sie freite. Ich hatte mir eine unansehnliche Betschwester vorgestellt, die durch Mildtätigkeit und ein offenes Haus ausgleichen musste, was die Natur ihr an Reizen versagte. Aber auch hierin hatte ich mich geirrt, wie in so vielem anderen. Siubhán besaß eine zarte, fast durchscheinende Schönheit, die jeden bezauberte. In ihrer Gegenwart endete die Zwietracht, denn selbst der ungehobeltste Bauer senkte die Stimme und bändigte sein Betragen. Ob ich sie je begehrt habe, weiß ich nicht. Aber ich habe Siubhán geehrt und verehrt wie keinen anderen Menschen. Sie ist mir, sie ist der Welt zu früh genommen worden. Ich schrieb ein wohlgesetztes Klagelied auf ihren Tod und bedauerte aufrichtig, dass sie nicht mehr erleben konnte, wie ich zwei Jahre darauf zum Häuptling erhoben wurde. Diese Würde verdanke ich einzig den Abts-Nachfolgern Columcilles zu Kilmacrennan, denn die frommen Kleriker hatten nicht vergessen, wie stark ich mich als Hagiograph für das Ansehen ihres Patrons eingesetzt und Kirchen an den überlieferten Stätten seiner Geburt und Jugend gestiftet hatte.

Als mich die Würdenträger Tír Conaills endlich zu dem Felsen begleiteten, auf dem seit Generationen alle Häuptlinge der O'Donnell in ihr Amt eingeführt wurden, war ich bereits 47 Jahre alt. Und nachdem mir der Mantel eines Häuptlings umgelegt und die Schuhe eines Häuptlings über die Füße gestreift worden waren, richtete ich mich auf und wandte mich nacheinander in alle vier Himmelsrichtungen meines Herrschaftsgebiets, mit dem ich mich nach Altvätersitte in mythischer Ehe vereinen sollte. Ich grüßte die Berge, die Weiden, das Moor und das hinter ihnen liegende

Meer. Dies, so schien mir damals, war der erhabenste Augenblick meines Lebens.

Mein Triumph war trügerisch, denn die Würde, die mir verliehen wurde, galt nicht mehr viel. Während wir im Norden an den alten Gebräuchen festhielten, hatte im Süden längst der Umbruch begonnen. Die Sachsen, die zu Zeiten Columcilles und Adomnáns ehrfürchtig zu Füßen ihrer irischen Lehrer gesessen hatten, hatten sich längst zu unseren Herren aufgeworfen. Dabei ging es ihnen nicht allein um unser Land und unseren Besitz. Es ging ihnen ebenso um die vollständige Kontrolle dessen, was wir glaubten und wie wir lebten. König Henry VIII., der einzig seiner Ausschweifungen wegen vom katholischen Glauben abgefallen war, versuchte, seine Irrlehre auch uns aufzuzwingen. Bereits im Vorjahr hatte Henry begonnen, die Klöster aufzulassen. Altäre und Bildnisse wurden geschändet, ihr Besitz fiel an die nimmersatte Krone. Solcher Frevel stieß sogar auf den Widerstand der Nachfahren unserer einstigen normannischen Eroberer, die als treue Anhänger des katholischen Glaubens nun selbst ihrer Privilegien verlustig gingen.

Unter den zahlreichen Edelleuten, die sich zum Fest meiner Häuptlingswürde eingefunden hatten, befanden sich auch solche aus Leinster, denn die Ostprovinz war der Sippe Columcilles stets verbunden gewesen. Lady Eleanor war unter ihnen, die Schwester des unrühmlich abgesetzten und im Tower von London eingekerkerten Grafen von Kildare, den wir in unserer Sprache Gearóid Óg nennen und den die Sachsen als Gerald den Jüngeren kennen. Lady Eleanor trug tiefe Trauer, denn sie war nicht nur die Witwe des Häuptlings der MacCarthy, sondern betrauerte auch ihre Blutsverwandten: ihren vor drei Jahre verstorbenen Bruder Gearóid, seinen Sohn Thomas, den zehnten Grafen von Kildare, und Gearóids fünf Brüder. Das Gerücht, der in London festgenommene Gearóid Óg sei hingerichtet, führte zum Aufstand seines Sohnes. Doch die spontane Rebellion wurde schnell niedergeworfen. Die Sachsen richteten Thomas und seine Onkel hin. Tatsächlich hatten sie damit die gesamte männliche Nachkommenschaft des einst mächtigen Hauses Kildare ausgelöscht, mit Ausnahme eines zwölfjährigen Nachfahren. Dieser Sohn des Thomas, der wie sein Großvater Gearóid heißt, befand sich in Lady Eleanors Obhut.

Trotz ihrer Trauer wirkte Eleanor weder bedrückt, noch verzagt. Das Wort Niederlage existiert nicht im Wortschatz dieser Nachfahrin steifnackiger Eroberer. Über ihrem hohen Spitzenkragen wallte eine prächtige Löwinnenmähne, eine aufreizende Flamme des Aufruhrs. Ich kenne keinen anderen Menschen, der sich mit derartiger Verachtung über die niederdrückende Wirklichkeit hinwegsetzte wie Eleanor. Einzig ihr Geschlecht zog ihrem Hass und ihrer Leidenschaft Grenzen. Als Mann hätte sie vermutlich zahllose Menschen unter ihrer Fahne vereinigt und für die Wiederherstellung des Hauses Kildare und der Ehre der Fitzgerald in den Tod gerissen.

Ich verliebte mich auf der Stelle. Mit bloßen Blicken und wenigen Andeutungen hatte sie mein Herz gestohlen, und genauso drückte ich es in dem Gedicht aus, mit dem ich um sie freite. Sie hatte es gestohlen, um es als Faustpfand in ihrem Rachefeldzug gegen die Sachsen einzusetzen. Eleanor suchte keinen Gatten, sondern einen Kampfgefährten. Aber das begriff ich erst später.

Ein Jahr darauf heiratete ich Eleanor, und diese Verbindung machte mich zum Hüter des letzten Fitzgerald, des kindlichen Erben des Hauses Kildare. Die Begeisterung meiner Gattin für eine aussichtslose Sache riss mich anfangs mit. Das Schwungrad meines Schicksals drehte sich schneller denn je. Ich ließ mich von den Wogen des Aufstandes hinwegtragen, den die Liga der Anhänger und Unterstützer Kildares entfacht hatte. Zu diesem breiten Bündnis gehörten viele altehrwürdige Namen und Häuser unseres Volkes, alles äußerst eindrucksvoll. Aber in hellsichtigen Augenblicken spürte ich, dass wir gegen den Strom der Zeit schwammen. Nächtliche Zusammenkünfte in Geheimzimmern oder an unwirtlichsten Orten in Moor und Heide, verschlüsselte Botschaften, mit unsichtbarer Tinte verfasst – die Rituale der Verschwörung kamen mir immer lächerlicher vor. Im Unterschied zu Eleanor besitze ich nicht die Gabe dauerhafter Verblendung. Meine Leidenschaften gleichen Strohfeuern. Ich wusste, Tír Conaill wäre für immer an die Sachsen verloren, wenn ich nicht zur Vernunft kam und beigab.

Schon anderthalb Jahre nach meiner Hochzeit mit Eleanor begann ich, mich von der Liga zurückzuziehen. Im selben Maß, in dem ich politisch abkühlte, erkaltete unsere Ehe. In Eleanors Augen war ja das Bündnis von O'Donnell und Fitzgerald ihr eigentlicher und einziger Zweck. Wahrhaftig, das Leben hat mir stets mit gleicher Münze heimgezahlt. Ich habe aus kalter Berechnung Siubhán Ní Néill geheiratet, eine Taube mit reinster Seele, die mich uneigennützig liebte, während ich nur an das Zweckbündnis mit ihrem Vater gegen meinen Vater dachte. Und die Löwin Eleanor heiratete mich um eines Bündnisses wegen, als ich wehrlos war, von heftiger Leidenschaft überwältigt.

Der Rest ist schnell erzählt. Vorwürfe, Zerwürfnisse, zornige Beleidigungen, kurzfristige Aussöhnungen und dann der abrupte, dauerhafte Bruch. Als feststand, dass ich die Liga für immer verlassen hatte, verließ mich auch Eleanor, erbittert und voller Verachtung. Ich musste schnell handeln. Niemand verweilt lange im Niemandsland. Kurz darauf begann ich mit des Königs Statthalter zu verhandeln. Das Sprichwort sagt: Wenn du einen Feind nicht besiegen kannst, mach ihn dir zum Freund. Es ist ein Sprichwort meines Volkes, nicht der Normannen. Wir Gälen haben eine längere Erfahrung mit Niederlagen.

Im August 1541 war es soweit: Sir Anthony St Leger beehrte ich mich in eigener Person, um meine Unterwerfung unter die Krone zu Protokoll zu nehmen. Der ebenso geile, wie gerissene Henry hatte sich da eine höchst wirkungsvolle Politik ausgedacht. Er nannte sie »Unterwerfung und Wiedereinsetzung«. Er bestritt damit die bisher nie hinterfragten Privilegien unserer Stammesführer, gewährte ihnen aber diese Rechte um den Preis ihrer Unterwerfung aufs Neue. Das war nicht bloß ein symbolischer Akt. Die Stammesadeligen mussten allem abschwören, was ihnen bisher heilig und selbstverständlich gewesen war, vor allem dem Erbfolgerecht und überhaupt allen gälischen Gesetzen. Schön ist hässlich, hässlich schön. Die Unterwerfung unter die Sachsen ging mit dem vollständigen Umbruch aller bisherigen Werte einher. Es konnte einem schwindelig davon werden. Und übel.

Zu meiner Ehrenrettung kann ich anführen, dass ich mich nicht als erster Henry unterwarf. Die Häuser MacWilliam und Mac-Gillapatrick ergaben sich noch einige Monate vorher. Aber hier im Norden machte ich fraglos den Anfang. Ich konnte mir ungefähr ausmalen, was Sir Anthony von uns hielt. Für ihn waren wir schlicht Barbaren, Wilde. Und charakterlos dazu. Ich beschloss, Sir Anthony mit allem Pomp zu empfangen, den ich aufbieten konnte. Wenn schon charakterlos, dann doch wenigstens imposant. Ich ließ ihm meine besten spanischen und französischen Weine kredenzen und das edelste, feinste Porzellan auftragen. Dazu legte ich meine vornehmsten Gewänder an: den Rock aus karmesinrotem Samt, eine wahrhaft königliche Farbe, reich geschmückt mit goldenen Senkelstiften, darüber den Doppelumhang aus ebenfalls karmesinrotem Satin, gesäumt mit schwarzem Samt, und sodann die federnbesetzte Mütze, ebenfalls reich mit goldenen Senkelstiften verziert. Wie vermutet, war der blasierte Diener Henrys sichtlich beeindruckt. Für ihn war Zivilisation zur Schau gestellter Reichtum. Er behandelte mich mit angenehmem Respekt, trotz des demütigenden Anlasses.

Aber ich hatte mich offenbar übernommen. Denn vom Tag meiner Unterwerfung an begann ich zu kränkeln. Es schien, als habe die Demütigung meine Lebenskraft gebrochen. Dies war auch der Grund, warum mein Sohn Calvagh meinen Rücktritt als Häuptling verlangte. Er verhielt sich so, wie ich mich einst verhalten hatte. Und vor mir zahllose andere Söhne von Häuptlingen, die das Alter oder eine Krankheit gebrochen hatten. Nicht umsonst verlangen unsere Sitten und Gesetze, dass ein Anwärter auf die Häuptlingswürde bei vollkommener körperlicher und geistiger Gesundheit sein muss. Ich entsprach dieser Anforderung nicht mehr, aber ich wehrte mich gegen die Anwendung dieses uralten ungeschriebenen Rechts. Calvagh kämpfte sieben Jahre gegen mich, und geschlagen gab ich mich erst, als er die große Kanone einsetzte, die er eigens aus Schottland herbeischaffen ließ. Meinen Stammsitz wollte ich mir dann doch nicht unter dem Hintern wegschießen lassen. Ich gab Calvagh, was er ebenso brennend wollte, wie ich es einst begehrt hatte, und pflegte fortan mit ihm gute Beziehungen. Etwas hatte ich immerhin aus dem Konflikt mit meinem Vater gelernt.

Das launische Schicksal wollte es, dass die Häuptlingswürde in einem Lebensabschnitt zu mir zurückkehrte, wo ich sie schon nicht mehr gebrauchen konnte, sondern nur noch als Last empfand. Aber Calvagh blieb nur vier Jahre Häuptling, dann nahm ihn Shane O'Néill gefangen. Also trat Calvagh das Amt wieder an den Vater ab. Verfeindet mit den O'Néill, versippt mit ihnen, und dann wieder verfeindet ... Auch das gehört zu den Wechselfällen meines Lebens.

Hätte sich unser Vorfahr und Patron in dieser Welt zurechtgefunden? Ich frage mich das oft. Wechselfälle, der Kampf von Vätern, Söhnen und Brüdern gegeneinander waren ihm vertraut. Aber der Wandel aller Werte, den wir jetzt erleben, würde ihn so verwirren wie uns Zeitgenossen. Meine Studien des Volksglaubens haben erbracht, dass meine Landsleute sich nach einem starken Heiligen sehnen, einen aus ihrer Mitte, der ihnen in diesen wirren Zeiten den Weg weist. Der einfache Regeln und feste Grundsätze predigt. Jemand, der Wunder wirkt, nicht um zu bekehren, sondern um die Entrechteten zu rächen, die Unterdrückten zu erheben und die Verzagten aufzurichten. Der vor allem die Feinde des Glaubens erschreckt. Als im vorigen April in Columcilles heiliger Stadt Derry, das die Sachsen jetzt frevlerisch Londonderry nennen, ein Feuer ausbrach und das Pulverarsenal in die Luft flog, schrieen die sächsischen Soldaten: »Der irische Gott Columba hat uns getötet!« Denn sie teilen den Glauben der Gälen an meinen Vorfahren Columcille.

Ich habe die Sachsen nicht besiegen können. Dazu war es längst zu spät. Aber mit meinem Buch habe ich einen Beitrag zu dem Glauben geleistet, der meinem Volk vielleicht zum Sieg verhilft. Und damit diejenigen, die jetzt Columcilles Stärke mehr denn je brauchen, mein Buch auch verstehen, habe ich es nicht im gelehrten Latein, sondern in der Sprache des Volkes verfasst. Doch genug jetzt davon. Gerade hat mein Leibdiener noch einmal neue Kerzen aufgesteckt, bevor auch er sich wie alle übrigen zur Ruhe legt. Nur mich unnützen Greis flieht der Schlaf. Es heißt, aller Anfang sei schwer. Das ist nicht richtig. Das Ende ist schwerer. Aber glaubten nicht unsere Vorfahren, dass der Anfang aus dem Ende entsteht? Wie das Leben aus dem Tod, der Tag aus der Nacht? Letzten Endes ist doch alles eins, nicht wahr? Uns steht eine lange Nacht bevor.

PERSONAE DRAMATIS

Adomnán (Adamnan) von Iona und Raphoe (um 628-704); Hagiograph Colum Cilles; neunter Abt von Iona (679–704); irischer Heiliger

Áed mac Ainmerech (auch: Ainmuirech; gest. um 598): entfernter Vetter Colums; König der nördlichen Uí Néill; irischer Hochkönig seit 586

Áed Dub («der Schwarze») mac Suibni (Suibne; gest. um 588): nordirischer König der skotischen Dalriada im heutigen Ulster und nach einer Quelle Ziehsohn des letzten irischen Hochkönigs → Diarmait, den er 565 im Herrschaftsgebiet der Dalriada tötete. In diesem Roman ist der »schwarze Áed« piktischer Herkunft.

Áedán mac Gabráin: Vetter und Nachfolger des → Conall mac Comgaill als Hochkönig (574-ca. 609) der Dalriada; Colum weihte den vormals heidnischen Herrscher zum König.

Ainmire (Ainmuire, Ainmere) mac Sétna(i) (gest. 566): Colums Cousin ersten Grades; für ein Jahr irischer Hochkönig aus dem Cenél Conaill-Zweig der Uí Néill

Axal: Colums Schutzengel

Badb: in diesem Roman die fiktive Tochter des Druiden → Bec mac Dé und die Nichte des Dichters Gemmán

Baithín (»Conín« – »Hündchen«): Sohn von Colums Vatersbruder Brendan; Colums Cousin ersten Grades, sein Ziehsohn und Nachfolger (als zweiter Abt von Iona)

Bec(c) mac Dé (Deiche; gest. um 553-7): legendärer irischer Prophet und königlicher Druide, der dem vorchristlichen heidnischen Hochkönig → Diarmait mac Cerbaill einen dreifachen Tod voraussagt. In diesem Roman ist Bec auch der Vater der Druidin → Badb.

Brendan (»der Prinz«) von Birr (geb. um 500, gest. 573?): Schüler des → Finnian; Mitschüler und Freund → Colums; Abt des Klosters Birr und einer der Zwölf Apostel Irlands

Bridei I: Von 554 bis zu seinem Tod 584 piktischer Herrscher in Schottland, mit dem Herrschersitz nahe des Loch Ness. → Adomnán lässt es in seiner Hagiographie offen, ob König Bridei bereits Christ war oder von Colum bekehrt wurde.

Brocan: König → Brideis (historisch nicht belegter) Druide

Cainnech (Canice in Irland, in Schottland Kenneth) moccu Dalánn (geb. um 515, gest. 600): Sohn des Barden Lughadh Leithdhearg; 543 begann Cainnech seine Studien bei → Finnian in Clonard, wo er sich mit Colum befreundete und einer der Zwölf Apostel Irlands wurde; beide studierten ab 544 bei →Mobí von Glasnevin; 545 zum Priester geweiht, folgte Colum 565 nach Iona.

Ciarán (Queranus) von Clonmacnoise (auch: Ciarán d. Jüngere; geb. 512 oder 526, gest. 544); Sohn eines Zimmermanns und Wagenbauers; zusammen mit Colum Schüler des → Finnian in Clonard und dort Mönch; Einsiedler auf der Aran-Insel Inishmore und Verfechter eines asketischen Mönchtums; 544 Gründer und erster Abt des Klosters Clonmacnoise

Colum (lat. Columba; auch Colmcille – »Taube der Kirche«; geb. um 520 in Gartan, Co. Donegal, gest. 597 auf Iona/Schottland); Prinz aus dem Geschlecht der nördlichen Uí Néill; gelehrter Abt und Patron der Dichter und Gelehrten; einer der Zwölf Apostel und der drei Patrone Irlands

Conall mac Comgaill: 558-574 König der Dalriada; er soll Colum die Insel Iona übereignet haben.

Cruithnechán mac Ceallachán: Priester und Ziehvater Colums

Diarmait: Colums Biograph → Adomnán erwähnt mehrfach den »treuen Diener« Diarmait, dessen Herkunft und Schicksal hier erdichtet wird.

Diarmait (Dermot) mac Cerbaill (Cerbhail; gest. um 565): der Überlieferung nach letzter irischer Hochkönig vorchristlichen Glaubens; Cousin Colums

Eithné (Æthnea) Taebfhoda (»mit der langen Flanke«; geb. um 464): Mutter Colums; als Heilige verehrt

Ernán von Hinba: Onkel (Mutterbruder) Colums und einer der zwölf Mönche, die ihm nach Iona folgten; für nur zwölf Tage war er der erste Abt des Klosters Hinba.

Fedilmith (Felim) mac Fergus Cennfada (Cendfota; geb. um 500, gest. um 560): Prinz und Urenkel des Hochkönigs Niall mit den neun Geiseln; Vater Colums

Finnian (Finnio) mo(c)cu Telduib von Cluain Iraird (Clonard, Co. Meath ; geb. 470-549): heiliggesprochener Gründer des Klosters Clonard und Bischof; Missionar; Erzieher und Gegenspieler Colums im Streit und Krieg um dessen unerlaubte Abschrift.

Zwölf der zahlreichen Schüler des Finnian gelten als die Zwölf Apostel Irlands.

Gemmán: Gelehrter Dichter (»Magister« lt. Adomnán von Iona); Lehrer Colums

Guaire mac Colmán (gest. 663): König der West-Provinz Connacht; dieser Roman versetzt ihn ins 6. Jh.

Lám Dess (»Rechte Hand«): Pirat und Räuber in der Gegend von Hinba und unter Führung von Ioan mac Conaill; → Adomnán berichtet über den Speerangriff auf Colum. Doch in diesem Roman gibt Lám Dess den Schurken schlechthin.

Mob(h)í Clárainech (auch: Berchan; gest. 544): Abt des Klosters Glasnevin (bei Dublin); einer der Zwölf Apostel Irlands; Colums Lehrer; in diesem Roman sein Fürsprecher gegen die Exkommunizierung.

Wardan: Der fiktive armenische Fürst und Wintergast auf der Insel Iona steht stellvertretend für die frühen Kontakte der inselkeltischen Christen mit dem orientalischen Christentum. Wardans Bericht schildert, gestützt auf den spätantiken Archimandriten und Chronisten Eġiše (410-470), ein herausragendes Ereignis der armenischen Geschichte: die Schlacht von Awarajr (451), die Fürst Wardan Mamikonjan mit seinen Gefolgsleuten gegen den sassanidischen Schah Jasdegert II. führte. Obwohl Wardan und acht seiner Generäle fielen und der Sieg militärisch auf persischer Seite lag, gewährte Jasdegert den Armeniern in seinem Herrschaftsbereich Religionsfreiheit. Bis heute gedenken Armenier am 26. Mai dieser Freiheits- und Glaubensschlacht.